古典文獻研究輯刊

九　編

潘美月・杜潔祥　主編

第 16 冊

李清照研究

何 廣 棪 著

國家圖書館出版品預行編目資料

李清照研究／何廣棪 著 — 初版 — 台北縣永和市：花木蘭文化出版社，2009〔民98〕

序 2+ 目 2+186 面；19×26 公分

（古典文獻研究輯刊 九編；第 16 冊）

ISBN：978-986-254-024-4（精裝）

1.（宋）李清照　2. 宋詞　3. 詞論

852.4521　　　　　　　　　　　　　　　98014666

ISBN - 978-986-2540-24-4

9 789862 540244

古典文獻研究輯刊

九　編　第十六冊　　　　　　ISBN：978-986-254-024-4

李清照研究

作　　者　何廣棪

主　　編　潘美月　杜潔祥

總 編 輯　杜潔祥

企劃出版　北京大學文化資源研究中心

出　　版　花木蘭文化出版社

發 行 所　花木蘭文化出版社

發 行 人　高小娟

聯絡地址　台北縣永和市中正路五九五號七樓之三

　　　　　電話：02-2923-1455／傳眞：02-2923-1452

網　　址　http://www.huamulan.tw 信箱 sut81518@ms59.hinet.net

印　　刷　普羅文化出版廣告事業

初　　版　2009 年 9 月

定　　價　九編 20 冊（精裝）新台幣 31,000 元

李清照研究

何廣棪　著

作者簡介

何廣棪，字碩堂，號弘齋，香港新亞研究所文學博士。歷任香港大專院校教職，現任臺灣華梵大學東方人文思想研究所教授。早歲研究李清照、楊樹達、陳寅恪、敦煌瓜沙史料，頗有著述。近年鑽研陳振孫及《直齋書錄解題》，出版之專書並發表之論文，甚受海峽兩岸士林關注與延譽。至其所撰有關李清照之專著，除本書外，尚編撰有《李易安集繫年校箋》、《李清照改嫁問題資料彙編》及相關論文十數篇。

提　　要

　　本書乃全方位鑽研李清照生平及其著述之專著，全書凡分八章。撰人融會豐富之材料，運用謹嚴考據方法，並從文學欣賞角度，依次遍考及鋪陳易安居士行實，與評賞其詩、文、詞、賦等作品。有關清照〈詞論〉，則就其對詞之聲律所作議論與要求，及其對北宋詞人所發表抑揚之論說，均作深入、精細之分析，以期考究出其間之是非得失與因由所在。至清照與趙明誠《金石錄》之關係，本書亦有翔實之考證與闡說。至如對清照作品之真偽考證、繫年辨證、版本探究，撰者亦能提出充分之證佐，並作認真之研究。察其功力所屆，綿密深厚，見解新穎，鑿破鴻蒙之處不少。書末附文五篇，涉及清照子嗣、〈打馬賦〉解說、《打馬圖經》版本、易安改適、李清照研究論文目錄等問題。所附論文倘與本書相參為用，庶可達致互為補充、兩相參證之效果。

李清照研究

何廣棪著

涂公遂題

目次

王韶生教授序

　　北宋詞家李清照，天才橫溢，睥睨當時，其名章秀句，當日已深為辛稼軒所折服。且不特倚聲精深婉麗，即其詩文亦戛戛獨造，境界自闢。若〈詞論〉掎摭利病，詆訶羣公，豈比詹詹小言乎？不幸身丁靖康之亂，流離顛沛，既喪所天，復遘儓父，金石收藏，蕩然俱盡，斷蓬泛梗，飄泊何之，萋菶毀興，千秋銜恨，抑何才豐而命蹇耶！

　　然自宋迄清，研究李清照者，多側重其事迹考證，及作品輯佚，此殆為一時風氣所趨。近三四十年，龍沐勛、夏承燾諸人出，精研詞學，始用文學欣賞角度，予其詞以恰當之評價。蓋前者為考據之事，而後者為詞章之事也。然迄未有作全面性深入檢討及評論者，有之，則自茲編始。其中臚列種種問題，一一加以辨證，作出總結，洪纖畢錄，終始條理，其善可知已。

　　何子廣棪，博學多聞，篤嗜詞學，於《漱玉詞》尤有賞心。曩歲成《李清照研究》一書，斟酌羣言，折衷眾說，而措詞安雅，往往引人入勝。且平日對於版本目錄之學，寢饋功深，此對於辨偽考證，裨益甚大，故能合考證詞章，一爐共冶。昔章實齋有言：「後人之學，勝於前人，迺後人智慧之所應爾。」茲編殆集其大成者耶！行付剞劂，忻覩厥成，爰泚筆以弁其耑。

　　　　　　中國民國六十六年六月一日王韶生序於香港珠海文史研究所。

王叔岷教授贈詩

何廣棪學棣寄贈所著《李清照研究》及《李易安集繫年校箋》
兩書，並索題，占此二十八字酬之。

曠世才媛八百秋　遺編考校邁時流
黃花自有眞標格　讕語褒詞一例休

李清照像（一）

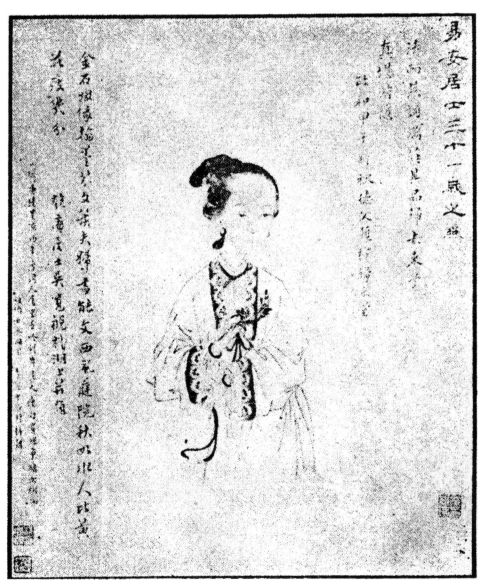

李清照三十一歲小影，趙明誠（德父）題詞，蕙風鈔藏本。

李清照像（二）

李清照像（三）

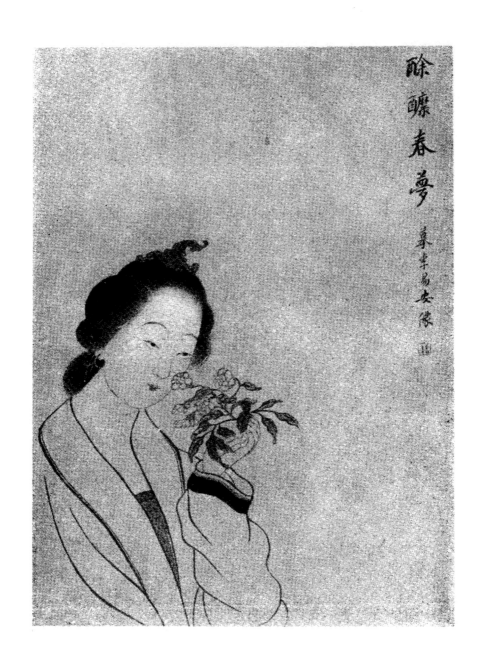

李清照像（四）

李清照故居之漱玉泉

漱玉泉附近之金線泉

鳳凰臺上憶吹簫（李清照）

漱玉詞　　　　宋　濟南　李清照　易安

南歌子

天上星河轉人間簾幕垂涼生枕簟淚痕滋起解羅
衣聊問夜何其　翠貼蓮蓬小金銷藕葉稀舊時天
氣舊時衣只有情懷不似舊家時

轉調滿庭芳

芳草池塘綠陰庭院晚晴寒透窗紗□□金鏷管是
客來吶寂寞樽前席上惟□□海角天涯能留否醉
釅落盡猶頼有□□　當年曾勝賞生香薰袖活火

趙萬里《宋金元人詞》本《漱玉詞》書影

漱玉詞 定本　　　　　　　　　宋　李清照　易安

如夢令　題花庵詞選興

常記溪亭日暮沈醉不知歸路與盡晚　　　　　回舟誤入藕花
深處爭渡爭渡驚起一灘　　　　　　鷗鷺

又

昨夜雨疏風驟濃睡不消殘酒試問捲簾人却道海棠依舊知否知否應是綠
肥紅瘦

緒　論

　　宋代才媛李清照，自號易安居士，山東濟南人；禮部郎提點京東刑獄李格非之女，建康守趙明誠之妻也。清照工詩、文，倚聲尤冠絕一代。其作品，宋時已版行。晁公武《郡齋讀書志》卷四「別集類」載：「《李易安集》十二卷。」陳振孫《直齋書錄解題》卷廿一「歌詞類」載：「《漱玉集》一卷。」又云：「別本分五卷。」黃昇《唐宋諸賢絕妙詞選》卷十載：「《漱玉集》三卷。」《宋史・藝文志・集類・別集》載：「《易安居士文集》七卷，又《易安詞》六卷。」以上諸本，今皆不傳。

　　清照之作，宋時推譽者已極眾。如朱弁《風月堂詩話》謂清照「善屬文，於詩尤工」；謝伋《四六談麈》謂「趙令人李，號易安，婦人四六之工者」；而趙彥衛《雲麓漫鈔》亦謂李詞「多膾炙人口」。他如《朱子語類》、《苕溪漁隱叢話》、《老學庵筆記》、《貴耳集》、《清波雜志》、《唐宋諸賢絕妙詞選》諸書，皆游揚不輟。明、清之際，踵接武繼而襃賞之者大不乏人，舉其要者，如毛晉謂：「易安居士文妙，非止雄於一代才媛，直洗南渡後諸儒腐氣，上返魏、晉矣。」〔註1〕李調元謂：「易安在宋諸媛中，自卓然一家，不在秦七、黃九之下。詞無一首不工，其鍊處可奪夢窗之席，其麗處直參片玉之班。蓋不徒俯視巾幗，直欲壓倒鬚眉。」〔註2〕樊增祥謂：「易安才高學贍，其所爲古詩，放翁遺詩且猶不逮，誠齋、石湖以下勿論矣。」〔註3〕毛晉諸人之說，推譽容或過當，然清照詩、文、詞之成就，及其在吾國文學史上之地位，於此亦可以覘之。

　　清照詞既膾炙人口，故自宋迄清，和之者或效其體而倚聲者亦殊不尠。

〔註1〕見毛晉〈汲古閣漱玉詞跋〉。
〔註2〕見李調元《雨村詞話》卷三。
〔註3〕見樊增祥〈題李易安遺像序〉。

朱敦儒《樵歌》有〈鵲橋仙・和李易安金魚池蓮〉，侯寘《嬾窟詞》有〈眼兒媚・效易安體〉，辛棄疾《稼軒詞》有〈醜奴兒・博山道中效李易安體〉，劉辰翁《須溪詞》有〈永遇樂・余自乙亥上元誦李易安永遇樂爲之涕下今三年矣每聞此詞輒不自堪遂依其聲又託之易安自喻雖辭情不及而悲苦過之〉，又〈余方痛海上元夕之習鄧中甫適和易安詞至遂以其事弔之〉二闋，王士禛《阮亭詩餘》〈和韻李清照漱玉詞〉共十七闋，斯皆其著者也。

　　據宋人記載，清照晚年嘗改嫁。胡仔《苕溪漁隱叢話・前集》卷六十、王灼《碧雞漫志》卷二、晁公武《郡齋讀書志》卷四下、洪适《隸釋》卷廿四〈跋趙明誠金石錄〉、趙彥衛《雲麓漫鈔》卷十四、陳振孫《直齋書錄解題》卷廿一均記其事。李心傳《建炎以來繫年要錄》卷五十八更詳載清照訟張汝舟事始末，云：

> （紹興二年九月戊子朔）右承奉郎監諸軍審計司張汝舟屬吏，以汝舟妻李氏訟其妄增舉數入官也。其後有司當汝舟私罪，徒，詔除名，柳州編管（自注：十月己酉行遣）。李氏，格非女，能爲歌詞，自號易安居士。

是清照再適張汝舟，固無可諱言者。然自明以降，有爲清照改嫁辨誣者，徐𤋏《筆精》啓其端，繼後如盧見曾〈重刊金石錄序〉、俞正燮〈易安居士事輯〉、〔註4〕陸心源《癸巳類稿》〈易安事輯書後〉、〔註5〕李慈銘〈書陸剛甫觀察儀顧堂題跋後〉、〔註6〕況周頤《越縵堂乙集》〈書陸剛甫觀察儀顧堂題跋後校〉，以至夏承燾之〈易安居士事輯後語〉，〔註7〕皆附和徐說，惟所舉理由，大都難以成立。清照更嫁不更嫁，其事本無關宏旨，更嫁固無損乎清照之人格，而竭力爲之辨誣，亦不足以爲清照增重。然改嫁不改嫁，其間牽涉及史料之眞僞與事實之是非，是故對此一學術公案，誠不能不明辨之以求其是也。今人黃盛璋先生撰〈李清照事跡考辨〉，〔註8〕第八〈改嫁新考〉，條分縷析，力駁徐、俞諸人之非；又排比宋人記載，證明清照確曾改嫁。王仲聞撰〈李清照事迹作品雜考〉，〔註9〕（壹）〈關於李清照之改嫁〉，更就

〔註4〕見俞正燮《癸巳類稿》卷十五。
〔註5〕見陸心源《儀顧堂題跋》。
〔註6〕見李慈銘《越縵堂乙集》。
〔註7〕見夏承燾《唐宋詞論叢》。
〔註8〕見中華書局本《李清照集》參考資料之部。
〔註9〕見《文史》第二輯。

黃氏所未及，或已及而未周延者，稍加補充。至是，各家辨誣之說，殆全落空矣。

　　清照作品，宋時雖已版行，然宋後則漸次散佚。至明毛晉輯《詩詞雜俎》本《漱玉詞》，僅得詞十七闋、〈金石錄後序〉一篇，斯遠非宋刊諸本所收作品之舊。故清光緒間，王鵬運重輯《漱玉詞》，自是繼軌而輯佚者不下十數家，況周頤《漱玉詞箋》、趙萬里《校輯宋金元人詞》本《漱玉詞》、唐圭璋《全宋詞》本《易安詞》、李文裿輯本《漱玉集》、中華書局輯本《李清照集》，皆其尤著者也。中華書局本共錄詞七十八闋（其中卅五闋存疑）、詩十五首、文三篇、另《打馬圖經》、〈賦〉、〈序〉等若干篇，搜羅之富，自在他本之上。然中華本所收仍有遺漏，其中考證真偽諸文字，亦容有待於商榷者，故未能謂為盡善。補苴剸正，期乎來哲。

　　自宋迄清，研治易安居士者，多注重清照事迹之考證及其作品之輯佚，而鮮有能從文學欣賞之角度予清照作品以恰當之評價者。前人之詞話，或詩文評之書，雖間有論及清照作品，然皆一鱗半爪，所得殊尠。更甚者，褒貶任聲，抑揚逾實，誠非真知清照者也。民國以還，《漱玉集》始漸獲真賞。龍沐勛之〈漱玉詞敍論〉、〔註 10〕繆鉞之〈論李易安詞〉、〔註 11〕夏承燾之〈李清照詞的藝術特色〉、〔註 12〕王汝弼之〈論李清照〉、〔註 13〕李栖之〈論易安詞〉，〔註 14〕論說翔實，評價公允，均足資參考。然上述諸篇，於清照之詩、文與四六，多未遑論及。是故，研治清照及對其作品進行全面之探討與評價，是項學術研究工作仍任重而道遠，猶須悉力以赴，方可底於成也。

　　憶自民國六十一年（1972）秋，余負笈香港珠海大學中國文學研究所，從王師懷冰（韶生）教授游；因夙好清照，爰以「李清照研究」為題，撰寫碩士論文。承懷冰師悉心指導，二載於茲，終竟其功。此編都八章：首章敍清照行實，二、三章評其作品，四章探討〈詞論〉，五章論清照與趙明誠《金石錄》之關係，六章考證李作真偽，七章為李作繫年，末章稽考李集之版本。全編體系尚屬完整。至於重裒《漱玉集》，為中華書局本作補苴，斯則容俟他日矣。

〔註10〕見《詞學季刊》第三卷第一號。

〔註11〕見繆鉞《詩詞散論》。

〔註12〕見《文學評論》1961年第四期。

〔註13〕見《文史哲》雙月刊1962年二期。

〔註14〕見李栖《漱玉詞研究》。

　　在撰作論文期間，屢蒙羅元一（香林）所長、李幼椿（璜）教授誨正，嘉惠良多，實深銘篆。茲以呈卷在即，撫篇之際，彌覺師恩灝瀚也。

　　　　　　民國六十三年（1974）歲次甲寅五月四日何廣棪謹識

第一章　李清照之行實

　　孟子曰：「誦其詩，讀其書，不知其人，可乎？是以論其世也。」宋代才媛李清照，倚聲冠絕一代，使在衣冠，當與南唐後主頡頏，謂之爭雄秦（觀）、黃（庭堅），抗軼周（邦彥）、柳（永），〔註1〕猶嫌貶抑之也。所爲詩文，亦有才思，文章落紙，人爭傳之。〔註2〕四六尤工，〈打馬賦〉諸篇，文辭典雅可觀，良非他人可及。毛晉云：「易安居士文妙，非止雄於一代才媛，直洗南渡後諸儒腐氣，上返魏、晉矣。」〔註3〕樊增祥亦云：「易安才高學贍，其所爲古詩，放翁遺詩且猶不逮，誠齋、石湖以下勿論矣。」〔註4〕推譽至隆，要爲篤論也。然清照於《宋史》無傳，其事迹附見其父〈李格非傳〉者，僅得「女清照，詩文尤有稱于時，嫁趙挺之之子明誠，自號易安居士」。寥寥數語，殊不足以論世知人也。

　　清道光年間，有俞正燮者，鎔鑄史料，旁搜宋元以來雜記，著成〈易安居士事輯〉，允稱翔實。繼武之者，李文禕撰〈李易安年譜〉，黃盛璋撰〈李清照事跡考辨〉，又撰〈趙明誠李清照夫婦年譜〉，李栖撰〈李清照傳〉，資料頗備，考證亦詳。然俞氏諸人之作，亦未能謂爲盡善。蓋其間有資料蒐羅未

〔註1〕楊愼《詞品》卷二云：「宋人中填詞，李易安亦稱冠絕，使在衣冠，當與秦七、黃九爭雄，不獨雄於閨閣也。」又紀昀《四庫全書總目》卷一百九十八〈集部・詞曲類〉云：「清照以一婦人，而詞格乃抗軼周、柳，雖篇帙無多，固不能不寶而存之，爲詞家一大宗矣。」

〔註2〕趙彥衛《雲麓漫鈔》卷十四云：「李氏自號易安居士，趙明誠德夫之室，李文叔女，有才思，文章落紙，人爭傳之。」

〔註3〕見毛晉〈汲古閣本漱玉詞跋〉。

〔註4〕見樊增祥〈題李易安遺像序〉。

周者，有考證未甚精確者，有排比史料舛訛者，故不得不另有所述作焉。檢點舊聞，鎔裁成篇，苟能於前賢罅漏有所補苴，則幸甚也。倘謂拙文即足以知人論世，似非余所敢侈望矣。

李清照，自號易安居士，宋濟南人，居歷城城西南之柳絮泉上（俞正燮〈易安居士事輯〉）。父祖俱出韓琦門下，且有聲於齊魯（〈上樞密韓公工部胡公詩幷序〉）。〔註5〕父格非，字文叔，熙寧九年（1076）登進士第（《宋史·李格非傳》），著作豐贍。〔註6〕母乃王準孫女，系出名門（莊綽《雞肋編》）。〔註7〕有弟迒，後任敕局刪定官（〈金石錄後序〉）。

清照以宋神宗元豐七年（1084）甲子歲生於鄉，〔註8〕承父母兩系之遺傳，秀氣靈襟，超越恒流，自少即善屬文，尤工於詩，晁無咎屢對士大夫稱之（朱弁《風月堂詩話》卷上）。嘗和張文潛〈浯溪中興頌詩〉二首，其一云：「五十年功如電掃，華清花柳咸陽草，五坊供奉鬭雞兒，酒肉堆中不知老。胡兵忽自天上來，逆胡亦是姦雄才。勤政樓前走胡馬，珠翠踏盡香塵埃。何爲出戰輒披靡？傳置荔枝多馬死。堯功舜德本如天，安用區區紀文字。著碑銘德眞陋哉，迺令神鬼磨山崖。子儀光弼不自猜，天心悔禍人心開。夏商有鑒當深戒，簡策汗青今具在。君不見當時張說最多機，雖生已被姚崇賣。」其二云：「君不見驚

〔註5〕王仲聞〈李清照事迹作品雜考·附記〉云：「案李格非乃熙寧九年進士，見彭百川《太平治蹟統類》卷二十八，而韓琦則卒於熙寧八年，見《續資治通鑑長編》卷二百六十五、《宋宰輔編年錄》卷七等書，格非似不可能出於韓琦門下。疑或出韓忠彥門下。」可備一說。

〔註6〕格非著述，有：《禮記精義》十六卷、《史傳辨志》五卷、《洛陽名園記》一卷、《永洛城記》一卷，見《宋史·藝文志》。今僅存《洛陽名園記》。另有：《李格非集》，見尤袤《遂初堂書目》；《濟北集》，見韓淲《澗泉日記》卷上。又有短文十數篇，散見《墨莊漫錄》、《冷齋夜話》、《宋稗類鈔》、《楓窗小牘》、《汴京遺蹟志》等書。

〔註7〕清照母王氏，《宋史》以爲乃王拱辰孫女；昔人多從之。然莊綽《雞肋編》卷中載：「岐國公王珪，在元豐中爲丞相。父準、祖贄、曾祖景圖，皆登進士第。……又漢國公準，子四房，孫婿九人：余中、馬玿、李格非、閭丘籲、鄭居中、許光疑、張燾、高旦、鄧洵仁皆登科，鄧、鄭、許相代爲翰林學士。曾孫婿秦檜、孟忠厚同時拜相開府。」則清照母實王珪之女、王準之孫女。綽與清照同時，所言當較《宋史》爲可據。

〔註8〕清照生年，可據〈金石錄後序〉考得。〈金石錄後序〉云：「余建中辛巳（1101）始歸趙氏。」又云：「余自少陸機作賦之二年，至過蘧瑗知非之兩歲，三十四年之間，憂患得失，何其多也。」案：杜甫〈醉歌行·別從姪勤落第歸〉有句云：「陸機二十作〈文賦〉。」是知清照建中辛巳嫁趙明誠，其年爲十八歲。由此上推，則生年當在元豐七年（1084）甲子也。

人廢興傳天寶，〈中興碑〉上今生草。不知負國有姦雄，但說成功尊國老。誰令妃子天上來，虢秦韓國皆天才，花桑羯鼓玉方響，春風不敢生塵埃。姓名誰復知安史，健兒猛將安眠死。去天尺五抱甕峯，峯頭鑿出開元字。時移勢去眞可哀，姦人心醜深如崖。西蜀萬里尙能反，南內一閉何時開？可憐孝德如天大，反使將軍稱好在。嗚呼！奴輩乃不能道輔國用事張后尊，乃能念春薺長安作斤賣。」才力華贍，逼近前輩（王灼《碧雞漫志》卷二），非深於思致者莫能之（周輝《清波雜志》卷八）。

年十八，歸太學生密州諸城趙明誠。明誠字德父，時年廿一；父挺之，字正夫，爲吏部侍郎（〈金石錄後序〉）。母乃提點夔州刑獄、東平郭槩女（王明清《揮麈後錄》卷七）。有二兄：存誠、思誠，皆出仕。〔註9〕又有妹，後嫁某兵部侍郎（〈金石錄後序〉）。

結褵未久，明誠偶出游，清照殊不忍別，覓錦帕書〈一翦梅〉以送之。詞曰：「紅藕香殘玉簟秋，輕解羅裳，獨上蘭舟。雲中誰寄錦書來？雁字回時，月滿西樓。　花自飄零水自流，一種相思，兩處閒愁。此情無計可消除，才下眉頭，卻上心頭。」（伊世珍《瑯嬛記》）〔註10〕清照又作〈重陽・醉花陰〉，詞云：「薄霧濃雲愁永晝，瑞腦消金獸。佳節又重陽，玉枕紗廚，半夜涼初透。　東籬把酒黃昏後，有暗香盈袖。莫道不消魂，簾捲西風，人比黃花瘦。」函致明誠，明誠歎賞，自愧不逮，務欲勝之，一切謝客，忘食忘寢者三日夜，得五十闋，雜清照作以示友人陸德夫。德夫玩之再三，曰：「只三句絕佳。」明誠詰之，答曰：「莫道不消魂，簾捲西風，人比黃花瘦。」正清照作也（伊世珍《瑯嬛記》）。

趙、李族寒，素貧儉，而明誠嗜金石，每朔望謁告出，質衣取半千錢，

〔註9〕　案存誠乃挺之長子，徽宗時登第，崇寧二年（1103）除校書郎，四年（1105）賜衛尉卿，五年（1106）加集賢殿修撰，提舉醴泉觀。政和二年（1112）再起爲秘書少監。建炎元年（1127）除廣東安撫使。紹興二年（1132）再任，未幾而卒。思誠爲挺之仲子，字道夫。崇寧四年（1105）賜秘書少監。宣和三年（1121）再起爲中書舍人。紹興二年（1132）以秘閣主管江州太平觀，守起居郎；三年（1133）試中書舍人，五月充徽猷閣待制，提舉江州太平觀，又知溫州；四年（1134）五月再試中書舍人，辭不至，八月以徽猷閣待制知台州；七年（1137）爲中書舍人；八年（1138）充寶文閣待制知南劍州；十七年（1147）以寶文閣待制提舉江州太平觀，卒。

〔註10〕伊世珍《瑯嬛記》謂清照結褵未久，明誠卽負笈出游。此說殊非。蓋明誠時在太學作學生，無須負笈遠游。因是頗疑「負笈」二字或衍文也。

步入相國寺，市碑文果實歸，夫婦相對展玩咀嚼，自謂葛天氏之民也（〈金石錄後序〉）。

崇寧元年（1102）壬午正月庚辰，蔡京為尚書左丞，挺之為尚書右丞（徐自明《宋宰輔編年錄》卷十一）。七月，京為尚書右僕射兼中書侍郎，焚元祐法，籍記元祐黨人八人姓名，不得與在京差遣，格非名在第五（楊仲良《皇宋通鑑長編紀事本末》一百廿一）。八月己卯，挺之進尚書左丞（徐自明《宋宰輔編年錄》卷十一）。九月，詔籍元祐、元符黨人，御書刻石端禮門，格非時提點京東路刑獄，名在餘官之列（陳均《九朝編年備要》）。清照上詩挺之以救其父曰：「何況人間父子情？」識者哀之（張琰〈洛陽名園記序〉）。

二年（1103），明誠出仕宦，便有飯蔬衣練，窮遐方絕域，盡天下古文奇字之志；日就月將，漸益堆積。挺之居政府，親舊或在館閣，多有亡詩逸史，魯壁汲冢所未見之書，遂力傳寫，浸覺有味，不能自已。後或見古今名人書畫，一代奇器，亦復脫衣市易。時有人持徐熙〈牡丹圖〉，求錢二十萬。當時雖貴家子弟，求二十萬錢，豈易得耶？留信宿，計無所出而還之，夫婦相向悵悵者數日（〈金石錄後序〉）。

四年（1105）十月乙丑朔，明誠除鴻臚少卿（徐自明《宋宰輔編年錄》卷十一）。

初蔡京獨相，帝謀置右輔，京力薦挺之，遂拜尚書右僕射。挺之既相，與京爭權，屢陳其奸惡，且請去位避之，以觀文殿大學士、中太一宮使留京師。五年（1106）二月，挺之乞歸青州，將入辭，會彗星見，帝默思咎徵，盡除京諸蠹法，罷京，召見挺之曰：「京所為，一如卿言。」加挺之特進，仍為右僕射（《宋史·趙挺之傳》）。

挺之既拜相，清照獻詩曰：「炙手可熱心可寒。」（晁公武《郡齋讀書志》卷四下）以諷挺之。後果如清照所料，趙家卒為蔡京誣陷（徐自明《宋宰輔編年錄》卷十一）。

大觀元年（1107）丁亥正月，蔡京復為左僕射；三月丁酉，挺之罷右僕射，授特進觀文殿大學士、佑神觀使，癸丑卒於京師。年六十八，諡清憲（《宋史·趙挺之傳》）。挺之卒之三日，京遂下其章，命京東路都轉運使王旁等置獄於青州鞫治，俾開封府捕親戚使臣之在京師，送制獄窮治，皆無事實。抑令供析，但坐政府日，有俸錢，止有剩利甚微，具獄進呈。兩省臺諫交章論列：挺之身為元祐大臣所薦，力庇元祐奸黨；蓋指挺之嘗為故相劉摯所援引

也，遂追贈官（徐自明《宋宰輔編年錄》卷十一）。〔註11〕

　　二年（1108），明誠偕清照回青州故第，屏居鄉里十年，仰取俯給，衣食有餘（〈金石錄後序〉）。〔註12〕清照性強記，每飯罷，夫婦坐歸來堂烹茶，指堆積書史，言某事在某書某卷第幾葉第幾行，以中否角勝負，爲飲茶先後。中即舉杯大笑，至茶傾覆懷中，反不得飲而起，甘心老是鄉矣（〈金石錄後序〉）。

　　屏居期間，清照撰著〈詞論〉云：「樂府聲詩並著，最盛于唐。開元、天寶間，有李八郎者，能歌擅天下。時新及第進士，開宴曲江。榜中一名士，先召李，使易服隱姓名，衣冠故敝，精神慘沮，與同之宴所。曰：『表弟願與坐末。』衆皆不顧。既酒行樂作，歌者進，時曹元謙〈念奴嬌〉爲冠，歌罷，衆皆咨嗟稱賞。名士忽指李曰：『請表弟歌。』衆皆哂，或有怒者。及轉喉發聲，歌一曲，衆皆泣下。羅拜曰：『此李八郎也。』自後鄭、衛之聲日熾，流靡之變日煩。已有〈菩薩蠻〉、〈春光好〉、〈莎雞子〉、〈更漏子〉、〈浣溪沙〉、〈夢江南〉、〈漁父〉等詞，不可徧舉。五代干戈，四海瓜分豆剖，斯文道熄。獨江南李氏君臣尚文雅，故有『小樓吹徹玉笙寒』、『吹皺一池春水』之詞。語雖奇甚，所謂『亡國之音哀以思』也。逮至本朝，禮樂文武大備。又涵養百餘年，始有柳屯田永者，變舊聲作新聲，出《樂章集》，大得聲稱於世；雖協音律，而詞語塵下。又有張子野、宋子京兄弟、沈唐、元絳、晁次膺輩繼出，雖時時有妙語，而破碎何足名家。至晏元獻、歐陽永叔、蘇子瞻，學際

〔註11〕　案挺之卒後，其年三月特進贈司徒。後因蔡京誣陷，興大獄窮治，七月獄具，遂被追奪贈官。

〔註12〕　案明誠夫婦屏居鄉里，當因蔡京之故。據《宋宰輔編年錄》卷十一所載，謂挺之獄具在大觀元年（1107）七月，則明誠、清照之回里不得早於此時。又據《金石錄》卷一〈漢任伯嗣碑陰〉載：「大觀初，獲此碑，實於汜水輦運司廨舍壁間。余聞其碑陰有字，因託人諷邑官，破壁出之，遂獲此碑。」汜水在今開封東舊汜水縣，是明誠大觀元年仍在汴也。〈珊瑚網法書題跋〉卷三載錄〈蔡襄進謝御賜詩卷〉，附文及甫一跋云：「大觀三年仲冬上休日，青社郡舍之簡政堂觀，河南文及甫。」蓋〈蔡襄進謝御賜詩卷〉爲明誠所藏，文及甫獲觀並跋之。據文跋則大觀三年（1109）明誠已在青州。綜上諸說，則大觀二年（1108）應爲屏居鄉里之始。又屏居鄉里，舊皆以爲諸城，其實乃青州也。挺之雖爲諸城人，然早移居青州。《宋宰輔編年錄》卷十二：「始挺之自密州徙居青州。又李燾《續資治通鑑長編》引〈挺之行狀〉：「明年（崇寧五年）春，數乞歸青州私第。」均其證也。又上文所引文及甫跋，及〈金石錄後序〉：「青州故第尚鎖書冊什物用屋十餘間，期明年再具舟載之。十二月，金人陷青州，凡所謂十餘屋者，已皆爲煨燼矣。」亦足證屏居之所乃青州。

天人，作爲小歌詞，直如酌蠡水於大海，然皆句讀不葺之詩爾；又往往不協音律者，何邪？蓋詩文分平側，而歌詞分五音，又分五聲，又分六律，又分清濁輕重，且如近世所謂〈聲聲慢〉、〈雨中花〉、〈喜遷鶯〉，既押平聲韻，又押入聲韻；〈玉樓春〉本押平聲韻，又押上去聲，又押入聲。本押仄聲韻，如押上聲則協；如押入聲，則不可歌矣。王介甫、曾子固，文章似西漢，若作一小歌詞，則人必絕倒，不可讀也。乃知詞別是一家，知之者少。後晏叔原、賀方回、秦少游、黃魯直出，始能知之。又晏苦無鋪敍。賀苦少典重。秦即專主情致，而少故實，譬如貧家美女，雖極妍麗丰逸，而終乏富貴態。黃即尚故實，而多疵病，譬如良玉有瑕，價自減半矣。」清照歷評前輩歌詞，皆摘其短，無一免者。蓋自謂能擅其長，以樂府名家者也（胡仔《苕溪漁隱叢話·後集》卷卅三）。〔註13〕

　　政和七年（1117）丁酉，明誠集金石刻辭二千種，上自三代，下及隋唐五季，內自京師，達於四方遐邦絕域夷狄，所傳倉、史以來古文奇字，大小二篆，分隸行草之書，鐘鼎簠簋尊敦甗鬲盤杅之銘，詞人墨客詩歌賦頌碑誌敍記之文章，名卿賢士之功烈行治，至於浮屠老子之說，凡古物奇器豐碑巨刻所載，與夫殘章斷畫磨滅而僅存者，略而無遺，次其先後爲二千卷（趙明誠〈金石錄序〉）。又效歐陽修《集古錄》所論，以考書傳諸家同異，訂其得失，著《金石錄》三十卷，別白牴牾，實事求是，其言斤斤，甚可觀也（劉跂〈金石錄後序〉）。河間劉跂序之，謂明誠所藏甚富，又選擇多善，而探討去取，雅有思致，其書誠有補於學者。推崇備至，可謂知言（劉跂〈金石錄後序〉）。

　　宣和三年（1121）辛丑秋，明誠出守萊州，〔註14〕清照隨從赴任，途經昌樂，驛中作〈蝶戀花〉調寄姊妹云：「淚溼羅衣脂粉滿，四疊〈陽關〉，唱到千千遍，人道山長山又斷，瀟瀟微雨聞孤館。　　惜別傷離方寸亂，忘了臨行，酒盞深和淺，好把音書憑過雁，東萊不似蓬萊遠。」（劉應李《新編事文類聚翰墨大全·後丙集》卷四）。

　　八月十日到萊，清照獨坐一室，平生所見，皆不在目前，時几上有《禮

〔註13〕有關〈詞論〉作年問題，請參看第四章「李清照之〈詞論〉」。
〔註14〕案明誠屏居鄉里始自大觀二年（1108），若依〈後序〉「十年」之說，則政和七年（1117）明誠應出仕。然政和七年，明誠著成《金石錄》，劉跂爲之序仍稱「東武趙明誠」，未舉官職，是明誠未仕之證。故〈後序〉「屏居鄉里十年」云云，當是舉整數而言，明誠之屏居實不止十年也。據清照〈感懷詩序〉，明誠出仕守萊，在宣和三年（1121）。

韻》，因信手開之，約以所開爲韻作詩，偶得「子」字，因以爲韻，乃作〈感懷詩〉云：「寒窗敗几無書史，公路可憐合至此。青州從事孔方兄，終日紛紛喜生事。作詩謝絕聊閉門，燕寢凝香有佳思。靜中我乃見至交，烏有先生子虛子。」（酈琥《彤管遺編》卷十七）

在萊任內，明誠仍繼續搜輯古碑，嘗遣人訪求〈鄭羲上碑〉膠水縣界（《金石錄》卷廿一〈後魏鄭羲上碑跋〉）。又與僚屬登茲山，徘徊〈鄭羲碑〉下（《金石錄》卷廿一〈後魏鄭羲上碑跋〉）。每日晚更散，坐靜治堂，整理金石刻辭，芸籤縹帶，束十卷作一帙，輒校勘二卷，跋題一卷（〈金石錄後序〉）。

宣和七年（1125）乙巳，明誠調守淄州。〔註15〕遂竭俸入以事鉛槧，每獲一書，夫婦即同共勘校，整集籤題，遇書史百家字不刓闕，本不訛謬者輒市之，儲作副本。自來家傳《周易》、《左氏傳》，故兩家者流，文字最備。得書畫、彝鼎，亦摩玩舒卷，指摘疵病，夜盡一燭爲率。故能紙札精緻，字畫完整，冠諸收書家。於是几案羅列枕籍，意會心謀，目往神授，樂在聲色狗馬之上。收書既成，乃起書庫大櫥，簿甲乙，置書冊。如要講讀，即請鑰上簿關出卷帙，或少損污，必懲責揩完塗改，不復向時之坦夷矣（〈金石錄後序〉）。〔註16〕

靖康元年（1126）丙午歲，明誠仍守淄州，聞金人犯京師，四顧茫然，盈箱溢篋，且戀戀，且悵悵，知其必不爲己物矣（〈金石錄後序〉）。〔註17〕

二年（1127）丁未春三月，明誠奔母喪南下，既長物不能盡載，乃先去書之重大印本者，又去畫之多幅者，又去古器之無款識者，後又去書之監本者、畫之平常者、器之重大者。凡屢減去，尚載書十五車。至東海，連艫渡淮，又渡江，至建康。清照初未隨行，蓋青州故第尚鎖書冊什物用屋十餘間，期翌年再具舟載之也（〈金石錄後序〉）。

〔註15〕章得象《宋會要稿・選舉》卷卅三：「（宣和六年）十二月二日詔，朝散郎權發遣淄州趙明誠職事修舉，可特除直祕閣。」案明誠何時調守淄州，今雖不可確考，按宋制，州守任期僅爲三年，而明誠宣和三年（1121）守萊，則宣和六年（1124）當滿。調守淄州，或在宣和七年（1125）初，詔稱「權發遣淄州趙明誠」，亦可證明誠調守淄州，必距此時不遠。

〔註16〕清照〈金石錄後序〉，自宋以來即轉相鈔錄，訛誤至不可究詰。此處敍收書事，極凌亂，甚至前後所述，文意亦不相屬。茲略作整治，重爲排次，期能還原〈後序〉之舊。

〔註17〕案金斡離不粘沒喝圍汴京在十一月，十二月汴京陷。〈後序〉所記當爲十一月間事。

四月，金人擄徽、欽二帝及后妃等北返。五月，高宗即位南京應天府（商丘），改元建炎。自此宋室南渡矣（《宋史·高宗紀》）。

八月，明誠起復，知建康府。﹝註18﹞十二月，臨朐士兵趙晟聚眾爲亂青州，郡守曾孝序亦遇害（李心傳《建炎以來繫年要錄》卷七）。清照因是南下（岳珂《寶眞齋法書贊》卷九〈趙明誠跋蔡襄書趙氏神妙帖〉）。未幾，金人陷青州，凡所謂十餘屋者，皆爲煨燼矣（〈金石錄後序〉）！

建炎二年（1128）春，清照至建康，攜〈蔡襄書趙氏神妙帖〉，三月，明誠跋之（岳珂《寶眞齋法書贊》卷九）。時胡馬長驅，兩宮北狩，清照油然有家國之痛，於宋室君臣之偷安南避，尤致不滿，乃作詩云：「南來尙怯吳江冷，北狩應知易水寒。」又云：「南渡衣冠少王導，北來消息欠劉琨。」忠憤激發，所刺者深（俞正己《詩說雋永》）。

又作〈臨江仙〉云：「庭院深深深幾許，雲窗霧閣常扃。柳梢梅萼漸分明，春歸秣陵樹，人老建康城。　感月吟風多少事，如今老去無成。誰憐憔悴更彫零，試燈無意思，踏雪沒心情。」乃效歐公體也（〈臨江仙詞序〉）。

每值天大雪，清照即頂笠披蓑，循城遠覽以尋詩，得句必邀其夫賡和，明誠每苦之（周煇《清波雜志》卷八）。

三年（1129）二月甲寅，御營統制官王亦將京軍駐江寧，謀爲變，以夜縱火爲信。江東轉運副使直徽猷閣李謨覘知之，馳告明誠，時明誠已被命移知湖州，弗聽。謨飭兵將率所部團民兵伏塗巷中，柵其隘。夜半，天慶觀火，諸軍譟而出，亦至，不得入，遂斧南門而去。謨遲明訪明誠，則縋城宵遁矣（李心傳《建炎以來繫年要錄》卷廿）。

明誠因是罷官。三月具舟上蕪湖，入姑孰，將卜居贛水上。五月至池陽，被旨知湖州，過闕上殿。遂駐家池陽，獨赴召。六月十三日，始負擔捨舟，坐岸上，葛衣岸巾，精神如虎，目光爛爛射人，望舟中告別。清照意甚惡，呼曰：「如傳聞城中緩急，奈何？」明誠戟手遙應曰：「從眾，必不得已，先棄輜重，次衣被，次書冊卷軸，次古器，獨所謂宗器者，可自負抱，與身俱

﹝註18﹞　〈後序〉云：「建炎戊申秋九月，侯起復知建康府。」戊申爲建炎二年（1128）。案明誠起知建康府，據李心傳《建炎以來繫年要錄》、周應合《景定建康志》所載，實在建炎元年（1127）八月。《建炎以來繫年要錄》卷七：「（建炎元年八月）丁巳，……仍起復直龍圖閣趙明誠知江寧府兼江東經制副使。」《景定建康志》卷十四〈大事表〉：「建炎元年（1127）八月，起復朝散大夫秘閣修撰趙明誠知府事，仍兼江南東路經制使。」是清照偶誤記也。

存亡，勿忘之。」遂馳馬去。塗中奔馳，冒大暑，感疾，至行在，病痁。七月末，書報臥病，清照驚怛，念明誠情素急，病痁，或熱，必服寒藥，疾可憂。遂解舟下，一日夜行三百里。比至，果大服柴胡、黃芩藥，瘧且痢，病危在膏肓。清照悲泣倉皇，不忍問後事。八月十八日，遂不起，取筆作詩，絕筆而終，殊無分香賣屨之意（〈金石錄後序〉）。清照撰文祭之曰：「白日正中，歎龐翁之機捷；堅城自墮，憐杞婦之悲深。」（謝伋《四六談麈》）

葬明誠畢，清照無所之。時朝廷已分遣六宮，又傳江當禁渡，清照猶有書二萬卷、金石刻二千卷、器皿茵褥可待百客，他長物稱是。適患大病，僅存喘息，時勢日迫，念明誠有妹婿任兵部侍郎，從衛在洪州，遂遣二故吏先部送行李往投之。十二月，金人陷洪州，遂盡委棄，所謂連艫渡江之書，又散為雲烟矣。獨餘少輕小卷軸書帖，寫本李、杜、韓、柳集，《世說》、《鹽鐵論》，漢、唐石刻副本數十軸，三代鼎鼐十數事，南唐寫本書數篋，偶病中把玩，搬在臥內者，巋然獨存。上江既不可往，又虜勢叵測，清照有弟迒，任勅局刪定官，遂往依之（〈金石錄後序〉）。

四年（1130）庚戌正月，清照到台，台守晁公為已遁，〔註19〕之剡，出睦，又棄衣被走黃巖，雇舟入海，奔行朝。時駐驛章安，從御舟海道之溫，又之越。十二月，放散百官，遂之衢（〈金石錄後序〉）。

紹興元年（1131）辛亥春三月，復赴越。先是明誠疾亟時，有張飛卿學士攜玉壺過視明誠，便攜去，其實珉也。不知何人傳道，遂妄言有頒金之語，或傳亦有密論列者。清照大惶怖，不敢言，亦不敢遂已，盡將家中所有銅器等物，欲赴外庭投進。到越，高宗已移幸四明。清照不敢留家中，並寫本書寄剡。後官軍收叛卒，取去，聞盡入李將軍家。所謂巋然獨存者，無慮十去五六矣。惟有書畫硯墨可五七篋，更不忍置他所，常在臥榻下，手自開闔。在會稽，卜居土民鍾氏舍，忽一夕穴壁負五篋去，清照悲慟不得活，重立賞收贖。後二日，鄰人鍾復皓出十八軸求賞，遂知其盜不遠矣，萬計求之，其餘竟不可出，後知盡為吳說運使賤價得之，所謂巋然獨存者，乃十去其七八。自是，所有一二殘零不成部帙書冊，三數種平平書帖，亦愛惜如護頭目焉（〈金石錄後序〉）。

二年（1132）壬子，清照又赴杭（〈金石錄後序〉）。〔註20〕四月，賜禮部

〔註19〕〈後序〉云：「到台，台守已遁。」未錄台守姓氏。此據《宋史·高宗紀》補。
〔註20〕據《宋史·高宗紀》：是年正月丙午（十五日），帝由越赴杭。清照追隨行在，

進士張九成及第出身，九成對策有「桂子飄香」之語，清照嘲之曰：「露花倒影柳三變，桂子飄香張九成。」應舉者服其工而心忌之（陸游《老學庵筆記》卷二）。五月，清照再適張汝舟，〔註21〕未幾反目（胡仔《苕溪漁隱叢話・前集》卷六十）。時汝舟官右承奉郎監諸軍審計司，清照訟其妄增舉數入官，九月戊子朔，以汝舟屬吏。其後有司當汝舟私罪，徒，詔除名柳州編管，十月己酉行遣（李心傳《建炎以來繫年要錄》卷五十八）。清照得綦崇禮之助，免受刑罰。事解，作〈啓〉謝崇禮曰：「清照素習義方，粗明詩禮。近因疾病，欲至膏肓；牛蟻不分，灰釘已具。嘗藥雖存弱弟，應門惟有老兵。既爾蒼皇，因成造次。信彼如簧之說，惑茲似錦之言。弟既可欺，持官文書來輒信；身幾欲死，非玉鏡架亦安知？僶俛難言，優柔莫決；呻吟未定，強以同歸；視聽才分，實難共處。忍以桑榆之晚景，配茲駔儈之下才。身既懷臭之可嫌，惟求脫去；彼素抱璧之將往，決欲殺之。遂肆侵凌，日加毆擊。可念劉伶之肋，難勝石勒之拳。局地扣天，敢效談娘之善訴；升堂入室，素非李赤之甘心。外援難求，自陳何害？豈期末事，乃得上聞。取自宸衷，付之廷尉。被桎梏而置對，同凶醜以陳詞。豈惟賈生羞絳灌爲儕，何啻老子與韓非同傳？但祈脫死，莫望償金。友凶橫者十旬，蓋非天降；居囹圄者九日，豈是人爲？抵雀捐金，利當安往？將頭碎壁，失固可知。實自繆愚，分知獄市。此蓋伏遇內翰承旨，縉紳望族，冠蓋清流。日下無雙，人間第一。奉天克復，本緣陸贄之詞；淮蔡底平，實以會昌之詔。哀憐無告，雖未解驂；感戴鴻恩，如眞出己。故茲白首，得免丹書。清照敢不省過知慚，捫心識媿。責全責智，已難逃萬世之譏；敗德敗名，何以見中朝之士。雖南山之竹，豈能窮多口之談？惟智者之言，可以止無根之謗。高鵬尺鷃，本異升沈；火鼠冰蠶，難同嗜好。達者共悉，童子皆知，願賜品題，與加湔洗。誓當布衣蔬食，溫故知

時間當亦在正月。

〔註21〕清照再適張汝舟，宋人言之鑿鑿。其說見載於胡仔《苕溪漁隱叢話・前集》卷六十、王灼《碧雞漫志》卷二、晁公武《郡齋讀書志》卷四下、洪适《隸釋》卷廿四、趙彥衛《雲麓漫鈔》卷十四、李心傳《建炎以來繫年要錄》卷五十八、陳振孫《直齋書錄解題》卷廿一諸書。大抵宋人於清照改嫁一事，殊無置疑者。明人徐𤊹《徐氏筆精》始疑之。徐氏之後，武繼踵接爲清照改嫁辨誣者，大不乏人；而中以俞正燮、李慈銘、況周頤、李沬諸人，所費氣力最多。然彼等之考證文字，主觀偏見而多瑕纇。今人黃盛璋撰〈李清照事跡考辨・改嫁新考〉、王仲聞撰〈李清照事迹作品雜考・關於李清照之改嫁〉已詳予辨駁之，可參閱。

新。再見江山，依舊一瓶一鉢；重歸畎畝，更須三沐三薰。忝在葭莩，敢茲塵瀆。」傳者無不笑之（胡仔《苕溪漁隱叢話・前集》卷六十）。

三年（1133）癸丑五月，樞密韓公肖冑、工部尚書胡公松年使金，通兩宮也。清照父祖皆出韓公門下，見此大號令，不能忘言，乃作古、律詩各一章以寄意，且待採詩者云（〈上樞密韓公、工部尚書胡公詩序〉）。其〈上樞密韓公詩〉曰：「三年夏六月，天子視朝久。凝旒望南雲，垂衣思北狩，如聞帝若曰：『岳牧與羣后。賢寧無半千，運已過陽九。勿勒〈燕然銘〉，勿種金城柳。豈無純孝臣，識此霜露悲？何必羹捨肉，便可車載脂。土地非所惜，玉帛如塵泥。誰當可將命，幣厚詞益卑。』四岳僉曰：『俞，臣下帝所知。中朝第一人，春官有昌黎。身爲百夫特，行足萬人師。嘉祐與建中，爲政有皋、夔。匈奴畏王商，吐蕃尊子儀。夷狄已破膽，將命公所宜。』公拜手稽首，受命白玉墀，曰：『臣敢辭難，此亦何等時！家人安足謀，妻子不必辭。願奉天地靈，願奉宗廟威。徑持紫泥詔，直入黃龍城。單于定稽顙，侍子當來迎。仁君方恃信，狂生休請纓。或取犬馬血，與結天地盟。』」又〈上工部尚書胡公詩〉曰：「胡公清德人所難，謀同德協心志安。脫衣已被漢恩暖，離歌不道易水寒。皇天久陰后土溼，雨勢未回風勢急。車聲轔轔馬蕭蕭，壯士懦夫俱感泣。閭閻嫠婦亦何知，瀝血投書干記室。夷虜從來性虎狼，不虞預備庸何傷。衷甲昔時聞楚幕，乘城前日記平涼。葵丘踐土非荒城，勿輕談士棄儒生。露布詞成馬猶倚，崤函關出雞未鳴。巧匠何曾棄樗櫟？芻蕘之言或有益。不乞隋珠與和璧，只乞鄉關新信息。靈光雖在應蕭蕭，草中翁仲今何若？遺民豈尚種桑麻？殘虜如聞保城郭。嫠家父祖生齊魯，位下名高人比數。當時稷下縱談時，猶記人揮汗如雨。子孫南渡今幾年，漂流遂與流人伍。欲將血淚寄山河，去灑東山一坏土。」「想見皇華過二京，壺漿夾道萬人迎。連昌宮裏桃應在，華萼樓頭鵲定驚。但說帝心憐赤子，須知天意念蒼生。聖君大信明如日，長亂何須在屢盟！」（趙彥衛《雲麓漫鈔》卷十四）二詩雄渾悲壯，雖起杜、韓爲之，無以過也（陳鍾凡〈清暉說詩〉）。

四年（1134）甲寅八月，清照作〈金石錄後序〉，慇悼舊物之不存，極道遭罹變故本末（洪邁《容齋四筆》）。〔註22〕全篇敍致錯綜，筆墨疏秀，蕭然

〔註22〕 〈金石錄後序〉之作年，今本〈後序〉署作「紹興二年」；今人夏承燾撰〈易安居士事輯後語〉則有紹興五年之說；上述二說皆誤。〈後序〉實作於紹興四年，證據如下：（一）《容齋四筆》卷五，洪邁自記曾於王復齋處獲見〈金石

出町畦之外，宋以後閨閣之文，此爲觀止（李慈銘《越縵堂讀書記》）。

九月庚午，金及僞齊合兵自淮陽來犯，壬申渡淮。冬十月己卯，金人犯滁州，圍亳州。乙丑，金人困承州，又圍濠州（《宋史・高宗紀》）。江浙之人，聞淮上警報，自東走西，自南走北，居山林者謀入城市，居城市者謀入山林，旁午絡繹，莫知所之。清照亦自臨安泝流，涉嚴灘之險，抵金華，卜居陳氏第（〈打馬圖經自序〉）。過嚴子陵釣臺，有「巨艦因利」、「扁舟爲名」之歎（俞正燮《易安居士事輯》）。乃作〈夜發嚴灘〉詩云：「巨艦只緣因利往，扁舟亦是爲名來。往來有媿先生德，特地通宵過釣臺。」（吳希孟《釣臺集》）。在金華，又成〈題八詠樓〉詩云：「千古風流八詠樓，江山留與後人愁。水通南國三千里，氣壓江城十四州。」（酈琥《彤管遺漏》）。藏氣深渾，含意雅正，感慨中直有一段不平之氣（梁乙眞《中國婦女文學史綱》）。

十一月廿四日，撰《打馬圖經》，有序云：「慧則通，通則無所不達；專則精，精則無所不妙。故庖丁之解牛。郢人之運斤，師曠之聽，離婁之視，大至於堯舜之仁，桀紂之惡；小至於擲豆起蠅，中角拂棋，皆臻至理者何？妙而已。後世之人，不惟學聖人之道不到聖處，雖嬉戲之事，亦不得其依稀彷彿而遂止者多矣。夫博者無他，爭先術耳。故專者能之。予性喜博，凡所謂博者能耽之，晝夜每忘寢食。且平生隨多寡未嘗不進者何？精而已。自南渡來，流離遷徙，盡散博具，故罕爲之。然實未嘗忘於胸中也。今年十月朔，聞淮上警報，江浙之人，自東走西，自南走北，居山林者謀入城市，居城市者謀入山林，旁午絡繹，莫知所之。易安居士亦自臨安泝流，涉嚴灘之險，抵金華，卜居陳氏第。乍釋舟楫而見軒窗，意頗適然。更長燭明，奈此良夜何？於是乎博奕之事講矣。且長行葉子、博籠彈棋，世無傳者。打褐、大小豬窩、族鬼、胡畫、數倉、賭快之類，皆鄙俚不經見，藏酒、摴蒲、雙蹙融，近漸廢絕，選仙、加減、挿關火、質魯任命，無所施人智巧，大小象戲奕棋，又惟可容二人。獨采選、打馬，特爲閨房雅戲。嘗恨采選叢繁，勞於檢閱，

録後序〉原稿，並爲撮述，最後稱「時爲紹興四年也」。（二）《瑞桂堂暇錄》載有〈後序〉全文，最後亦署紹興四年。此外。殘宋十卷本《金石錄》後附有明人抄〈金石錄後序〉全文，亦爲紹興四年，皆與容齋所見同。（三）古人計年包括首尾在內數算，不用足歲，如宋仁宗在位實只四十一年，而宋人每言「仁宗四十二年太平」，可以爲證。〈金石錄後序〉自敍半生憂患，起於建中辛巳（1101）歸趙之歲，迄於作〈序〉之年，其所云「三十四年之間」，依宋人計數慣例，應爲紹興四年（1134）。

故能通者少，難遇勁敵；打馬簡要，而苦無文采。按打馬世有二種：一種一將十馬者，謂之關西馬；一種無將二十馬者，謂之依經馬，流傳既久，各有圖經、凡例可考，行移賞罰，互有同異。又宣和間人取二種馬，參雜加減，大約交加僥倖，古意盡矣。所謂宣和馬者是也。予獨愛依經馬，因取其賞罰互度，每事作數語，隨事附見，使兒輩圖之，不獨施之博徒，實足貽諸好事。使千萬世後，知命辭打馬，始自易安居士也。時紹興四年十一月二十有四日，易安居士序。」序語精妍工麗，世罕其儔（陶宗儀《說郛》卷十九）。又作〈打馬賦〉云：「歲令云徂，盧或可呼，千金一擲，百萬十都。尊俎且陳，已行揖讓之禮；主賓既醉，不有博奕者乎？打馬爰興，摴蒱遂廢，實小道之上流，乃深閨之雅戲。齊驅驥騄，疑穆王萬里之行；間列玄黃，類楊氏五家之隊。珊珊佩響，方驚玉轗之敲；落落星羅，忽見連錢之碎。若乃吳江楓落，胡山葉飛，玉門關閉，沙苑草肥，臨波不渡，似惜障泥。或出入用奇，有類昆陽之戰；或優游仗義，正如涿鹿之師。或聞望久高，脫復庾郎之失；或聲名素昧，便同癡叔之奇。亦有緩緩而歸，昂昂而立，鳥道驚馳，蟻封安步。崎嶇峻坂，未遇王良；跼促鹽車，難逢造父。且夫邱陵云遠，白雲在天，心存戀豆，志在著鞭。止蹄黃葉，何異金錢。用五十六采之間，行九十一路之內。明以賞罰，覈其殿最。運指揮於方寸之中，決勝負於幾微之外。且好勝者，人之常情；游藝者，士之末技。說梅止渴，稍蘇奔競之心；畫餅充飢，少謝騰驤之志。將圖實效，故臨難而不迴；欲報厚恩，故知幾而先退。或銜枚緩進，已踰關塞之艱；或奮勇爭先，莫悟窐塹之墜。皆因不知止足，自貽尤悔。況爲之不已，事實見於正經；用之以誠，義必合於天德。故繞牀大叫，五木皆盧；瀝酒一呼，六子盡赤。平生不負，遂成劍閣之師；別墅未輸，已破淮肥之賊。今日豈無元子，明時不乏安石。又何必陶長沙博局之投，正當師袁彥道布帽之擲也。辭曰：佛狸定見酉年死，貴賤紛紛尙流徙，滿眼驊騮雜驤騧，時危安得眞致此？老矣誰能志千里，但願相將過淮水。」意氣豪蕩，殊不類巾幗中人語（李調元《賦話》卷五）。

　　五年（1135）乙卯春，清照作〈武陵春〉詞云：「風住塵香花已盡，日晚倦梳頭。物是人非事事休，欲語淚先流。　　聞說雙溪春尙好，也擬泛輕舟。只恐雙溪舴艋舟，載不動，許多愁。」流寓有故鄉之思，其事非閨閣文筆自記者莫能知（俞正燮〈易安居士事輯〉）。

　　五月三日，詔令婺州來清照處取索趙家所藏《哲宗皇帝實錄》繳進（章

得象《宋會要稿·崇儒》卷四)。

八年(1138)戊午三月,秦檜復相,力主和議。十二月,詔許盡割河南、陝西故地,通好於金,以還梓宮及母兄親戚,乃定都臨安。

十一年(1141)辛酉十一月,與金和議成。十二月,殺岳飛以謝金人(《宋史·高宗紀》)。

十三年(1143)癸亥五月,清照在行都,有親聯爲命婦者,因端午進帖子詞,清照撰〈皇帝閣〉云:「日月堯天大,璿璣舜歷長,側聞行殿帳,多集上書囊。」〈皇后閣〉云:「意帖初宜夏,金駒已過蠶,至尊千萬壽,行見百斯男。」〈夫人閣〉云:「三宮催解糭,妝罷未天明,便面天題字,歌頭御賜名。」時秦楚材在翰苑,惡之,止賜金帛而罷(周密《浩然齋雅談》卷上)。〔註23〕

十九年(1149)己巳,清照携米元章〈靈峰行記帖〉等往訪米友仁求跋。友仁跋之云:「易安居士一日攜前人墨跡臨顧,中有先子留題,拜觀不勝感泣,先子尋常爲字,但乘興而爲之,今之數句,可比黃金千兩耳,呵呵。」(岳珂《寶眞齋法書贊》卷十九)。又一跋云:「先子眞跡也。昔唐李義府出門下典儀,宰相屢薦之,太宗召試講武殿,側坐而殿賜,有鳥數枚集之,上令作詩詠之。先子因暇日偶寫,今不見四十年矣,易安居士求跋,謹以書之。」(岳珂《寶眞齋法書贊》卷廿)。〔註24〕

廿一年(1151)辛未,清照欲以其學傳文林郎寧海軍節度推官蘇君璹之夫人孫氏,時夫人始十餘歲,謝不可,曰:「才藻非女子事也。」(陸游《渭

〔註23〕陳元靚《歲時廣記》引《皇朝歲時雜記》載:「宋時故事,立春及端午,學士院前一月撰皇帝、皇后、夫人閣門帖子,南渡以後,此事久廢,至紹興十三年立夏,學士始進帖子詞。」《翰苑題名》載:「秦梓,紹興十二年九月以敷文閣直學士兼權直院。十月,除兼直院。十三年閏四月除翰林學士,六月除龍圖閣學士知宣州。」十三年(1143)五月清照進帖子,時秦梓正除翰林學士。俞正燮〈易安居士事輯〉繫此事於紹興三年(1133),是年癸丑與十三年之癸亥,字跡相近,俞氏或由是誤推。李文祁《李易安年譜》以爲事在紹興十一年(1141),惟是年進帖子詞故事尚未恢復,而秦梓亦不在翰苑。故知清照進帖子詞必在紹興十三年,紹興三年、紹興十一年說皆非。

〔註24〕案米友仁兩跋俱題「敷文閣直學士,右朝議大夫,提舉佑神觀米友仁謹跋」。據李心傳《建炎以來繫年要錄》卷一百五十九載:「紹興十九年四月癸酉,敷文閣待制,提舉佑神觀米友仁直學士。」又卷一百六十二載:「紹興二十年正月庚子,敷文閣直學士,提舉佑神觀米友仁卒。」清照往訪友仁,並乞其跋,當在紹興十九年至二十年正月,然以十九年爲較是。

南文集》卷卅五〈夫人孫氏墓志銘〉）。〔註25〕

　　清照重整明誠《金石錄》，筆削其間（張端義《貴耳集》卷上）。（《金石錄》卷十四〈漢巴官鐵量銘〉下注云：「此盆色類丹砂……余紹興庚午親見之，今在巫山縣治，韓暉仲云。」紹興庚午（1150），時明誠已逝，此注乃清照所筆削也。）重整完竣，清照表上之（洪适《隸釋》卷廿六〈跋趙明誠金石錄〉）。

　　廿五年（1155）乙亥，清照年七十二矣，晚節流落江湖間以卒（晁公武《郡齋讀書志》卷四下）。〔註26〕然無子嗣能保其遺餘，殊可歎息也（翟耆年《籀史》上〈趙明誠古器物銘碑〉）。

　　清照書畫皆精。其小楷織錦回文詩，及詞稿一紙，筆勢清眞可愛（張丑《清河書畫舫》）。其畫〈琵琶行圖〉，曾藏陳查良家（宋濂《宋學士集‧芝園續集》卷十〈題李易安所書琵琶行後〉）；另〈墨竹〉一幅，則爲莫廷韓所購

〔註25〕〈夫人孫氏墓志銘〉謂孫氏紹熙四年（1193）從蘇君璹推官官臨安，以其年七月辛巳疾終於官舍，享年五十有三。以此上推，則孫氏當生於紹興十一年（1141）。孫氏始十餘歲，清照欲以其學傳之，十餘歲至少爲十一歲，時約爲紹興廿一年（1151）。

〔註26〕清照卒年，確切時間不可考。晁公武《郡齋讀書志》卷四下有清照「晚節流落江湖間以卒」之載，是公武撰就《讀書志》時而清照已謝世。案晁書有蜀、衢、袁三刻本，蜀刻最早，今無傳本，衢、袁兩刻宋本俱在。袁刻首四卷及公武〈自序〉全據蜀刻，未署作序年月，衢本公武〈自序〉與袁本略異，後署「紹興二十一年吉日」，遂有疑清照卒於紹興二十一年（1151）前者。然袁本趙希弁〈序〉曾以衢本〈自序〉牴牾爲疑，且古人著書序成之後，仍可增益，如《金石錄》劉跂〈後序〉作於政和七年（1117），然全書之成遠在此後，故此「紹興二十一年吉日」即使可據，亦難以據定清照卒年。然晁書蜀刻最早，乃公武未離蜀所作，衢本材料遠多於蜀刻，是必入浙後續有增益，今《李清照集》之跋見於袁本前四卷，知蜀刻已有，清照之卒必在公武離蜀之前。李心傳《建炎以來朝野雜記‧甲集》卷九載有隆興二年（1164）殿中侍御史晁公武，是至遲此年晁氏已離蜀來浙，又袁本卷二稱高宗爲太上皇帝，此亦出自蜀刻。據此，似可證蜀本之成，應在紹興以後，隆興二年（1164）以前，清照卒年不得晚於隆興二年（1164）。《朱文公集》卷七十五〈家藏石刻序〉曰：「予少好古金石文字，家貧不能有其書，獨時時取歐陽子所集錄，觀其序跋辨證之辭以爲樂。……來泉南，又得東武趙氏《金石錄》觀之，大略如歐陽子書，然詮序益條理，考證益精博，予心亦益好之。……歐陽子書一千卷，趙氏書多倍之。……紹興二十六年歲次丙子八月二十二日壬辰吳郡朱熹序。」朱子所見《金石錄》如爲刻本，當在清照身後，若爲稿本，明誠手澤，清照必與身俱存，其傳至泉州亦當在清照身後。據此推測，清照卒年，當在紹興二十一年（1151）以後，紹興二十六年（1156）之前，倘繫於紹興二十五年（1155），或於事實相去不遠。

得云（陳繼儒《太平清話》）。

清照遺物傳世者二：其石刻一方，高五尺，玲瓏透豁，上有「雲巢」二隸書，其下小摩崖刻「辛卯九月德父、易安同記」，見置王志修仍園竹中（王志修〈易安居士畫象題詞〉）。〔註 27〕另有硯一端，背鐫「片石幽閨共語誰，輸磨盾筆是男兒。夢回也弄生花管，肯蘸輕煙祇掃眉」廿八字，舊藏上海郁泰峰（鄧之誠《骨董瑣記》卷三）。未卜此二故物，今尚存此霄壞否？

〔註 27〕王志修所藏清照「雲巢」石刻，黃盛璋以爲贋品，其著〈趙明誠李清照夫婦年譜〉云：「諸城王志修〈易安居士畫象題詞〉注：『石高五尺，玲瓏透豁，上有「雲巢」二隸書，其下小摩崖刻「辛卯九月德父易安同記」，現置敝居仍園竹中。』（《四印齋刻漱玉詞》附錄）案此石刻當屬後人附會，不可信，證據有二：（一）明誠、清照屛居鄉里乃青州非諸城。（二）易安乃室名，非字。清照自稱易安室、易安居士者有之，大抵皆在南渡後，作僞者誤以『易安』二字爲字，用此署名，此自露馬腳處。」

第二章　李清照之詞

　　李清照，一代才媛，所爲詩文，極有才思。論者以爲其文上返魏、晉，非南宋諸儒堪可比肩；〔註1〕而古詩高妙，雖放翁容或未逮。〔註2〕推譽至隆，余將於第三章處詳述之。清照倚聲，亦稱冠絕。所爲詞作，膾炙人口，卓然成家。明楊愼《詞品》卷二云：「宋人中塡詞，李易安亦稱冠絕，使在衣冠，當與秦七、黃九爭雄，不獨雄於閨閣也。」清紀昀《四庫全書總目》卷四十〈集部・詞曲類〉亦云：「清照以一婦人，而詞格乃抗軼周、柳。張端義《貴耳集》極推其〈元宵詞・永遇樂〉、〈秋詞・聲聲慢〉，以爲閨閣有此文筆，殆爲間氣；良非虛美。雖篇帙無多，固不能不寶而存之，爲詞家一大宗矣。」沈謙《塡詞雜說》則盛推之，謂：「男中李後主，女中李易安，極是當行本色。前此李白，故稱詞家三李。」李調元《雨村詞話》卷三亦游揚之，曰：「易安在宋諸媛中，自卓然一家，不在秦七、黃九之下。詞無一首不工，其鍊處可奪夢窗之席，其麗處直參片玉之班。蓋不徒俯視巾幗，直欲壓倒鬚眉。」蓋清照卓爾不羣，其撰《漱玉詞》之成就，固久爲世人推崇矣。

　　清照傳世之詞凡八十六闋，然眞贋雜揉，可信者僅四十三闋。〔註3〕陳振孫《直齋書錄解題》卷廿一〈歌詞類〉著錄：「《漱玉集》一卷。」又云：「別本分五卷。」黃昇《唐宋諸賢絕妙詞選》卷十云：「《漱玉集》三卷。」《宋史・藝文志・集類・別集》載：「《易安詞》六卷。」今所得之四十三闋，

〔註1〕毛晉〈汲古閣本漱玉詞跋〉云：「易安居士文妙，非止雄於一代才媛，直洗南渡後諸儒腐氣，上返魏、晉矣。」

〔註2〕樊增祥〈題李易安遺像序〉云：「易安才高學贍，其所爲古詩，放翁遺詩且猶不逮，誠齋、石湖以下勿論矣。」

〔註3〕請參看第六章「李清照作品眞僞考證」。

篇帙無多，遠非清照詞宋刊本之全豹。

清照詞，若就內容而論，其所反映者殊不甚廣。然其所作，則最能體現出作者生活環境及其思想感情之轉變。是故，清詞之詞固不失爲作者本來面目最忠實之寫照，而亦爲吾人研究清照行實最可依憑之資料也。

茲試論述《漱玉詞》內容於後：

王灼《碧雞漫志》卷二云：「易安居士自少年便有詩名，才力華贍，逼近前輩。」其實清照之詞名亦然。蓋清照系出名門，父格非，母王氏皆善文章。〔註4〕故自幼即受書香薰陶，才華煥發，而靈襟秀氣，亦超邁常流。其少年詞作，今見者鮮。有〈如夢令〉一闋云：「昨夜雨疏風驟，濃睡不消殘酒。試問捲簾人，却道海棠依舊。知否？知否？應是綠肥紅瘦。」此詞在宋時，即爲胡仔所賞識，謂「綠肥紅瘦，此語甚新」。〔註5〕王士禎則許之爲「人工天巧，可稱絕唱」。〔註6〕黃了翁《蓼園詞選》評本闋云：「一問極有情，答以『依舊』，答得極淡。跌出『知否』二句來，而『綠肥紅瘦』，無限悽婉，却又妙在含蓄，短幅中藏無數曲折，自是聖於詞者。」竊謂上述三者之評，皆深中肯綮，推崇亦云備至。惟本詞究屬清照少作，故通篇雖了無深意，寫來却字句清俊，音調諧婉，境界亦妍美幽約，宜乎其能傳播古今，膾炙人口。

據〈金石錄後序〉，清照年十八下嫁趙明誠，〔註7〕夫婦志趣相投，感情彌篤。〈金石錄後序〉一文中曾寫下清照婚後生活若干片斷，其間鶼鰈之樂，尤多羨煞旁人者，〈後序〉云：

> 余建中辛巳，始歸趙氏。……侯年二十一，在太學作學生。趙、李族寒，素貧儉，每朔望謁告出，質衣取半千錢，步入相國寺，市碑文果實歸，相對展玩咀嚼，自謂葛天氏之民也。……連守兩郡，竭其俸入以事鉛槧。每獲一書，即同共校勘，整集籤題，得書畫、彝鼎，亦摩玩舒卷，指摘疵病，夜盡一燭爲率。……

> 余性偶強記，每飯罷，坐歸來堂烹茶，指堆積書史，言某事在某書某卷第幾葉第幾行，以中否角勝負，爲飲茶先後。中即舉杯大笑，至茶傾覆懷中，反不得飲而起，甘心老是鄉矣。

〔註4〕請參看第一章「李清照之行實」。
〔註5〕見胡仔《苕溪漁隱叢話‧前卷》卷六十〈麗人雜記〉。
〔註6〕見王士禎《花草蒙拾》。
〔註7〕同註4。

其時之詞作，亦有刻畫夫妻間愛情生活之歡愉者。如〈浣溪沙〉：

　　繡面芙蓉一笑開，斜飛寶鴨襯香腮，眼波纔動被人猜。　　一面風
　　情深有韻，半牋嬌恨寄幽懷，月移花影約重來。

一種風流瀟灑之韻度，洋溢楮墨之間，讀之如覩其形、如聞其聲矣。吳衡照
《蓮子居詞話》卷二云：「易安『眼波纔動被人猜』，矜持得妙，善於言情。」
所評確具慧眼。

　　又如〈醉花陰〉：

　　薄霧濃雲愁永晝，瑞腦消金獸。佳節又重陽，玉枕紗廚，半夜涼初
　　透。　　東籬把酒黃昏後，有暗香盈袖。莫道不消魂，簾捲西風，
　　人比黃花瘦。

此闋亦閨情之作，纏綿悽艷。胡仔《苕溪漁隱叢話・前集》卷六十云：「『簾
捲西風，人比黃花瘦』，此語亦婦人所難到也。」伊世珍《嫏嬛記》云：「易
安以〈重陽・醉花陰〉詞函致明誠，明誠嘆賞，自愧不逮，務欲勝之，一切
謝客，忘食忘寢者三日夜，得五十闋，雜易安作以示友人陸德夫。德夫玩之
再三，曰：『只三句絕佳。』明誠詰之。答曰：『莫道不銷魂，簾捲西風，人
比黃花瘦。』政易安作也。」案：此詞結句確是工妙，且獨具標格，宜乎其
為明誠歡賞，陸德夫、胡元任所盛稱也。

　　《漱玉詞》中不乏感時歎逝、傷懷念遠之作。〈一翦梅〉詞云：

　　紅藕香殘玉簟秋，輕解羅裳，獨上蘭舟。雲中誰寄錦書來？雁字回
　　時，月滿西樓。　　花自飄零水自流，一種相思，兩處閒愁。此情
　　無計可消除，才下眉頭，却上心頭。

伊世珍《嫏嬛記》云：「易安結褵未久，明誠即負笈遠游。易安殊不忍別，覓錦
帕書〈一翦梅〉詞以送之。」案：《嫏嬛記》此條「負笈」二字疑為衍文。蓋明
誠結褵未久，仍在太學作學生，實無負笈遠游也。全篇傷懷念遠，感情濃摯悲
酸。下片「此情無計可消除，才下眉頭，却上心頭」諸語，憔悴支離之極，道
盡離情，真非深於閨恨者不能也。

　　又如〈點絳唇〉一闋云：

　　寂寞深閨，柔腸一寸愁千縷。惜春春去，幾點催花雨。　　倚遍闌
　　干，祇是無情緒。人何處？連天衰草，望斷歸來路。

一腔離愁別緒，而出之以沈鬱之調，其音悽婉，聞之者垂淚矣。

　　另如〈鳳凰臺上憶吹簫〉：

　　香冷金猊，被翻紅浪。起來人未梳頭，任寶奩閒掩，日上簾鉤。生
怕閒愁暗恨，多少事欲說還休。今年瘦，非干病酒，不是悲秋。　　休
休，這回去也，千萬遍〈陽關〉，也即難留。念武陵春晚，雲鎖重樓。
記取樓前綠水，應念我終日凝眸。凝眸處，從今更數，幾段新愁。

李攀龍《草堂詩餘雋》評此闋云：「寫其一腔臨別心神，眞如秦女樓頭，聲
聲有和鳴之奏。」信然。余謂清照此詞眞能曲盡思婦之情。上片直抒胸臆，
婉轉曲折，煞是妙絕。下片寫惜別依依，「千萬遍〈陽關〉，也即難留」，哀
痛欲絕。「惟有樓前流水，應念我終日凝眸」，癡語也，述相思之苦，如巧匠
運斤，毫無痕迹。如斯筆墨，恐非清照不能爲也。

　　建炎三年（1129）己酉八月十八日，明誠病逝建康。清照肝腸寸斷，爲
文而祭之曰：「白日正中，歎龐翁之機捷；堅城自墮，憐杞婦之悲深。」傷痛
之忱，溢於言表。《漱玉詞》中間見悼亡之作，如〈武陵春〉詞云：

　　風住塵香花已盡，日晚倦梳頭。物是人非事事休，欲語淚先流。　　聞
　　說雙溪春尚好，也擬泛輕舟。只恐雙溪舴艋舟，載不動，許多愁。

吳衡照《蓮子居詞話》卷二云：「易安〈武陵春〉，其作於祭湖州以後歟？悲
深婉篤，猶令人感伉儷之重。」案：本詞中之雙溪乃金華名勝，因知詞乃清
照紹興五年（1135）乙卯春流寓金華時作，〔註8〕時距明誠之卒已六載，而清
照猶念念不忘。「物是人非事事休，欲語淚先流」；「只恐雙溪舴艋舟，載不動，
許多愁」，寫來又悽婉又勁直，趙、李伉儷情重可見。

　　又如〈臨江仙〉：

　　庭院深深深幾許，雲窗霧閣常扃。柳梢梅萼漸分明，春歸秣陵樹，
　　人老建康城。　　感月吟風多少事，如今老去無成。誰憐憔悴更彫
　　零，試燈無意思，踏雪沒心情。

周煇《清波雜志》卷八云：「頃見易安族人言，明誠在建康日，易安每值大雪，
即頂笠披簑，循城遠覽以尋詩，得句必邀其夫賡和，明誠每苦之也。」本詞
「踏雪」云云，即指頂笠披簑雪下尋詩事也。清照倚聲塡此闋時，一面追懷
當年鶼鰈之樂，另一方面則哀痛如今之憔悴彫零。撫今思昔，寫來字字辛酸，
語語凄楚。「試燈無意思，踏雪沒心情」，幽咽處眞令人不忍卒讀。

　　自靖康之難，兩宮北狩，胡馬長驅，中原板蕩，清照流離播越，油然有
家國之痛，於宋室君臣之偷安南渡，多致不滿。時作詩云：「南來尚怯吳江冷，

───────────────
〔註8〕請參看第七章「李清照作品繫年辨證」。

北狩應知易水寒。」又云：「南渡衣冠少王導，北來消息欠劉琨。」忠憤激發，所刺者深。

　　南渡之後，《漱玉詞》中每多鄉魂旅思。如〈鷓鴣天〉云：

　　寒日蕭蕭上鎖窗，梧桐應恨夜來霜。酒闌更喜團茶苦，夢斷偏宜瑞腦香。　　秋已盡，日猶長，仲宣懷遠更淒涼。不如隨分尊前醉，莫負東籬菊蕊黃。

又如〈菩薩蠻〉：

　　風柔日薄春猶早，夾衫乍著心情好。睡起覺微寒，梅花鬢上殘。　　故鄉何處是？忘了除非醉。沈水臥時燒，香消酒未消。

另如〈添字采桑子〉：

　　窗前誰種芭蕉樹？陰滿中庭，陰滿中庭，葉葉心心舒卷有餘情。傷心枕上三更雨，點滴霖霪，點滴霖霪，愁損北人不慣起來聽。

上述三詞，可謂情深調苦矣。「仲宣懷遠更淒涼」、「故鄉何處是？忘了除非醉」、「傷心枕上三更雨」、「愁損北人不慣起來聽」，諸語沈鬱蒼涼，讀之令人輒不自堪。

　　〈永遇樂・元宵〉詞更是思鄉之佳構，劉辰翁誦之，爲之涕下，〔註9〕其文辭沈痛可知。據辰翁〈永遇樂小序〉署年，可推知清照詞應作於紹興二十五年（1155）年前。茲錄之於後：

　　落日鎔金，暮雲合璧。人在何處？染柳烟濃，吹梅笛怨，春意知幾許。元宵佳節，融和天氣，次第豈無風雨。來相召，香車寶馬，謝他酒朋詩侶。　　中州盛日，閨門多暇，記得偏重三五。鋪翠冠兒，撚金雪柳，簇帶爭濟楚。如今憔悴，風鬟霜鬢，怕見夜間出去。不如向簾兒底下，聽人笑語。

張端義《貴耳集》卷上云：「易安居士李氏，南渡以來，常懷京洛舊事。晚年賦〈元宵・永遇樂〉詞云：『落日鎔金，暮雲合璧』，已自工緻。至於『染柳烟輕，吹梅笛怨，春意知幾許』，氣象更好。後疊云：『於今憔悴，風鬟霜鬢，怕見夜間出去』，皆以尋常語言度入音律，鍊句精巧則易，平淡入妙者難。山谷謂以故爲新、以俗爲雅者，易安先得之矣。」正夫所言極當。本闋確是易

〔註9〕劉辰翁〈永遇樂小序〉云：「余自乙亥（1155）上元，誦李易安〈永遇樂〉，爲之涕下，今三年矣。每聞此詞，輒不自堪，遂依其聲，又託之易安自喻，雖辭不及，而悲苦過之。」

安居士緬懷京洛舊事之作，讀此等詞，清照晚境之頹唐，清晰可覩矣。

清照爲人富理想而多才具，然生不逢時，遭遇厄困，遂令其抱負無由得達，良可痛也。清照詞中有隱約表達其在現實生活中屢遭壓抑，而無法達成願望之痛苦者。如〈漁家傲〉云：

> 天接雲濤連曉霧，星河欲轉千帆舞。彷彿夢魂歸帝所，聞天語，殷勤問我歸何處？　　我報路長嗟日暮，學詩謾有驚人句，九萬里風鵬正舉，風休住，蓬舟吹取三山去。

本詞小題「記夢」，措辭豪邁，氣勢壯闊，極富浪漫色彩，其精神面貌則雅近屈原〈九章‧惜誦〉。故黃了翁評云：「此似不甚經意之作，却渾成〈大雅〉，無一毫釵粉氣，自是北宋風格。」〔註10〕梁啓超云：「此蘇辛派，不類《漱玉集》中語。」〔註11〕龍沐勛云：「其氣象蕭灑，尤近蘇辛一派者。」〔註12〕繆鉞亦云：「有姑射仙人飲露吸風之致。」〔註13〕清照之詞，以婉約爲宗，若此篇之作，甚不經見，然吉光片羽，反彌覺其珍貴也。

清照才學品貌，遠邁時人。明誠在世時嘗以「清麗其詞，端莊其品」八字品評之；〔註14〕朱熹亦盛譽之，謂爲「宋代婦人能文者」；〔註15〕皆非阿其所好。然稽考清照一生，其謦欬清芬，確未獲眞賞，雖至親如其夫婿，亦非眞知之者也。是故清照每於其詞作中，以香花自況，且流露出知音難遇及孤芳自賞之情懷。〈鷓鴣天〉云：

> 暗淡輕黃體性柔，情疏跡遠只香留。何須淺碧深紅色，自是花中第一流。　　梅定妬，菊應羞，畫欄開處冠中秋。騷人可煞無情思，何事當年不見收。

又〈慶清朝慢〉云：

> 禁幄低張，彤闌巧護，就中獨占殘春。容華淡佇，綽約俱見天眞。待得羣花過後，一番風露曉粧新。妖嬈艷態，妬風笑月，長殢東君。　　東

〔註10〕見黃了翁《蓼園詞選》。

〔註11〕見梁令嫻輯《藝蘅館詞選》乙卷〈北宋詞〉引。

〔註12〕見龍沐勛〈漱玉詞敍論〉（《詞學季刊》第三卷第一號）。

〔註13〕見繆鉞〈論李易安詞〉（《詩詞散論》）。

〔註14〕明誠題〈易安居士三十一歲之照〉云：「清麗其詞，端莊其品，歸去來兮，眞堪偕隱。政和甲午新秋，德父題於歸來堂。」政和甲午，政和四年（1114），清照正三十一歲。

〔註15〕朱熹〈游藝論〉云：「本朝婦人能文章者，曾相布妻魏，及李易安二人而已。」（厲鶚《宋詩紀事》卷八十七引）。

城邊，南陌上，正日烘池館，竟走香輪。綺筵散日，誰人可繼芳塵？

更好明光宮殿，幾枝先近日邊勻。金尊倒，拚了盡燭，不管黃昏。

〈鷓鴣天〉小題「詠桂花」，〈慶清朝慢〉則為詠杏花之作。二詞均用事妥帖而不嫌堆垛，縷金錯采而絕無痕迹，而清照精神面貌之岸忽，則可於「自是花中第一流」、「誰人可繼芳塵」諸語覘之。

《漱玉詞》中亦多寫景之作。如〈如夢令〉云：

常記溪亭日暮，沈醉不知歸路。興盡晚回舟，誤入藕花深處。爭渡，

爭渡，驚起一灘鷗鷺。

龍沐勛評曰：「矯拔空靈，極見襟度之開拓。」〔註16〕王汝弼評云：「風格剛健清新，和〈敕勒歌〉有異曲同工之妙。」〔註17〕甚當。

又如〈浣溪沙〉：

淡蕩春光寒食天，玉爐沈水裊殘烟，夢回山枕隱花鈿。　　海燕未

來人鬪草，江梅已過柳生綿，黃昏疏雨溼秋千。

斯亦寫景佳構。「海燕未來人鬪草，江梅已過柳生綿」二句，詞意之妙，雅近南唐。黃了翁云：「『黃昏絲雨溼秋千』可與『絲雨溼流光』、『波底夕陽紅溼』『溼』字爭勝。」〔註18〕所評甚允。

清照《漱玉詞》之內容已略如上述。茲續談《漱玉詞》之藝術風格與寫作技巧，以下分五點論述之。

一、婉約正宗

古人論詞之派別，略分婉約、豪放二派。清照之詞，婉美靈秀，芳馨悱惻，風格雅近婉約，實具陰柔之美者。如前舉〈如夢令〉「昨夜雨疏風驟」、〈浣溪沙〉「繡面芙蓉一笑開」諸闋，皆妍媚生姿，其旖旎纏綿處，醉人心目，極似《花間》溫、韋。〈醉花陰〉「薄霧濃雲愁永晝」、〈一翦梅〉「紅藕香殘玉簟秋」，亦精約淒迷，大類少游。另如〈念奴嬌〉：

蕭條庭院，又斜風細雨，重門須閉。寵柳嬌花寒食近，種種惱人天氣。

險韻詩成，扶頭酒醒，別是閒滋味。征鴻過盡，萬千心事難寄。　　樓

上幾日春寒，簾垂四面，玉闌干慵倚。被冷香消新夢覺，不許愁人不

〔註16〕同註12。

〔註17〕見王汝弼〈論李清照〉（載見中國語文學社編《唐宋詞研究論文集》）。

〔註18〕同註14。

起。清露晨流，新桐初引，多少遊春意。日高烟歛，更看今日晴未？
則以自然、靈雋見勝。造語固奇俊，局法亦渾成。王士禎云：「婉約以易安爲宗。」〔註19〕果然。

二、意境高超

　　王國維云：「詞以境界爲最上。有境界則自成高格，自有名句。」〔註20〕
繆鉞亦云：「凡第一流之詩人，多有理想，能超脫，用情而不溺於情，賞物而
不滯於物，沈摯之中，有輕靈之思，纏綿之內，具超曠之致，言情寫景，皆
從高一層着筆，使讀之者如游山水，於山巖競秀、萬壑爭流之中，常見秋雲
數片，縹緲天際。」〔註21〕案：王、繆所論固甚諦也。蓋吟詩填詞之士務求
造境清超，方爲高妙；若言情寫景皆溺滯於跡象，斯則爲下矣。

　　清照詞，意境超邁，迥異凡響。其最傳誦者厥爲上舉之〈漁家傲〉。另如
〈浣溪沙〉：

　　　　髻子傷春懶更梳，晚風庭院落梅初，淡雲來往月疏疏。　　　玉鴨熏
　　爐閒瑞腦，朱櫻斗帳掩流蘇，遺犀還解辟寒無。

寫情亦含蓄幽淡，平凡處見精巧。余尤愛其「淡雲來往月疏疏」之輕靈雋永，
造境高妙也。王國維謂有境界自有名句，觀此闋，所語信然。

三、富創闢力

　　清照撰著《詞論》，評騭前人，掎摭利病，不稍假借。其謂江南李氏君臣
詞，語雖奇，惜皆亡國之音。又謂柳屯田變舊聲作新聲，詞協音律而語句塵
下；張子野、宋子京兄弟、沈唐、元絳、晁次膺輩，雖時有妙語，惟破碎未
足名家；晏元獻、歐陽永叔、蘇子瞻所作歌詞，皆句讀不葺之詩耳，又往往
不協音律；王介甫、曾子固文章似西漢，若作一小歌詞，人必絕倒，不可讀
也；晏叔原詞苦無鋪敍；賀方回苦少典重；秦少游專主情致而少故實；黃魯
直尚故實而多疵病。〔註22〕是故清照倚聲，絕不肯摹擬任何一家，其所作或

〔註19〕王士禎《花草蒙拾》云：「張南湖論詞派有二：一曰婉約，一曰豪放。僕謂婉
　　　　約以易安爲宗，豪放惟幼安稱首，皆吾濟南人，難乎爲繼矣！」
〔註20〕見王國維《人間詞話》卷上。
〔註21〕同註13。
〔註22〕詳見李清照〈詞論〉。

偶有肖於古之某家者，則以其才情彼此相近，發抒於外，自然相似，實非刻意摹擬之也。余謂：清照詞自有面目，大抵於芬馨之中有神駿之致，至其蹊徑獨闢之處，實足以表現其創闢之才者。茲舉〈聲聲慢〉一闋爲證：

> 尋尋覓覓，冷冷清清，悽悽慘慘戚戚。乍暖還寒時候，正難將息。三杯兩盞淡酒，怎敵他晚來風急。雁過也，正傷心，却是舊時相識。　滿地黃花堆積，憔悴損，如今有誰堪摘？守著窗兒，獨自怎生得黑？梧桐更兼細雨，到黃昏點點滴滴。這次第，怎一箇愁字了得。

羅大經《鶴林玉露》卷十二云：「尋尋覓覓，冷冷清清，悽悽慘慘戚戚。起頭連疊七字，以一婦人，乃能創意出奇如此。」張端義《貴耳集》卷上云：「〈秋詞·聲聲慢〉『尋尋覓覓，冷冷清清，悽悽慘慘戚戚』，此乃公孫大娘舞劍手，本朝非無能詞之士，未曾有一下十四疊字者，用《文選》諸賦格。後疊又云：『梧桐更兼細雨，到黃昏點點滴滴』，又使疊字，俱無斧鑿痕。更有一奇字云：『守定窗兒，獨自怎生得黑』，『黑』字不許第二人押。婦人中有此文筆，殆間氣也。」觀羅、張之論，謂清照詞富創闢之力，固無疑焉。

四、修辭精鍊

　　清照倚聲，極重修詞，故其詞作中，佳句特多。如「綠肥紅瘦」、「寵柳嬌花」，人工天巧，可稱絕唱。「聞說雙溪春尚好，也擬泛輕舟，只恐雙溪舴艋舟，載不動，許多愁」，寫來又淒婉又勁直。「簾捲西風，人比黃花瘦」，此語亦婦人所難到。「紅藕香殘玉簟秋」，精秀特絕，眞不食人間烟火者。「怎一個愁字了得」，深妙穩雅，不落蒜酪，亦不落絕句，眞此道本色當行第一人。「清露晨流，新桐初引」，用《世說新語》而全句渾妙。其它如「落日鎔金，暮雲合璧」、「惟有樓前流水，應念我終日凝眸」，寫得活色生香，決非翦采爲花者所可企及。

　　清照於其〈詞論〉中，又特標鋪敍、典重、情致、故實四日，以爲修辭之鵠的。倚聲者須神明變化於四者之中，方是斲輪老手，否則乃若良玉有瑕，價自減半矣。清照嘗作〈多麗·詠白菊〉，是一詞而修辭四目畢備者。茲逐錄於後：

> 小樓寒，夜長簾幕低垂。恨瀟瀟無情風雨，夜來揉損瓊肌。也不似貴妃醉臉，也不似孫壽愁眉。韓掾偷香，徐娘傅粉，莫將比擬未新奇。細看取，屈平陶令，風韻正相宜。微風起，清芬醞藉，不減酴醾。　漸秋闌，雪清玉瘦，向人無限依依。似愁凝漢皋解佩，似

淚灑紈扇題詩。朗月清風,濃烟暗雨,天教憔悴度芳姿。縱愛惜,

不知從此,留得幾多時?人情好,何須更憶,澤畔東籬。

況周頤《珠花簃詞話》評此闋云:「李易安〈多麗‧詠白菊〉,前段用貴妃、孫壽、韓掾、徐娘、屈平、陶令若干人物;後段雪清玉瘦、漢皋紈扇、朗月清風、濃烟暗雨許多字面,却不嫌堆垛,賴有清氣流行耳。『縱愛惜,不知從此,留得幾多時』三句最佳,所謂傳神阿堵,一筆凌空,通篇俱活。歇拍不妨更用『澤畔東籬』字。昔人評《花間》鏤金錯繡而無痕迹,余於此闋亦云。」準況氏之說,則清照於歌詞一道,誠不愧斲輪老手矣。

五、音調諧婉

清照精音律,其撰〈詞論〉論歌詞之五音、五聲、六律、清濁、輕重云:

蓋詩文分平側,而歌詞分五音,又分五聲,又分六律,又分清濁、輕重。且如近世所謂〈聲聲慢〉、〈雨中花〉、〈喜遷鶯〉,既押平聲韻,又押入聲韻;〈玉樓春〉本押平聲韻,又押上去聲,又押入聲。本押仄聲韻,如押上聲則協;如押入聲,則不可歌矣。

觀此,則清照於詞之聲律,其要求固極苛細;故所作詞皆聲調諧婉,無一不協於律者,及今誦之,猶娓娓動聽也。其或偶用險韻,亦自然妥帖,如前舉之〈聲聲慢〉,萬樹《詞律》卷十云:「從來此體,皆收易安所作,蓋其遒逸之氣,如生龍活虎,非描塑可擬。其用字奇橫而不妨音律,故卓絕千古,人若不學其才,而故學其筆,則未免類狗矣。觀其用上聲、入聲,如慘字、戚字、盞字、點字、滴字等,原可作平,故能諧協,非可泛用仄字,而以去聲填入也。其前結『正傷心,却是舊時相識』,於『心』字逗句,然於上五下四者原不拗,所謂此九字一氣貫下也。後段第二三句『憔悴損,如今有誰忺摘』,句法亦然。」周濟《介存齋詞選序論》亦云:「雙聲疊韻字,要著意布置,有宜雙不宜疊、宜疊不宜雙處;重字則既雙且疊,尤宜斟酌,如李易安之『悽悽慘慘戚戚』,三疊韻、六雙聲,是鍛鍊出來,非偶然拈得也。」元獻、永叔、子瞻諸人,為詞直如酌蠡水於大海,然往往不肯剪裁以就音律,故其不入腔處,頗拗折天下人嗓子。清照既力主填詞須協音律,是以摘其短而譏彈之。

綜上所論,清照《漱玉詞》雖其內容局限於個人生活狹小圈子,缺乏較深刻之社會意義;然皆感情真摯,意境高超,且詞采華贍,音調諧婉,實已達到極高之成就者。故自宋以還,評詞之士多為之游揚,然亦不免間有貶損

之者。如王灼《碧然漫志》卷二云：「易安居士作長短句，曲盡人意，輕巧尖新，姿態百出，閭巷荒淫之語，肆意落筆，自古縉紳之家，能文婦女，未見如此無顧藉者。」葉盛《水東日記》卷廿一云：「易安詞爲不祥之物。」另如許昂霄《詞綜偶評》評〈聲聲慢〉云：「易安此詞，頗帶傖氣，而昔人極口稱之，殆不可解。」又評〈念奴嬌〉云：「此詞造語固爲奇俊，然未免有句無章。舊人不加評駁，殆以其婦人而恕之耶？」陳廷焯《白雨齋詞話》卷二亦云：「易安〈聲聲慢〉一闋，連下十四疊字，張正夫歎爲公孫大娘舞劍手，且謂本朝非無能詞之士，未曾有一下十四疊字者。然此不過奇筆耳，並非高調。張氏賞之，所見亦淺。又『寵柳嬌花』之句，黃叔暘歎爲前此未有能道之者；此語殊病纖巧，黃氏賞之，亦謬。宋人論詞且多左道，何怪後世紛紛哉！」可謂褒貶任聲，抑揚過實，既非眞知清照，亦無能汙損易安居士光芒於萬一者也。

第三章　李清照之詩文

　　清照之詞，冠絕一代，膾炙人口，余於第二章處論之詳矣。其所爲詩與駢散文，亦有稱於時。朱弁《風月堂詩話》卷上云：

> 趙明誠妻，李格非女也，善屬文，於詩尤工，晁無咎多對士大夫稱之。

謝伋《四六談麈》亦云：

> 趙令人李，號易安。……婦人四六之工者。

推譽至隆，要爲篤論也。

　　清照詩傳世者都十八篇，另斷句七。周煇《清波雜志》卷八載：

> 頃見易安族人言：明誠在建康日，易安每值大雪，即頂笠披簑，循城遠覽以尋詩，得句必邀其夫賡和，明誠每苦之也。

觀是，則清照之嗜詩決不在倚聲之下，今所見之區區十八篇，固非李作之全豹。茲錄其可見者評述於後：

　　清照五言古詩，僅傳三首。其〈詠史〉一章，乃作於靖康二年（1127）間。〔註1〕全篇借古喻今，以兩漢比兩宋，以新室喻僞楚，又以贅疣諷張邦昌也。詩云：

> 兩漢本繼紹，新室如贅疣，所以嵇中散，至死薄殷、周。

朱熹〈游藝論〉評此首，謂：「如此等語，豈女子所能。」〔註2〕王世貞《藝苑巵言》亦謂：「『所以嵇中散，至死薄殷、周。』易安此語，雖涉議論，是佳境出宋人表。」則此詩之成就殆可覘矣。

　　紹興三年癸丑（1133）夏六月，清照作〈上樞密韓公工部尙書胡公〉二

〔註1〕請參看第七章「李清照作品繫年辨證」。
〔註2〕見厲鶚《宋詩紀事》卷八十七引。

詩，前有序曰：

> 紹興癸丑五月，樞密韓公、工部尚書胡公使虜，通兩宮也。有易安室者，父祖皆出韓公門下，今家世淪替，子姓寒微，不敢望公之車塵。又貧病，但神明未衰落，見此大號令，不能忘言，作古、律詩各一章，以寄區區之意，以待採詩者云。

其中〈上樞密韓公〉乃五古長律，詩云：

> 三年夏六月，天子視朝久。凝旒望南雲，垂衣思北狩。如聞帝若曰：「岳牧與羣后。賢寧無半千，運已過陽九。勿勒〈燕然銘〉，勿種金城柳。豈無純孝臣，識此霜露悲？何必羹捨肉，便可車載脂。土地非所惜，玉帛如塵泥。誰當可將命，幣厚詞益卑。」四岳僉曰：「俞，臣下帝所知。中朝第一人，春官有昌黎。身爲百夫特，行足萬人師。嘉祐與建中，爲政有皐、夔。匈奴畏王商，吐蕃尊子儀。夷狄已破膽，將命公所宜。」公拜手稽首，受命白玉墀，曰：「臣敢辭難，此亦何等時！家人安足謀，妻子不必辭。願奉天地靈，願奉宗廟威。徑持紫泥詔，直入黃龍城。單于定稽顙，侍子當來迎。仁君方恃信，狂生休請纓。或取犬馬血，與結天地盟。」

樊增祥〈題李易安遺像〉云：「松年、肖胄兩篇詩，南宋以來無此筆。」陳鍾凡〈清暉說詩〉五〈讀宋詩〉亦云：「建炎南渡還，中原頓鼎沸，易安傷流離，悲憤文姬配。」鍾凡並引其師陳衍之說曰：「易安〈上樞密韓公工部尙書胡公〉詩，雄渾悲壯，雖起杜、韓爲之，無以過也。古今婦女，文姬外無第二人。」案：二陳、增祥對清照此詩極爲褒賞。然以余觀之，本詩若就其內容而論，乃僅銓錄紹興三年六月朝廷命韓肖胄充奉表通問使時高宗之委任、諸臣之舉薦、肖胄之答辭耳。且詩中如「勿勒〈燕然銘〉，勿種金城柳」、「土地非所惜，玉帛如塵泥。誰當可將命，幣厚詞益卑」、「仁君方恃信，狂生休請纓」諸語，殊乏「雄渾悲壯」之音。至謂肖胄爲「百夫特」，爲「萬人師」，以皐夔、王商、子儀、昌黎比況，更屬擬非其倫。故據此以判，本篇恐難列於上品之林也，而二陳、增祥之評，不無偏私之嫌，固非精鑿無疑者。

清照另有五古〈曉夢〉一篇，據詩意頗疑爲清照紹興八年（1138）後之作。〔註3〕其詩曰：

> 曉夢隨疎鐘，飄然躡雲霞。因緣安期生，邂逅萼綠華。秋風正無賴，

〔註3〕同註1。

吹盡玉井花，共看藕如船，同食棗如瓜。翩翩坐上客，意妙語亦佳。
嘲辭鬬詭辨，活火分新茶。雖非助帝功，其樂莫可涯。人生能如此，
何必歸故家。起來斂衣坐，掩耳厭喧嘩，心知不可見，念念猶咨嗟。

俞正燮〈易安居士事輯〉評此篇云：「詩秀朗有仙骨也。」梁乙真《中國婦女
文學史綱》亦曰：「此詩筆力至高，飄然有仙骨。蓋易安襟懷灑落，非拘拘於
形骸者也。」信然。

　　清照七言古體有四章，其所作〈浯溪中興頌詩和張文潛〉二首，蓋成於元
符三年（1100）前後，時清照年約十六、七也。〔註4〕其一曰：

五十年功如電掃，華清花柳咸陽草，五坊供奉鬬雞兒，酒肉堆中不
知老。胡兵忽自天上來，逆胡亦是姦雄才。勤政樓前走胡馬，珠翠
踏盡香塵埃。何爲出戰輒披靡？傳置荔枝多馬死。堯功舜德本如天，
安用區區紀文字。著碑銘德眞陋哉，迺令神鬼磨山崖。子儀、光弼
不自猜，天心悔禍人心開。夏、商有鑒當深戒，簡策汗青今具在。
君不見當時張說最多機，雖生已被姚崇賣。

其二曰：

君不見驚人廢興傳天寶，〈中興碑〉上今生草。不知負國有姦雄，但
說成功尊國老。誰令妃子天上來，虢、秦、韓國皆天才，花桑羯鼓玉
方響，春風不敢生塵埃。姓名誰復知安、史，健兒猛將安眠死。去天
尺五抱甕峯，峯頭鑿出開元字。時移勢去眞可哀，姦人心醜深如崖。
西蜀萬里尚能反，南內一閉何時開？可憐孝德如天大，反使將軍稱好
在。嗚呼！奴輩乃不能道輔國用事張后尊，乃能念春薺長安作斤賣。

案：北宋末年，外患頻仍，國家危亡近於眉睫；然宋室君臣猶多縱情聲色，
妄顧朝政；而部分士大夫則惟黨爭是務，爾虞我詐，互相傾軋。清照此二詩
乃借唐代開元、天寶遺事以諷諭當時政事之黑暗、危難之深重，其愛君憂國
之思，沛乎楮墨間，足爲世主規鑑。據《吳氏詩話》卷上載，當時和文潛詩
者有黃魯直、潘大臨、陳去非、張安國諸人；〔註5〕而清照此篇之成就固不在

〔註4〕同註1。
〔註5〕《吳氏詩話》卷上：「〈讀中興頌〉詩，前後非一，惟黃魯直、潘大臨皆可爲世
　　　主規鑑，若張文潛之作，雖無之可也。陳去非篇末云：『小儒五載憂國淚，杖
　　　藜今日溪水側。欲搜奇句謝兩公，風作浪湧空心惻。』蓋當建炎亂離奔走之際，
　　　猶庶幾少陵不忘君之意耳。張安國篇末云：『北望神臯雙淚落，只今何人老文
　　　學。』語亦頓挫含蓄；然首句云：『錦綳兒啼思塞酥。』雖曰紀事，其淫褻亦

諸家之下也。王灼《碧雞漫志》卷二曰：「易安居士，東路提刑李格非文叔之女，建康守趙明誠德甫之妻，自少年便有詩名，才力華贍，逼近前輩，在士大夫中已不多得，若本朝婦人當推詞采第一。」或即指此和詩事而言。周煇《清波雜志》卷八云：「趙明誠待制妻易安李夫人，嘗和張文潛長篇二，以婦人而廁眾作，非深有思致者能之乎？」所評信非虛美也。

清照有〈感懷〉詩，亦七古之體。詩云：

> 寒窗敗几無書史，公路可憐合至此。青州從事孔方兄，終日紛紛喜生事。作詩謝絕聊閉門，燕寢凝香有佳思。靜中我乃見至交，烏有先生子虛子。

此首有序，曰：

> 宣和辛丑八月十日到萊，獨坐一室，平生所見，皆不在目前。几上有《禮韻》，因信手開之，約以所開為韻作詩，偶得子字，因以為韻，作〈感懷〉詩。

是則詩乃宣和三年（1121）辛丑八月十日所作者。俞正燮〈易安居士事輯〉謂：「此詩上去兩押，所謂詩止平側。」所見甚是。又此篇用典不着痕跡，詩體省淨，深得陶公雅淡之遺。末句典出司馬相如〈子虛賦〉，蓋點出一「無」字，《老子》云：「無名天地之始。」《莊子》曰：「泰初有無，無有無名。」斯乃全詩主旨所在。

〈上工部尙書胡公〉詩云：

> 胡公清德人所難，謀同德協心志安。脫衣已被漢恩暖，離歌不道易水寒。皇天久陰后土溼，雨勢未回風勢急。車聲轔轔馬蕭蕭，壯士懦夫俱感泣。閭閻嫠婦亦何知？瀝血投書干記室。夷虜從來性虎狼，不虞預備庸何傷，衷甲昔時聞楚幕，乘城前日記平涼。葵丘踐土非荒城，勿輕談士棄儒生。露布詞成馬猶倚，崤函關出雞未鳴。巧匠何曾棄樗櫟？芻蕘之言或有益。不乞隋珠與和璧，只乞鄉關新信息。靈光雖在應蕭蕭，草中翁仲今何若？遺氓豈尚種桑麻？殘虜如聞保城郭。嫠家父祖生齊魯，位下名高人比數。當時稷下縱談時，猶記人揮汗成雨。子孫南渡今幾年，飄流遂與流人伍。欲將血淚寄山河，去灑東山一坏土。

甚矣，首以淫褻犯分之語，似非臣子所宜言；至於末句乃若愛君憂國者，則吾未敢信也。」觀是，則當時和文潛詩者，除清照外，尚有黃、潘、陳、張諸人。

想見皇華過二京，壺漿夾道萬人迎。連昌宮裏桃應在，華萼樓頭鵲
定驚。但說帝心憐赤子，須知天意念蒼生。聖君大信明如日，長亂
何須在屢盟！

案：此二首與〈上樞密韓公〉詩作於同時，全詩既感傷亂離，又自悼淪落，
追懷憂憤，風格略近蔡琰〈悲憤詩〉。陳鍾凡〈清暉說詩〉評曰：「建炎南渡
還，中原頓鼎沸，易安傷流離，悲憤文姬配。」其庶幾矣。

清照近體詩，亦傳五、七言絕各數首。其〈分得知字韻〉一篇，據余考
證不得遲於宣和五年（1123）作。〔註6〕詩云：

學詩三十年，緘口不求知。誰遣好奇士，相逢說項斯。

吳坰《五總志》載：「項斯未聞達時，因以卷謁江西楊敬之，楊苦愛之，贈詩
曰：『幾度見詩詩盡好，及觀標格過於詩。平生不解藏人善，到處逢人說項斯。』」
案：清照此詩用古人語句，而屬辭切當，上下意混成，真脫胎法也。

〈夏日絕句〉一首，田藝衡《詩女史》卷十一題作〈烏江絕句〉。詩云：

生當作人傑，死亦爲鬼雄。至今思項羽，不肯過江東。

是詩亦借古諷今之作，蓋清照於建炎二年（1128）對高宗君臣之偷安南渡，殊
致不滿，故發爲歌詞，以刺當世。梁乙眞《中國婦女文學史綱》評此章：「嶺
崎歷落，出人意想之外，殊不屑爲女兒語也。」眞深中肯綮。

〈立春帖子詞〉二首，王仲聞謂是清照紹興十三年（1143）立春前作。
〔註7〕其〈皇帝閣〉云：

莫進黃金籯，新除玉局牀。春風送庭燎，不復用沈香。

其〈貴妃閣〉云：

金環半后體，鈎弋比昭陽。春生柏子帳，喜入萬年觴。

另有〈端午帖子詞〉三首。周密《浩然齋雅談》卷上云：「李易安，紹興癸亥在
行都，有親聯爲命婦者，因端午進帖子。……時秦楚材在翰苑，惡之，止賜金
帛而罷。」是詩亦紹興十三年（1143）癸亥端午前作。〔註8〕其〈皇帝閣〉云：

日月堯天大，璿璣舜歷長。側聞行殿帳，多集上書囊。

〔註6〕 同註1。
〔註7〕 王仲聞〈李清照事迹作品雜考〉云：「《建炎以來繫年要錄》卷一百四十八載：
紹興十三年辛丑立春節，學士院始進帖子詞，百官賜春旛勝，自建炎以來久
廢，至是始復之。紹興十三年春，有吳貴妃，自十三年閏四月立爲皇后後，
貴妃閣即久虛。〈立春帖子〉二首，必紹興十三年立春前作。」
〔註8〕 同註1。

其〈皇后閣〉云：

　　意帖初宜夏，金駒已過鑱。至尊千萬壽，行見百斯男。

又〈夫人閣〉云：

　　三宮催解襜，妝罷未天明。便面天題字，歌頭御賜名。

案：上述五首，皆清照因親聯為命婦者而作，詩中多歌功頌德之節，誠不足以盡易安居士之才也。

　　清照之七絕有〈春殘〉、〈偶成〉、〈夜發嚴灘〉、〈題八詠樓〉諸章。其〈春殘〉一章乃建炎二年（1128）暮春時作。〔註9〕詩云：

　　春殘何事苦思鄉，病裏梳頭恨髮長。梁燕語多終日在，薔薇風細一
　　簾香。

陸昶《歷朝名媛詩詞》卷七云：「清照詩不甚佳，而善於詞，雋雅可誦。即如〈春殘〉絕句『薔薇風細一簾香』，甚工緻，卻是詞語也。」所見甚是。然「清照詩不甚佳」一語，則是偏頗臆測之辭也。

　　〈偶成〉詩云：

　　十五年前花月底，相從曾賦賞花詩。今看花月渾相似，安得情懷似
　　往時。

案：此詩為黃盛璋所發現，乃采自《永樂大典》第八百八十九冊第十八頁者。黃氏〈趙明誠李清照夫婦年譜〉云：「十五年前今雖不能定為何年，但據詩意實追懷明誠，為哀悼死者之作，當寫於建炎三年後。」盛璋之言可信。

　　〈夜發嚴灘〉云：

　　巨艦只緣因利往，扁舟亦是為名來。往來有媿先生德，特地通宵過
　　釣臺。

俞正燮〈易安居士事輯〉曰：「紹興四年，避亂西上，過嚴子陵釣臺，有巨艦因利、扁舟為名之歎。」案：清照是詩，哀而不傷，怨而不怒，含蓄醞藉，深得〈小雅〉之遺。玩味其意，殊非泛泛之作，必有所感而云然者。

　　〈題八詠樓〉云：

　　千古風流八詠樓，江山留與後人愁。水通南國三千里，氣壓江城十
　　四州。

案：八詠樓在浙江金華縣舊府學西，本名元暢樓，齊隆昌初太守沈約建，宋至道間知州馮伉乃更今名。此詩乃紹興四年（1134）十月清照抵金華後作。梁

〔註9〕同註1。

乙真《中國婦女文學史綱》云：「藏氣深渾，含意雅正，感慨中直有一段不平之氣。」允是的評。

清照另有斷句七：「詩情如夜鵲，三繞未能安」、「少陵也是可憐人，更待明年試春草」，載朱弁《風月堂詩話》卷上，乃少作之僅遺。「何況人間父子情」、「炙手可熱心可寒」，二句均獻其舅趙挺之。前者見張琰〈洛陽名園記序〉：「文叔在元祐官太學，建中靖國用邪黨，竄爲黨人。女適趙相挺之子，亦能詩，上趙相救其父云：『何況人間父子情？』識者哀之。」後者載晁公武《郡齋讀書志》卷四下：「《李易安集》十二卷。右皇朝李氏，格非之女，先嫁趙誠之，有才藻名；其舅正夫相徽宗朝，李氏嘗獻詩云：『炙手可熱心可寒』。」「南來尚怯吳江冷，北狩應知易水寒」、「南渡衣冠少王導，北來消息欠劉琨」，二語首載莊綽《雞肋編》卷中，亦見胡仔《苕溪漁隱叢話‧後集》卷四十。案：二句忠憤激發，所刺者深，出婦人手誠大不易也。「露花倒影柳三變，桂子飄香張九成」，見陸游《老學庵筆記》卷二，蓋九成對策有「桂子飄香」之語，故清照爲此語以嘲之。

清照之文傳者僅三篇，即〈詞論〉、〈金石錄後序〉、〈打馬圖經自序〉也。

〈詞論〉一文，清照作於宣和二、三年（1120、1121）間。〔註10〕余於第一章中已錄其全文，茲不贅。劉勰《文心雕龍‧論說篇》云：「論也者，彌綸羣言，而研精一理者也。」又云：「原夫論之爲體，所以辨正然否，窮於有數，追于無形，迹堅求通，鉤深取極，乃百慮之筌蹄，萬事之權衡也。」案：清照此篇，歷評諸家歌詞，多能辨正然否，鉤深取極；而其敷陳倚聲作法，亦是彌綸羣言，研精一理者，故陸游極推譽之，《老學庵筆記》曰：「易安譏彈前輩，既中其病，而詞日益工。」今人繆鉞於其所撰〈論李易安詞〉中亦曰：「李易安生於北宋末年，其前名詞家甚衆，而易安開徑獨行，無所依傍。其評騭諸家，持論甚高，此非好爲大言，以自矜重，蓋易安孤秀奇芬，卓有見地，故掎摭利病，不稍假借，雖生諸人之後，而不肯摹擬任何一家。」游揚清照，未喻其實，洵爲知言。

〈金石錄後序〉，載見洪邁《容齋四筆》卷五〈趙德甫金石錄〉條，因悉乃作於紹興四年者；〔註11〕今本〈後序〉署年作「紹興二年玄黓歲壯月朔甲

〔註10〕請參看第四章「李清照之詞論」。
〔註11〕同註1。

寅」，實誤也。顧亭林《日知錄》卷十八〈別字〉云：「山東人刻《金石錄》，於李易安〈後序〉『紹興二年元黓歲壯月朔』，不知壯月出之於《爾雅》八月爲壯，而改爲牡丹。凡萬曆以來所刻之書，多牡丹之類也。」是知〈後序〉署年，其舛誤由來已久，固不足怪也，應據《容齋四筆》政正之。〈後序〉云：

右《金石錄》三十卷者何？趙侯德父所著書也。取上自三代，下迄五季，鐘、鼎、甗、鬲、盤、匜、尊、敦之欵識，豐碑大碣、顯人晦士之事蹟，凡見於金石刻者二千卷，皆是正譌謬，去取褒貶，上足以合聖人之道，下足以訂史氏之失者皆載之，可謂多矣。嗚呼！自王播、元載之禍，書畫與胡椒無異；長輿、元凱之病，錢癖與傳癖何殊。名雖不同，其惑一也。

余建中辛巳，始歸趙氏。時先君作禮部員外郎，丞相時作吏部侍郎，侯年二十一，在太學作學生。趙、李族寒，素貧儉，每朔望謁告出，質衣取半千錢，步入相國寺，市碑文果實歸，相對展玩咀嚼，自謂葛天氏之民也。

後二年，出仕宦，便有飯蔬衣練，窮遐方絕域，盡天下古文奇字之志。日就月將，漸益堆積。丞相居政府，親舊或在館閣，多有亡詩逸史、魯壁汲冢所未見之書，遂力傳寫，浸覺有味，不能自已。後或見古今名人書畫，一代奇器，亦復脫衣市易。嘗記崇寧間，有人持徐熙〈牡丹圖〉，求錢二十萬。當時雖貴家子弟，求二十萬錢，豈易得耶？留信宿，計無所出而還之，夫婦相向惋悵者數日。

後屏居鄉里十年，仰取俯給，衣食有餘。連守兩郡，竭其俸入以事鉛槧。每獲一書，即同共勘校，整集籤題，得書畫、彝鼎，亦摩玩舒卷，指摘疵病，夜盡一燭爲率。故能紙札精緻，字畫完整，冠諸收書家。

余性偶強記，每飯罷，坐歸來堂烹茶，指堆積書史，言某事在某書某卷第幾葉第幾行，以中否角勝負，爲飲茶先後。中即舉杯大笑，至茶傾覆懷中，反不得飲而起，甘心老是鄉矣。故雖處憂患困窮而志不屈。收書既成，歸來堂起書庫大櫥，簿甲乙，置書冊。如要講讀，即請鑰上簿關出卷帙，或少損污，必懲責指完塗改，不復向時之坦夷也。是欲求適意而反取僇慄。余性不耐，始謀食去重肉，衣去重采，首無明珠翡翠之飾，室無塗金刺繡之具。遇書史百家，

字不刓闕、本不訛謬者輒市之，儲作副本。自來家傳《周易》、《左氏傳》，故兩家者流，文字最備。於是几案羅列，枕席枕籍，意會心謀，目往神授，樂在聲色狗馬之上。

至靖康丙午歲，侯守淄川，聞金人犯京師，四顧茫然，盈箱溢篋，且戀戀，且悵悵，知其必不爲己物矣。建炎丁未春三月，奔太夫人喪南來，既長物不能盡載，迺先去書之重大印本者，又去畫之多幅者，又去古器之無欵識者，後又去書之監本者，畫之平常者，器之重大者。凡屢減去，尚載書十五車。至東海，連艫渡淮，又渡江，至建康。青州故地尚鎖書冊什物用屋十餘間，期明年再具舟載之。十二月，金人陷青州，凡所謂十餘屋者，已皆爲煨燼矣。

建炎戊申秋九月，侯起復知建康府，己酉春三月罷，具舟上蕪湖，入姑孰，將卜居贛水上。夏五月，至池陽，被旨知湖州，過闕上殿。遂駐家池陽，獨赴召。六月十三日，始負擔捨舟，坐岸上，葛衣岸巾，精神如虎，目光爛爛射人，望舟中告別。余意甚惡，呼曰：『如傳聞城中緩急，奈何？』戟手遙應曰：『從衆，必不得已，先棄輜重，次衣被，次書冊卷軸，次古器，獨所謂宗器者，可自負抱，與身俱存亡，勿忘之。』遂馳馬去。途中奔馳，冒大暑，感疾，至行在，病痁。七月末，書報臥病，余驚怛，念侯性素急，奈何病痁，或熱，必服寒藥，疾可憂。遂解舟下，一日夜行三百里。比至，果大服柴胡、黃芩藥，瘧且痢，病危在膏肓。余悲泣倉皇，不忍問後事。八月十八日，遂不起，取筆作詩，絕筆而終，殊無分香賣屨之意。

葬畢，余無所之。朝廷已分遣六宮，又傳江當禁渡，時猶有書二萬卷，金石刻二千卷，器皿茵褥可待百客，他長物稱是。余又大病，僅存喘息，時勢日迫，念侯有妹婿，任兵部侍郎，從衛在洪州，遂遣二故吏先部送行李往投之。冬十二月，金人陷洪州，遂盡委棄，所謂連艫渡江之書，又散爲雲烟矣。獨餘少輕小卷軸書帖，寫本李、杜、韓、柳集，《世說》、《鹽鐵論》，漢、唐石刻副本數十軸，三代鼎鼐十數事，南唐寫本書數篋，偶病中把玩，搬在臥內者，巋然獨存。上江既不可往，又虜勢叵測。有弟远，任勅局刪定官，遂往依之。到台，台守已遁，之剡，出睦，又棄衣被，走黃巖，雇舟入海，

奔行朝。時駐驛章安，從御舟海道之溫，又之越。庚戌十二月，放散百官，遂之衢。紹興辛亥春三月，復赴越，壬子，又赴杭。

先侯疾亟時，有張飛卿學士攜玉壺過視侯，便攜去，其實珉也。不知何人傳道，遂妄言有頒金之語，或傳亦有密論列者。余大惶怖，不敢言亦不敢遂已，盡將家中所有銅器等物，欲赴外庭投進。到越，已移幸四明，不敢留家中，並寫本書寄剡。後官軍收叛卒，取去，聞盡入故李將軍家，所謂歸然獨存者，無慮十去五六矣。惟有書畫硯墨可五七簏，更不忍置他所，常在臥榻下，手自開闔。在會稽，卜居土民鍾氏舍，忽一夕，穴壁負五簏去，余悲慟不得活，重立賞收贖。後二日，鄰人鍾復皓出十八軸求賞，故知其盜不遠矣，萬計求之，其餘遂不可出，今知盡為吳說運使賤價得之，所謂歸然獨存者，乃十去其七八。所有一二殘零不成部帙書冊，三數種平平書帖，猶復愛惜如護頭目，何愚也邪！

今日忽開此書，如見故人。因憶侯在東萊靜治堂，裝卷初就，芸籤縹帶，束十卷作一帙，每日晚更散，輒校勘二卷，跋題一卷。此二千卷，有題跋者五百二卷耳。今手澤如新，而墓木已拱，悲夫！昔蕭繹江陵陷沒，不惜國亡，而毀裂書畫；楊廣江都傾覆，不悲身死，而復取圖書。豈人性之所著，死生不能忘之歟？或者天意以余菲薄，不足以享此尤物耶？抑亦死者有知，猶斤斤愛惜，不肯留在人間邪？何得之艱而失之易也。

嗚呼！余自少陸機作賦之二年，至過蘧瑗知非之兩歲，三十四年之間，憂患得失，何其多也！然有有必有無，有聚必有散，乃理之常。人亡弓，人得之，又胡足道。所以區區記其終始者，亦欲為後世好古博雅者之戒云。

案：清照此篇，追敘其夫婦一生辛勤積聚圖書古器，及此等尤物於大變亂中漸次散失之經過；而清照生平志趣及其不幸遭遇，讀此篇殆可概見。洪邁《容齋四筆》卷五〈趙德甫金石錄〉云：「東武趙明誠德甫，清憲丞相中子也。著《金石錄》三十篇，上自三代，下訖五季，鼎、鐘、甗、鬲、槃、匜、尊、爵之欵識，豐碑大碣、顯人晦士之事蹟，見於石刻者，皆是正偽謬，去取褒貶，凡為卷二千。其妻易安居士平生與之同志，趙歿後，愍悼舊物之不存，乃作〈後序〉，極道遭罹變故本末。」又此序寫來情辭懇切，極富感染力。陸游《老學庵筆記》

引《才婦錄》云：「易安居士能書能畫又能詞，而尤長於文藻。迄今學士每讀〈金石錄序〉，頓令人心神開爽。何物老嫗，生此寧馨，大奇大奇。」所評是也。至其用典渾成，敍致錯綜，筆墨疏秀，更蕭然出町畦之外，胡應麟《少室山房筆叢》以爲「殆有過於歐、蘇兩公」者；〔註12〕李慈銘《越縵堂讀書記》亦謂：「宋以後閨閣之文，此爲觀止。」〔註13〕信然。

〈打馬圖經自序〉，紹興四年（1134）十一月廿四日清照在金華作也。文已見載第一章中。全篇精妍工麗，世罕其儔；而中堯、舜、桀、紂擲豆起蠅一段，議論尤佳，寫來歷落警至可喜。婦人有此妙筆，不獨雄於閨閣，直可壓倒鬚眉矣。毛晉於汲古閣本〈漱玉詞跋〉中嘗盛稱清照之文曰：「易安居士文妙，非止雄於一代才媛，直洗南渡後諸儒腐氣，上返魏、晉矣。」良非虛美也。

清照亦擅撰四六之文，然傳世者尠。趙彥衛《雲麓漫鈔》卷十四載其〈投內翰綦公崇禮啓〉一篇，陳振孫《直齋書錄解題・雜藝類》謂：「《打馬賦》一卷，易安李氏撰。」上述二文，余亦載諸第一章中，文長不擬再錄。

〈投內翰綦公崇禮啓〉，清照紹興二年（1132）九、十月間所作也。蓋明誠歿後，清照於紹興二年夏間嘗更嫁右承奉郎監諸軍審計司張汝舟，未幾反目，清照乃訟汝舟妄增舉數入官，九月戊子朔，以汝舟屬吏，除名柳州編管。而清照因得崇禮援手，免受刑法，〔註14〕故事解後作啓謝之。俞正燮〈易安居士事輯〉評曰：「讀《雲麓漫鈔》所載〈謝綦崇禮啓〉，文筆劣下，中雜有佳語，定是竄改本。」案：俞氏之說，純屬臆測，黃盛璋〈李清照事跡考辨〉力斥之，謂：「文筆劣下，標準難定，應該舉出具體事實，何況其中雜有佳語？」考此篇簡淡朴素，而敍次詳明，用事又切當，縱非佳構，亦不能謂爲「文筆劣下」也。

〈打馬賦〉一篇，論高下當在〈謝綦啓〉之上。李調元《賦話》卷五云：「宋李易安〈打馬賦〉云：『遶牀大叫，五木皆盧；瀝酒一呼，六子盡赤。平生不十，遂成劍閣之師；別墅未輸，已破淮淝之賊。』意氣豪蕩，殊不類巾幗中人語。」王士祿《宮閨氏籍藝文考略》引《神釋堂脞語》云：「易安落筆即奇工。〈打馬〉一賦尤神品，不獨下語精麗也。如此人自是天授。」

〔註12〕見胡應麟《少室山房筆叢》卷四〈甲部・經籍會通〉四。
〔註13〕見李慈銘《越縵堂讀書記》九〈藝術〉。
〔註14〕據宋《刑統》規定：妻告其夫者，事雖屬實，仍須徒二年。而，〈謝綦啓〉中，清照自謂僅處「囹圄者九日」，免受二年徒刑，當因獲崇禮援助之故。

趙潀之《古今女史》亦評云:「文入三昧,雖游戲亦具大神通。」案:此篇措辭典雅,立意名雋,余酷愛之。觀此一端,知易安居士不獨詩餘冠絕千古,即四六一道,亦非他人所及也。

　　清照另有《打馬圖經》,是篇雖爲馬戲圖譜之作,而中多四六駢儷之語。茲略舉數例於後:

> 罪而必罰,已從約法之三章;賞必有功,勿效遠牻之大叫。

> 公車射策之初,記其甲乙;神武掛冠之日,定彼去留。汝其有始有終,我則無偏無黨。

> 夫勞多者賞必厚,施重者報必深。或再見而取十官,或一門而列三戟。

> 九陽數也,故數九而立窩。窩險途也,故入窩而必賞。既能據險,一以當千;便可成功,寡能敵衆。請回後騎,以避先登。

> 萬馬無聲,恐是啣枚之後;千蹄不動,疑乎立仗之時。如能翠幕張油,黃扉啓印,雁歸沙漠,花發武陵。歌筵之小板初齊,天際之流星暫聚。或受彼罰,或旌己勞;或當謝事之時,復遇出身之數。

> 衆寡不敵,其誰可當;成敗有時,夫復何恨。或往而旋返,有同虞國之留;或去亦無傷,有類塞翁之失。欲刷孟明五敗之恥,好求曹劌一旦之功。其勉後圖,我不汝棄。

> 趙幟皆張,楚歌盡起。取功定霸,一舉而成。方西鄰責言,豈可蟻封共處;既南風不競,固難金埒同居。便請回鞭,不須戀廄。

> 虧於一簣,敗此垂成。久伏鹽車,方登峻坂;豈期一蹶,遂失長塗。恨羣馬之皆空,惄前功之盡棄。但素蒙剪拂,不棄駑駘;願守門闌,再從驅策。遡風驤首,已傷今日之障泥;戀主銜恩,更待明年之春草。

> 昔晉襄公以二陵勝,李亞子以夾寨興。禍福倚伏,其何可知?汝其勉之,當取大捷。

> 凜凜臨危,正欲騰驤而去;駸駸遇伏,忽驚穿塹之役。項羽之騅,方悲不逝;玄德之騎,已出如飛。既勝以奇,當旌其異。

> 瑤池宴罷,駃騄皆歸;宛國凱旋,龍媒並入。已窮長路,安用揮鞭?未賜敝帷,尤宜報主。驥雖伏櫪,萬里之志長存;國正求賢,千金

之骨不棄。定收老馬，欲取奇駒。既已解驂，請爲三年之賜；如圖
再戰，願成他日之功。

上述諸句，屬辭比事，咸警策精切，議論處則理趣深而光燄長，使人讀之激
昂諷咏不厭。若非清照之學殖淹博、文詞典雅，又出之以清裁，鮮克臻此！

伊世珍《嫏嬛記》卷中引《文粹補遺》云：「李易安〈賀人孿生啓〉，中
有云：『無午未二時之分，有伯仲兩楷之似。既繫臂而繫足，實難弟而難兄。
玉刻雙璋，錦挑對褓。』注曰：任文二子孿生，德卿生於午，道卿生於未。
張伯楷、仲楷兄弟形狀無二。白汲兄弟，母不能辨，以五彩繩一繫於臂，一
繫於足。」謝伋《四六談麈》又載清照〈祭明誠文〉：「白日正中，歎龐翁之
機捷；堅城自墮，憐杞婦之悲深。」案：二文皆用事明當妥帖，惜未見全篇
也。

綜上所述，清照詩文、四六之成就亦可以覘之。是則朱弁謂清照「善屬
文，於詩尤工」，謝伋又譽其爲「婦人四六之工者」，固非過許者也。

第四章　李清照之〈詞論〉

　　李清照，一代名媛，所為詞作，膾炙人口，余於第二章處已詳論之。清
照於倚聲之餘，嘗撰著〈詞論〉，歷評唐、宋諸家得失，其文首見胡仔《苕溪
漁隱叢話・後集》卷卅二，曰：

> 樂府聲詩並著，最盛于唐。開元、天寶間，有李八郎者，能歌擅天
> 下。時新及第進士，開宴曲江。榜中一名士，先召李，使易服隱姓
> 名，衣冠故敝，精神慘沮，與同之宴所。曰：「表弟願與坐末。」眾
> 皆不顧。既酒行樂作，歌者進，時曹元謙〈念奴〉為冠，歌罷，眾
> 皆咨嗟稱賞。名士忽指李曰：「請表弟歌。」眾皆哂，或有怒者。及
> 轉喉發聲，歌一曲，眾皆泣下。羅拜曰：「此李八郎也。」自後鄭、
> 衛之聲日熾，流靡之變日煩。已有〈菩薩蠻〉、〈春光好〉、〈莎雞子〉、
> 〈更漏子〉、〈浣溪沙〉、〈夢江南〉、〈漁父〉等詞，不可徧舉。五代
> 干戈，四海瓜分豆剖，斯文道熄。獨江南李氏君臣尚文雅，故有「小
> 樓吹徹玉笙寒」、「吹皺一池春水」之詞；語雖奇甚，所謂「亡國之
> 音哀以思」也。逮至本朝，禮樂文武大備。又涵養百餘年，始有柳
> 屯田永者，變舊聲作新聲，出《樂章集》，大得聲稱於世；雖協音律，
> 而詞語塵下。又有張子野、宋子京兄弟、沈唐、元絳、晁次膺輩繼
> 出，雖時時有妙語，而破碎何足名家。至晏元獻、歐陽永叔、蘇子
> 瞻，學際天人，作為小歌詞，直如酌蠡水於大海，然皆句讀不葺之
> 詩爾；又往往不協音律者，何邪？蓋詩文分平側，而歌詞分五音，
> 又分五聲，又分六律，又分清濁輕重，且如近世所謂〈聲聲慢〉、〈雨
> 中花〉、〈喜遷鶯〉，既押平聲韻，又押入聲韻；〈玉樓春〉，本押平聲

韻，又押上去聲，又押入聲；本押仄聲韻，如押上聲則協，如押入
聲，則不可歌矣。王介甫、曾子固，文章似西漢，若作一小歌詞，
則人必絕倒，不可讀也。乃知詞別是一家，知之者少。後晏叔原、
賀方回、秦少游、黃魯直出，始能知之。又晏苦無鋪敘。賀苦少典
重。秦即專主情致而少故實，譬如貧家美女，雖極妍麗豐逸，而終
乏富貴態。黃即尚故實而多疵病，譬如良玉有瑕，價自減半矣。

清照〈詞論〉一文，自宋以來評論者大不乏人。胡仔曰：

易安歷評諸公歌詞，皆摘其短，無一免者，此論未公，吾不憑也。
其意蓋自謂能擅其長，以樂府名家者。退之詩云：「不知羣兒愚，那
用故謗傷，蚍蜉撼大樹，可笑不自量。」正為此輩發也。〔註1〕

裴暢亦評云：

易安自恃其才，藐視一切，本不足存。第以一婦人能開此大口，其
妄不待言，其狂亦不可及也。〔註2〕

貶抑殊甚。然陸游則謂：

易安譏彈前輩，既中其病。〔註3〕

繆鉞亦謂：

李易安生於北宋末年，其前名詞家甚衆，而易安開徑獨行，無所依
傍，其評騭諸家，持論甚高，此非好為大言以自矜重。蓋易安孤秀
奇芬，卓有見地，故掎摭利病，不稍假借。〔註4〕

則推譽至隆。由是觀之，前人對〈詞論〉之評價，意見極不一致。且褒貶任
聲，抑揚過實，殊難視為定論。

　　以下試分三點略論清照〈詞論〉之作年，並就其內容進行若干方面之探索。

一、〈詞論〉之作年

　　清照〈詞論〉之作年，俞正燮、夏承燾、郭紹虞、王仲聞、洪昭諸氏均
認為是早期之作，〔註5〕甚是。其理由如下：

〔註1〕見《苕溪漁隱叢話・後集》卷卅三。
〔註2〕見徐釚《詞苑叢談》引。
〔註3〕見陸游《老學庵筆記》。
〔註4〕見繆鉞〈論李易安詞〉。
〔註5〕俞正燮、夏承燾、郭紹虞、王仲聞、洪昭諸氏均謂〈詞論〉乃清照早期之作品。
　　　俞正燮〈易安居士事輯〉繫此篇於清照結褵未久之後。夏承燾〈李清照詞的藝

第一、〈詞論〉批評北宋詞家，計有柳永（生卒年不詳）、張先（990～1078）、晏殊（991～1055）、宋庠（996～1066）、宋祁（998～1061）兄弟、沈唐（字公述，生卒年不詳）、歐陽修（1007～1072）、元絳（1008～1083）、曾鞏（1019～1083）、王安石（1021～1086）、晏幾道（1030～1106）、蘇軾（1036～1101）、黃庭堅（1045～1105）、晁端禮（1046～1113）、秦觀（1049～1101）、賀鑄（1063～1120）等十六人，〔註6〕始於柳、張，而止於晁、賀，〔註7〕無一語涉及靖康亂後（1127）之詞壇。

第二、〈詞論〉在批評北宋諸家詞時，要求倚聲須鋪敘、典重、有情致、尚故實，與清照後期詞作之風格大不相侔。如其晚年賦〈元宵・永遇樂〉詞，張端義《貴耳集》卷上則以「平淡入妙」評之，以爲是「以尋常語言度入音律」者；其〈漁家傲〉「天接雲濤連曉霧」一闋，更是措辭豪邁，似不甚經意之作，通篇無一毫釵粉氣，風格尤近蘇、辛。〔註8〕

第三、〈詞論〉力倡詞須協律，主張歌詞應分五音、五聲、六律、清濁、輕重；然清照晚年之作，多未能嚴守宮律。例如〈菩薩蠻〉一詞，其上下片結句應爲「仄平平仄平」，《漱玉詞》中有〈菩薩蠻〉二首，其一曰：

術特色〉云：「這篇文章批評北宋詞家止於賀鑄、晏幾道，沒有提到徽宗時大晟樂府裏一派作家，沒有提到靖康亂後的詞壇情況，在批評秦觀時，還要求詞需有『富貴態』，看來這應該是她早期的作品；又〈詞論〉要求填詞必須協五音六律，運用故實，又須文雅、典重，和她後期的作品風格也完全不相符；我認爲她後期的流離生活已經使她的創作實踐突破了她早期的理論。」郭紹虞《中國歷代文論選・詞論說明》云：「這篇〈詞論〉批評北宋作家，止於元絳、晁端禮（次膺），而不提及周邦彥，也無一語涉及靖康之亂，可能是她早年遭亂以前的作品。我們讀她的《漱玉集》裏諸名篇，並不都是很典重、尚故實、擅長於鋪敘的作品，這大抵由於她遭亂之後，流離民間，生活激變，使她的創作實踐能夠突破了早年的文學觀點。」王仲聞〈李清照事迹作品雜考〉云：「此篇作於北宋，時代當頗早，或在大晟府未成立以前。」洪昭〈李清照的詞論〉云：「李清照是南北宋之交一個有名的女詞人，她不但創作了許多膾炙人口的詞，而且留下了一篇著名的〈詞論〉。從文中沒有涉及南渡後的詞壇情況，要求作詞要有『富貴態』，以及這些理論與她南渡後的創作實際距離較遠等情況來看，可以肯定是她早期的作品。」

〔註6〕以上諸人生卒年據姜亮夫《歷代名人年里碑傳總表》。

〔註7〕夏承燾謂〈詞論〉批評北宋詞家，止於賀鑄、晏幾道；郭紹虞則謂止於元絳、晁端禮。案：賀鑄卒於宣和二年（1120）庚子，晏幾道卒於崇寧五年丙戌（1106），元絳卒於元豐六年（1083）癸亥，晁端禮卒於政和三年（1113）癸巳，夏、郭二氏皆誤，應是止於晁、賀也。

〔註8〕請參看第二章「李清照之詞」。

> 風柔日薄春猶早，夾衫乍著心情好。睡起覺微寒，梅花鬢上殘。　　故
> 鄉何處是？忘了除非醉。沈水臥時燒，香消酒未消。

其二曰：

> 歸鴻聲斷殘雲碧，背窗雪落鑪烟直。燭底鳳釵明，釵頭人勝輕。　　角
> 聲催曉漏，曙色回牛斗。春意看花難，西風留舊寒。

其間「梅花鬢上殘」、「香消酒未消」，是「平平仄仄平」；「釵頭人勝輕」、「西風留舊寒」，是「平平平仄平」；均不合譜。觀此一端，足證〈詞論〉乃清照早期之作，故與後期詞作有不盡相應者。

綜上三點，謂〈詞論〉乃清照早期之作，殆無疑也。

然有若干事仍須附帶一談者：夏承燾考訂〈詞論〉作年嘗謂：〈詞論〉中「沒有提到徽宗時大晟樂府裏一派作家」，〔註 9〕此說殊誤。吳曾《能改齋漫錄》卷十六「並蒂芙蓉詞」條云：

> 政和癸巳（1113），大晟樂成，嘉瑞既至。蔡元長以晁端禮次膺薦於徽宗，詔乘驛赴闕。次膺至都，會禁中嘉蓮生，分苞合拊，夐出天造，人意有不能形容者。次膺效樂府體，屬詞以進，名〈並蒂芙蓉〉。上覽之，稱善，除大晟府協律郎，不克受而卒。

是則晁端禮確曾除大晟府協律郎，承燾偶失檢耳。

又今人李栖撰〈論易安詞〉一文，論及〈詞論〉之不評周邦彥問題云：

> 易安於美成則未及評，其故安在？胡仔《苕溪漁隱叢話》曰：「易安歷評諸公歌詞，皆摘其短，無一免者。」諸子之詞若有短處，則不免其評。而周邦彥詞風正是嚴守詞調聲律，渾厚和雅，善于鋪敍，崇尚故實，凡斯種種皆與易安主張合，故能獨免於譏評也。

是則揣測之辭。陸游《老學庵筆記》既云，〈詞論〉乃清照譏彈前輩之作，邦彥與清照同時，非李前輩，故〈詞論〉不涉及之，此為原因之一。語云：「蓋棺論定」，前人作論，多不議及時人，因譽之以為阿諛，毀之或轉成讎敵；清照此篇，當亦例此。余意清照撰〈詞論〉時，晁、賀諸人俱歿，而周尚存，故不及周。此為原因之二。

據姜亮夫《歷代名人年里碑傳總表》，賀鑄卒於宣和二年（1120）庚子，周邦彥卒於宣和三年（1121）辛丑，於此透露出〈詞論〉作年之消息，蓋清照撰此篇當在賀鑄病歿後，邦彥謝世前，時明誠夫婦正屏居青州鄉里也。

〔註 9〕見夏著〈李清照詞的藝術特色〉。

〈詞論〉既寫成於宣和二、三年間，而王仲聞〈李清照事迹作品雜考〉文中論〈詞論〉作年則曰：

> 此篇作於北宋，時代當頗早，或在大晟府未成立以前。

案：據《能改齋漫錄》卷十六所載，大晟府乃成於政和三年（1113）癸巳，是則王氏之說，亦不足信也。

二、清照之「詞別是一家」說

清照撰〈詞論〉，既揭前人之短，遂喟然而歎曰：

> 乃知詞別是一家，知之者少。

「詞別是一家」之說，其正面意見為何？清照未予闡述。然吾人若爬梳其著，庶幾亦得其正確答案焉。

竊謂「詞別是一家」之說，內涵有二：一曰詞之音律綦嚴，異於詩、文；另一則謂填詞之藝術手法別具特殊性。

清照論詞，首重聲律。故〈詞論〉開宗明義曰：

> 樂府聲詩並著，最盛于唐。

繼而又不惜費辭縷述李八郎逸事。案：李八郎即李袞，袞事載見李肇《唐國史補》卷下，謂：

> 李袞善歌，初于江外而名動京師，崔昭入朝，密載而至，乃邀賓客，請第一部隊及京邑之名倡，以為盛會，紿言表弟，請登末座，令袞弊衣以出，合坐嗤笑。頃命酒，昭曰：「欲請表弟歌。」坐中又笑。
> 及轉喉一發，樂人皆大驚曰：「此必李八郎也。」遂羅拜階下。

清照縷陳李袞逸事，一則以說明唐世樂歌之繁榮，而最主要之目的乃顯示出唐以後樂歌與詞曲之密切關係，並為下文「詞別是一家」之說預立根據。

清照既重視聲律，故其評晚唐詞，則謂「鄭、衛之聲日熾」；論江南李氏君臣詞，則曰「亡國之音哀以思」。柳永《樂章集》有「詞語塵下」之弊，而清照仍譽之，謂其詞「協音律」，能「變舊聲作新聲」。晏殊、歐陽修、蘇軾所為詞不協音律，清照遂以「句讀不葺之詩」諷之；王安石、曾鞏以文為詞，妄顧聲律，清照則直指其詞「不可讀」，並謂若讀之，「人必絕倒」。蓋清照認為詞與詩、文不同科，晏、歐、蘇軾以詩為詞，王、曾之以文為詞，究其實，皆緣於不知詞也。

然詩、文與詞，其異同究若何？清照分辨之，曰：

蓋詩、文分平側，而歌詞分五音，又分五聲，又分六律，又分清濁
輕重，且如近世所謂〈聲聲慢〉、〈雨中花〉、〈喜遷鶯〉，既押平聲韻，
又押入聲韻；〈玉樓春〉，本押平聲韻，又押上去聲，又押入聲。本
押仄聲韻，如押上聲則協，如押入聲，則不可歌矣。

清照此段，不惟明辨詞與詩、文之不同，且爲便於說明起見，更討論及詞之
字聲與押韻等問題。揣清照之意，詩律寬而詞律嚴，惟倚聲者仍須謹嚴循法，
奉爲圭臬，絕不宜輕於移易，破壞詞體，遂令歌詞不能被之管絃，並拗折天
下人嗓子也。執此一端而論，清照之說似甚保守，然其恪守聲律，指點歐、
蘇，又譏彈王、曾，究其目的乃爲救弊補偏，而其裨益詞林，功勳實不容輕
抹也。〔註10〕

〔註10〕 清照此段論詩、文與詞之異同，及詞之字聲與押韻，夏承燾於其所著〈唐宋
詞字聲之演變〉、〈詞韻約例〉二文中曾予評論，茲擇錄於下，以爲讀〈詞論〉
之參考。
〈唐宋詞字聲之演變〉云：
　　詞辨五音清濁之說，北宋人已有之。李易安論詞云：「詩分平側，而歌詞分
　　五音，又分六律，又分清濁輕重。」比較柳、周四聲之律，剖析益密矣。
　　惟其五音、清濁、輕重之涵義，易安未有解說。考玉田《詞源》嘗以脣、
　　齒、喉、舌、鼻當五音。張世南《游宦紀聞》謂：「字聲分清濁，非強爲差
　　別，蓋輕清爲陽，節重濁爲陰。」（曲律二、九引）。此皆宋人之說，五音
　　似指發聲部位，清濁則卽元人論曲之陰陽也。
　　今舉易安詞爲例，凡五音同者（卽雙聲字）以〇識之，平聲之陰陽同者
　　以◎識之。五音陰陽皆同者以〇◎識之。
〈鳳凰臺上憶吹簫〉上下片云：
　　　　〇〇〇　　　〇　〇〇　　　　〇
　　　　今年瘦，非干病酒，不是悲秋。
　　　　〇〇〇　　　〇　〇〇　　　〇
　　　　凝眸處，從今更數，幾段新愁。
〈壺中天慢〉兩結云：
　　　　　　◎　　　　〇〇〇　　　◎
　　　　征鴻過盡，萬千心事難寄。
　　　　　　◎　　　　〇〇〇　　　◎
　　　　日高煙斂，更看今日晴未。
此二聯中，合否各半，雖猶未爲堅證；然易安詞確有用雙聲甚多者，如〈聲
聲慢〉一首，用舌聲共十六字：
　　難　淡　敵他　地　堆　獨　得　桐　到　點點滴滴　第　得
用齒聲多至四十一字，有連續至九字者：
　　尋尋　清清悽悽慘慘戚戚　乍　時　最　息三　盞　酒怎　正傷心
　　是時　識　積憔悴損如　誰　守　窗　自怎　生　細　這次　怎　愁字
全詞九十七字，而此兩聲凡五十七字，佔半數以上。當是有意以囓齒丁
寧之口吻，寫其鬱伊惝怳之情懷。宋詞雙聲之例，此爲僅見矣。但易安

　　清照「詞別是一家」之說，其中論詞之協律問題，已略如上述。以下討論清照所談及之填詞運用藝術手法等問題。

　　清照於批評前人作品時，往往談及填詞所運用之藝術手法，綜其所述，約有下列數端：

第一、用語要奇——用語要奇者，不蹈襲前人語意之謂。〈詞論〉評江南李氏君臣時，推許李璟之「小樓吹徹玉笙寒」與馮延巳之「吹皺一池春水」，謂語意奇甚。是清照主張倚聲須用語新奇之證。

第二、辭要高雅——清照批評柳永，謂《樂章集》「雖協音律，而詞語塵下」。蓋永好收俚語入詞，故清照病之。「詞語塵下」者，語欠高雅之謂。是清照要求填詞須措辭高雅也。

第三、通篇要渾成——〈詞論〉論及張子野、宋子京兄弟、沈唐、元絳、晁次膺諸家詞，謂：「雖時時有妙語，而破碎何足名家。」是指斥子野諸人之詞欠渾成，雖有佳句，而與全篇絕不相稱也。則清照強調詞要通篇一氣、要渾成可知。

第四、詞要鋪敍，要典重——〈詞論〉評晏幾道詞，謂：「晏苦無鋪敍。」又評賀方回詞，謂：「賀苦少典重。」是清照主張填詞既須多運用鋪敍手法，又須詞格端莊穩重也。

第五、詞主情致而尚故實——〈詞論〉評秦觀、黃庭堅詞，謂：「秦即專主情致，而少故實」；「黃即尚故實，而多疵病」。是清照認爲詞須「情致」、「故實」二者兼備，方爲上選。蓋「情致」者，可譬諸美女；「故實」者，可譬諸金玉；倚聲之作，若僅具「情致」，而少「故實」，則有如貧家美女，雖極妍麗丰逸，終乏富貴態也。然運用典故亦須貼切，苟多疵病，則如良玉有瑕，價自減半矣。

　　綜上所述，清照「詞別是一家」之說，其內涵蓋謂：詞以協律爲主，與

好爲高論，據其今存各詞，校其所說，未必盡合。

〈詞韻約例〉云：

　　李易安論詞：「近世所謂〈聲聲慢〉、〈雨中花〉，既押平聲，又押入聲。〈玉樓春〉平聲，又押上去聲，又押入聲。」是平、入兩韻本可相通。今案〈聲聲慢〉調，晁補之「朱門深掩」一首，賀鑄「園林暮翠」一首，曹勛「素商吹影」一首，皆押平韻，李易安「尋尋覓覓」一首卻押入韻；〈雨中花〉調，蘇軾皆押平韻，黃庭堅、秦觀則皆用入韻；惟〈玉樓春〉只有押上去與押入兩種，無押平韻者；若押平韻，即是〈瑞鷓鴣〉矣；不知易安偶誤，抑平聲〈玉樓春〉今已失傳。

詩、文異趣；詩、文僅分平側，而詞分五音、五聲、六律、清濁、輕重，是詞於格律一道其細密處實過於詩、文者。另外，詞之辭語以新奇、高雅是尚，尤貴典重、故實，且宜多用鋪敍手法以表現情致。凡此種種，皆詞之異於詩、文者也。是則，清照謂：「詞別是一家」，固是不易之論。

三、清照對前人詞作之評騭

清照〈詞論〉，評騭前人詞作，掎摭利病，不稍假借。胡仔《苕溪漁隱叢話》引韓愈詩「蚍蜉撼大樹，可笑不自量」以諷，意謂清照狂妄已甚也。然與胡仔幾於同時之陸游則以爲清照卓有見地，絕非好爲大言者；《老學庵筆記》云：「易安譏彈前輩，既中其病。」是放翁對〈詞論〉固有所推崇也。

然則，清照所論，是否深中肯綮？其評騭前輩，是否故爲謗傷？而胡仔與放翁之說，究竟誰爲切當？斯皆不容不辨。

清照〈詞論〉無正面評及《花間》派諸人，然其於論盛唐樂府後，五代江南李氏君臣詞前，中間挿入以下一段：

> 自後鄭、衛之聲日熾，流靡之變日煩。已有〈菩薩蠻〉、〈春光好〉、〈莎雞子〉、〈更漏子〉、〈浣溪沙〉、〈夢江南〉、〈漁父〉等詞，不可徧擧。

夏承燾謂其間有指斥溫庭筠之成分在內。〔註11〕竊以爲夏氏之論特具卓識，「鄭、衛之聲日熾，流靡之變日煩」二語，固是概述《花間》詞風。《舊唐書》卷一百四十下〈溫庭筠傳〉曰：

> 溫庭筠，太原人。本名岐，字飛卿。大中初應進士，苦心硯席，尤長於詩賦。初至京師，人士翕然推重。然士行塵雜，不脩邊幅，能逐絃吹之音，爲側艷之詞。

辛文房《唐才子傳》卷八〈溫庭筠傳〉：

> 庭筠，字飛卿，舊名岐，幷州人，宰相彥博之孫也。少敏悟天才，能走筆成萬言。善鼓琴吹笛，云：「有弦即彈，有孔即吹，何必爨桐與柯亭也。」側詞絕曲，與李商隱齊名，時號溫、李。

以上之載，與〈詞論〉之論若合符契。庭筠固是《花間》派首選，今觀《花

〔註11〕夏著《李清照的藝術特色》云：「李清照〈詞論〉裏雖然沒有指斥到溫庭筠，但她說『自後鄭衛聲熾，流靡煩變，有〈菩薩蠻〉……〈更漏子〉、〈浣溪沙〉、〈夢江南〉……等詞，不可徧擧』，這裏面便有溫庭筠在內。」

間集》中溫詞，綺羅香澤之態，綢繆宛轉之度，類不出乎綺怨。讀其詞，但覺鏤金錯釆，炫人眼目，而乏深情遠韻，張惠言〈詞選序〉謂唐代詞人以庭筠最高，其言深美閎約；〔註12〕陳廷焯《白雨齋詞話》更直以溫詞上接靈均；〔註13〕推許殊過當也。

清照論五代詞，謂：

> 五代干戈，四海瓜分豆剖，斯文道熄。

蓋五代亂離，樂府歌章隳頹喪墜，近人林大椿輯《唐五代詞》亦僅得作者卅餘人，詞數百闋而已，若與宋代相較，頗為懸殊，宜乎清照謂之「斯文道熄」也。

清照評江南李氏君臣詞，則曰：

> 獨江南李氏君臣尚文雅，故有「小樓吹徹玉笙寒」、「吹皺一池春水」之詞。語雖奇甚，所謂「亡國之音哀以思」也。

案：江南李氏君臣者，乃指李璟、李煜父子與馮延巳而言。「小樓吹徹玉笙寒」，李璟〈浣溪沙〉句也；「吹皺一池春水」，則見馮延巳〈謁金門〉。〔註14〕馬令《南唐書》卷廿一云：

> 元宗樂府辭云：「小樓吹徹玉笙寒」，延巳有「風乍起，吹皺一池春水」之句，皆為警策。元宗嘗戲延巳曰：「吹皺一池春水，干卿何事？」
>
> 延巳曰：「未如陛下小樓吹徹玉笙寒。」元宗悅。

清照之論，蓋本此。〈詞論〉謂「小樓吹徹玉笙寒」、「吹皺一池春水」二句「語雖甚奇」，亦即《南唐書》「皆為警策」之意。

「亡國之音哀以思」，語出《毛詩‧關雎序》。〔註15〕清照用之以評後主詞也。陳鵠《西塘集‧耆舊續聞》卷三云：

〔註12〕張惠言《詞選‧序》：「自唐之詞人，李白為首。其後韋應物、王建、韓翃、白居易、劉禹錫、皇甫淞、司空圖、韓偓，並有述造；而溫庭筠最高，其言深美閎約。」

〔註13〕陳廷焯《白雨齋詞話》卷一：「飛卿詞，全祖〈離騷〉，所以獨絕千古。」又曰：「飛卿〈菩薩蠻〉十四章，全是變化〈楚騷〉，古今之極軌也。」

〔註14〕李璟〈浣溪沙〉：「菡萏香銷翠葉殘，西風愁起碧波間。還與容光共憔悴，不堪想。　細雨夢迴雞塞遠，小樓吹徹玉笙寒。簌簌淚珠多少恨，倚闌干。」馮延巳〈謁金門〉：「風乍起，吹皺一池春水。閑引鴛鴦香徑裏，手挼紅杏蕊。　鬥鴨闌干獨倚，碧玉搔頭斜墜。終日望君君不至，舉頭聞鵲喜。」。

〔註15〕《毛詩‧關雎序》：「詩者，志之所之也，在心為志，發言為詩。治世之音安以樂，其政和；亂世之音怨以怒，其政乖；亡國之音哀以思，其民困；故正得失，動天地，感鬼神，莫近於詩。」

蔡絛作《西清詩話》,載江南李後主〈臨江仙〉,云:「圍城中書,其尾不全。」以予考之,殆不然。余家藏李後主《七佛戒經》及《雜書》二本,皆作梵葉。中有〈臨江仙〉,塗注數字,未嘗不全。其後則書李太白詩數章,似平日學書也。本江南中書舍人王克正家物,後歸陳魏公之孫世功君懋。余,陳氏壻也。其詞云:「櫻桃落盡」云云。後有蘇子由題云:「淒涼怨慕,真亡國之音也。」

又黃昇《唐宋諸賢絕妙詞選》卷一評李煜〈烏夜啼〉亦云:

此詞最悽惋,所謂「亡國之音哀以思」。

是前此蘇轍,後此叔暘,均以「亡國之音」論煜詞也。

柳永詞,陳師道《後山詩話》云:

柳三變遊東都南北二巷,作新樂府,骩骳從俗,天下詠之。

陳振孫《直齋書錄解題》卷廿一亦云:

柳詞格固不高,而音律諧婉,語意妥帖,承平氣象,形容曲盡,尤工於羈旅行役。

而清照〈詞論〉評柳詞,謂其「變舊聲作新聲,出《樂章集》,大得聲稱於世;雖協音律,而詞語塵下」;見地與後山、直齋不謀而合。然《樂章集》中自有佳作,趙令時《侯鯖錄》卷七云:

東坡云:世言柳耆卿曲俗,非也。如〈八聲甘州〉云:「霜風淒緊,關河冷落,殘照當樓。」此語於詩句不減唐人高處。

另如〈雨霖鈴〉之鋪敍委婉,言近意遠;〈望海潮〉之情景兼融,一筆到底;〈安公子〉之迴環往復,一唱三歎,皆精金粹玉,是耆卿一生精力之所在,惜清照未論及之。

〈詞論〉於評騭柳詞後,續曰:

又有張子野、宋子京兄弟、沈唐、元絳、晁次膺輩繼出,雖時時有妙語,而破碎何足名家。

案:子野,張先字,有《張子野詞》傳世。子京,宋祁字、其兄庠,字公序,兄弟同時舉進士,人呼曰二宋。祁詞曰《宋景文公長短句》,庠詞則未見。沈唐字公述,其詞見《樂府雅詞》、《全芳備祖》、《唐宋諸賢絕妙詞選》、《花草粹編》諸書,僅存四闋。元絳字厚之,其詞見《月河所聞集》與《花草粹編》,僅存二闋。晁次膺,名端禮,著有《閑齋琴趣外篇》。

竊以為清照此處,其批評者雖共有六人,而其著眼點則在子野、子京二

人身上（如其後此之批評晏、歐、蘇軾，其重點亦在東坡也）。惟以宋庠、沈唐、元絳、次膺諸家，詞作風格與前二者相仿，故連類及之矣。

胡仔《苕溪漁隱叢話》卷卅七引《遯齋閒覽》云：

> 張子野郎中，以樂章擅名一時。宋子京尚書奇其才，先往見之，遣將命者謂曰：「尚書欲見『雲破月來花弄影』郎中。」子野屏後呼曰：「得非『紅杏枝頭春意鬧』尚書耶？」遂出，置酒，甚歡。蓋二人所舉，皆其警策也。

又同書同卷引《古今詞話》曰：

> 有客謂子野曰：「人皆謂公張三中，即心中事，眼中淚，意中人也。」子野曰：「何不目之為張三影？」客不曉。公曰：「雲破月來花弄影。嬌柔嬾起，簾壓捲花影。柳徑無人，墮風絮無影。此余生平所得意也。」

朱彝尊《靜志居詩話》云：

> 張子野〈吳興寒食詞〉：「中庭月色正清明，無數楊花過無影。」余嘗歎其工絕，在世所傳「三影」之上。

劉承幹《歷代詞人考略》卷十引《黃嬭餘話》云：

> 欲見「雲破月來花弄影」郎中，此宋子京語也。范公偁《過庭錄》記張子野〈一叢花〉詞云：「不如桃杏，猶解嫁東風。」歐陽永叔尤愛之。子野謁永叔，永叔倒屣迎之，曰：「此乃『桃杏嫁東風』郎中。」歐公標目，又與小宋不同。世但知子野以「三影」自誇，否則稱為「張三中」而已。

觀以上所載，足證如歐公、胡仔諸家，其品評張、宋，亦徒賞其句之佳耳。顧二人之作有句無篇，整體欠渾成，是則清照以「破碎何足名家」譏彈之，固無足怪也。

〈詞論〉又云：

> 至晏元獻、歐陽永叔、蘇子瞻，學際天人，作為小歌詞，直如酌蠡水於大海，然皆句讀不葺之詩爾；又往往不協音律者，何邪？

郭紹虞謂〈詞論〉此段批評主要是對蘇詞而發，晏殊、歐陽修本屬傳統之婉約派，此處牽連偶及。〔註16〕余謂：郭說甚當。今《珠玉集》與《六一詞》中，固鮮有「不協音律」之「句讀不葺之詩」；且清照平生頗服膺歐公，觀其〈臨江仙〉詞序云：

〔註16〕見郭紹虞《中國歷代文論選・詞論註釋》。

> 歐陽公作〈蝶戀花〉，有「深深幾許」之句，予酷愛之，用其語作「庭
> 院深深」數闋，其聲即舊〈臨江仙〉也。

對歐詞推譽有加，是知清照之批評晏、歐，必不如此之甚也。

蘇軾詞，人多以豪放目之，謂其別開風氣，有足為後世矜式者。故王灼
《碧雞漫志》卷二曰：

> 東坡先生以文章餘事作詩，溢而作詞曲，高處出神入天，平處尚臨
> 鏡笑春，不顧儕輩。

又曰：

> 東坡先生非心醉於音律者，偶爾作歌，指出向上一路，新天下耳目，
> 弄筆者始知自振。

胡寅〈向子諲酒邊詞序〉亦云：

> 詞曲者，古樂府之末造也。文章豪放之士，鮮不寄意於此者，隨亦
> 自掃其跡，曰謔浪遊戲而已也。唐人為之最工者。柳耆卿後出，掩
> 衆製而盡其妙，好之者以為不可復加。及眉山蘇氏，一洗綺羅香澤
> 之態，擺脫綢繆宛轉之度，使人登高望遠，舉首高歌，而逸懷浩氣，
> 超然乎塵垢之外，於是《花間》為皂隸，而柳氏為輿臺矣。

然蘇氏填詞，不喜剪裁以就聲律，故所作樂府，豪放則豪放矣，惟多以
不協音律為病。王直方《王直方詩話》云：

> 東坡嘗以所作小詞示无咎、文潛，曰：「何如少游？」二人皆對云：
> 「少游詩似小詞，先生小詞似詩。」（胡仔《苕溪漁隱叢話‧前集》
> 卷四十二引）

吳曾《能改齋漫錄》卷十六亦引晁无咎評蘇詞曰：

> 蘇東坡詞，人謂多不諧音律。然居士詞橫放傑出，自是曲子中縛不
> 住者。

陳師道《後山詩話》亦云：

> 子瞻以詩為詞，如教坊雷大使之舞，雖極天工，要非本色。

是則於清照之前，如无咎、文潛、後山諸人，已謂坡詞「不諧音律」，蓋子瞻
「以詩為詞」，故其「小詞似詩」、「雖極天工，要非本色」也。清照〈詞論〉
評蘇詞，指其「不協音律」，僅是「句讀不葺之詩」，此亦沿用晁、張等人之
說，非清照創獲也。

〈詞論〉評王安石、曾鞏云：

　　　　王介甫、曾子固，文章似西漢，若作一小歌詞，則人必絕倒，不可
　　　　讀也。

此蓋諷王、曾之以文爲詞也。子固詞不多覯，僅存〈賞南枝〉一闋，見黃大
興《梅苑》卷一，是乃子固自度曲。其詞曰：

　　　　暮冬天地閉，正柔木凍折，瑞雪飄飛。對景見南山，嶺梅露、幾點
　　　　清雅容姿。丹染萼、玉綴枝。又豈是、一陽有私。大抵是、化工獨
　　　　許，使占卻先時。　　霜威莫苦凌持。此花根性，想羣卉爭知。貴
　　　　用在和羹，三春裏、不管綠是紅非。攀賞處、宜酒厄。醉撚嗅、幽
　　　　香更奇。倚闌干、仗何人去，囑羌管休吹。

徐本立《詞律拾遺》卷五亦收此闋，評之曰：「文義拙澀，聲調亦拗。」據是，
曾詞眞不可讀也。

　　　介甫有《臨川先生歌曲》一卷行世，然其平日頗輕視倚聲。魏泰《東軒
筆錄》卷五云：

　　　　王安國性亮直，嫉惡太甚。王荊公初爲參知政事，閒日因閱讀晏元
　　　　獻公小詞而笑曰：「爲宰相而作小詞可乎？」平甫曰：「彼亦偶然自
　　　　喜而爲爾，顧其事業豈止如是耶？」時呂惠卿爲館職，亦在坐，遽
　　　　曰：「爲政必先放鄭聲，況自爲之乎？」平甫正色曰：「放鄭聲不若
　　　　遠佞人也。」呂大以爲議己，自是尤與平甫相失。

荊公固未必以鄭聲目詞，惟從「爲宰相而作小詞可乎」一語觀之，其睥睨詩
餘可知矣。

　　　荊公詞，成就自是不高。劉熙載《藝概》卷四〈詞曲概〉云：

　　　　王半山詞，瘦削雅素，一洗五代舊習，惟未能涉樂必笑，言哀已歎，
　　　　故深情之士，不無間然。

又以其以文爲詞，故詞中每有未諧律處。王灼《碧雞漫志》卷二曰：

　　　　王荊公長短句多不合繩墨處。

自非過苛之論。然《臨川先生歌曲》中亦間見佳構，如〈桂枝香〉一闋堪稱
絕唱，〔註17〕張炎《詞源》卷下評云：

─────────────

〔註17〕王安石〈桂枝香〉：「登臨送目，正故國晚秋，天氣初肅。千里澄江似練，翠
　　　峯如簇。征帆去棹殘陽裏，背西風，酒旗斜矗。綵舟雲淡，星河鷺起，畫圖
　　　難足。　　念往昔、繁華競逐，嘆門外樓頭，悲恨相續。千古憑高對此，謾
　　　嗟榮辱。六朝舊事隨流水，但寒煙芳草凝綠。至今商女，時時猶唱，〈後庭〉
　　　遺曲。」《歷代詩餘》卷一百十四引《古今詞話》評此闋云：「金陵懷古，諸

　　詞以意爲主，不要蹈襲前人語意。如王荊公〈金陵‧桂枝香〉，清空
　　中有意趣，無筆力者未易到。

又梁令嫻《藝蘅館詞選》乙卷引梁啓超之說以評此闋云：

　　李易安謂：「介甫文章似西漢，然以作歌詞，則人必絕倒。」但此作
　　卻頡頏清眞、稼軒，未可謾詆也。

惜如是之作，荊公詞中誠不數數見。

　　清照〈詞論〉之末段則議及晏幾道、賀鑄、秦觀、黃庭堅之詞，曰：

　　詞別是一家，知之者少。後晏叔原、賀方回、秦少游、黃魯直出，始
　　能知之。又晏苦無鋪敍。賀苦少典重。秦即專主情致，而少故實，譬
　　如貧家美女，雖極妍麗豐逸，而終乏富貴態。黃即尚故實，而多疵病，
　　譬如良玉有瑕，價自減半矣。

案：晏、賀、秦、黃四家詞，是清照稍示揚推者。〈詞論〉謂四人始能知詞，
又謂秦詞主情致，黃詞尚故實，均不無推譽之意。然四子之作不免清照之譏
彈者，蓋晏、賀、秦、黃各有所短，故終難逃易安居士之掎摭利病也。

　　晏幾道工小令，所爲作曰《小山詞》。其詞依傍南唐，步武《花間》，故
陳振孫《直齋書錄解題》卷廿一曰：

　　叔原詞在諸名家中，獨可追逼《花間》，高處或過之。

周濟介《存齋論詞雜著》云：

　　晏氏父子，仍步溫、韋，小晏精力尤勝。

近人龍沐勛〈兩宋詞風轉變論〉〔註18〕亦云：

　　吾謂令詞之發展，由〈陽春〉以開歐、晏，至小晏而集大成。

是《小山詞》之成就誠有過人者。然幾道於慢詞風靡一時之際，而鮮作之，
其集中除〈泛清波‧摘徧〉、〈六么令〉數闋外，殆全爲令詞，宜乎清照以不
善鋪敍譏之。〔註19〕

　　賀方回撰《東山詞》，張耒嘗序其詞曰：

　　余友賀方回，博學業文，而樂府之詞高絕一世，攜一編示余，大抵
　　倚聲而爲之詞，皆可歌也。或者譏方回好學能文，而惟是爲工，何

　　公寄調〈桂枝香〉者三十餘家，惟王介甫爲絕唱。東坡見之，歎曰：『此老
　　乃野狐精也！』」。
〔註18〕載《詞學季刊》第二卷第一號。
〔註19〕郭紹虞《中國歷代文論選‧詞論註釋》云：「《小山詞》都爲小令，少作長調，
　　　故稱其無鋪敍。」所見甚是。

哉?余應之曰:是所謂滿心而發,肆口而成,雖欲已焉而不得者。
若其粉澤之工,則其才之所至,亦不自知也。夫其盛麗如游金、張
之堂,而妖冶如攬嬙、施之袪,幽潔如屈、宋,悲壯如蘇、李,覽
者自知之,蓋有不可勝言者矣。

案:〈詞論〉謂「詞別是一家」,又謂方回「始能知詞」;張耒謂方回「大抵倚
聲而爲之詞,皆可歌也」;蓋與清照同意。文潛又謂賀詞「盛麗如游金、張之
堂,而妖冶如攬嬙、施之袪」,是《東山詞》中固有欠典重者。〔註20〕故〈詞
論〉言「賀苦少典重」,貶抑誠當也。余讀《宋史・賀鑄傳》,謂方回嘗言:「吾
筆端驅使李商隱、溫庭筠,常奔命不暇。」斯或《東山詞》欠缺典重之因由
也。

秦少游所撰曰《淮海詞》。王灼《碧雞漫志》卷二評其詞云:

秦少游,俊逸精妙。

張炎《詞源》卷下亦云:

秦少游詞,體製淡雅,氣骨不衰,清麗中不斷意脈,咀嚼無滓,久
而知味。

近人夏敬觀〈映庵手校淮海詞跋〉云:

少游詞清麗婉約,辭情相稱,誦之回腸蕩氣,自是詞中上品。

王灼諸人之論,亦即〈詞論〉秦「主情致」、「極妍麗丰逸」之意。

少游倚聲,多用前人故實。宋人如洪邁、曾季貍、葉夢得輩已言及之。

洪邁《容齋四筆》卷十三云:

秦少游〈八六子〉詞云:「片片飛花弄晚,濛濛殘雨籠晴。正銷凝,
黃鸝又啼數聲。」語句清峭,爲名流推激。予家舊有建本《蘭畹曲
集》,載杜牧之一詞,但記其末句云:「正銷魂,梧桐又移翠陰。」
秦公蓋效之,似差不及也。

曾季貍《艇齋詩話》云:

少游詞:「小樓連苑橫空」,爲都下一妓姓樓,名琬,字東玉。詞中
欲藏「樓琬」二字。然少游自用出處,張籍詩云:「妾家高樓連苑起。」

又云:

少游詞:「高城望斷,燈火已黃昏。」用歐陽詹詩云:「高城已不見,
況復城中人?」

〔註20〕洪昭〈李清照的詞論〉謂:「典重,端莊穩重之謂。」甚諦。

葉夢得《避暑錄話》卷三云：

> 秦觀少游亦善爲樂府，語工而入律，知樂者謂之作家歌。元豐間，
> 盛行於淮、楚。「寒鴉千萬點，流水繞孤村」，本隋煬帝詩也，少游
> 取以爲〈滿庭芳〉詞。

然〈詞論〉則謂秦詞「少故實」，未知何所見而云然；或清照所論亦未必盡諦
也。

> 黃魯直所撰曰《山谷詞》。陳師道曰：

> 今代詞手，惟秦七、黃九耳，唐諸人不逮也。（胡仔《苕溪漁隱叢話·
> 後集》卷卅三引）

夏敬觀〈手批山谷詞〉亦曰：

> 后山稱：「今代詞手，惟秦七、黃九。」少游清麗，山谷重拙，自是
> 一時敵手。

又曰：

> 曩疑山谷詞太生硬，今細讀，悟其不然。「超軼絕塵，獨立萬物之表；
> 馭風騎氣，以與造物者游。」東坡譽山谷之語也。吾於其詞亦云。

是《山谷詞》自有其佳處；然魯直決非少游之讎者，后山品題欠當也。清照
〈詞論〉謂黃詞「多疵病」，今《山谷詞》中，有褻諢不可名狀者。王若虛《滹
南遺老集》卷卅九〈詩話〉云：

> 《山谷詞》云：「新婦磯邊眉黛愁，女兒浦口眼波秋。」自謂：「以
> 山色水光替卻玉肌花貌，眞得漁父家風。」東坡謂其「太瀾浪」，可
> 謂善謔。蓋漁父身上，自不宜及此事也。

紀昀《四庫全書總目》卷一百九十八〈集部·詞曲類〉云：

> 《山谷詞》一卷，宋黃庭堅撰。……今觀其詞，如〈沁園春〉、〈望
> 遠行〉、〈千秋歲〉第二首、〈江城子〉第二首、〈雨同心〉第二首、
> 第三首、〈少年心〉第一首、第二首、〈醜奴兒〉第二首、〈鼓笛令〉
> 四首、〈好事近〉第三首，皆褻諢不可名狀。至於〈鼓笛令〉第三首
> 之用「躿」字，第四首之用「屪」字，皆字書所不載，尤不可解：
> 不止補之所云「不當行」已也。〔註21〕

劉體仁《七頌堂詞繹》亦云：

〔註21〕案：晁補之評《山谷詞》云：「黃魯直間作小詞，固高妙，然不是當家語，自
　　　是著腔子唱好詩。」（胡仔《苕溪漁隱叢話·後集》卷卅三引）。

柳七最尖穎，時有俳狎，故子瞻以是呵少游。山谷亦不免，如「我
不合太攄就」類，下此則蒜酪體也。

賀裳《皺水軒詞筌》云：

黃九時出俚語，如：「口不能言，心不快活。」可謂傖父之甚。

彭孫遹《金粟詞話》云：

山谷：「女邊著子，門裏安心。」鄙俚不堪入誦。

沈曾植《菌閣瑣談》云：

山谷〈步蟾宮〉詞：「蟲兒真個惡靈利，惱亂得道人眼起。」俗語也。

觀以上諸條，則〈詞論〉評黃之語固篤論也。

清照〈詞論〉之作年及其內容考論已如上述。昔者韓昌黎謂：荀卿大醇
小疵。倘移韓語以評價〈詞論〉得失，庶幾近之。

第五章　李清照與趙明誠《金石錄》

《金石錄》者何？清照夫婿趙明誠所著書也。書首有明誠〈自序〉，云：

余自少小喜從當世學士大夫訪問前代金石刻詞，以廣異聞。後得
歐陽文忠公《集古錄》，讀而賢之，以爲是正譌謬，有功於後學甚
大；惜其尚有漏落，又無歲月先後之次，思欲廣而成書，以傳學
者。於是益訪求藏蓄，凡二十年而後粗備。上自三代，下及隋唐
五季，内自京師，達於四方遐邦絕域夷狄，所傳倉、史以來古文
奇字，大小二篆，分隸行草之書，鐘鼎簠簋尊敦甗鬲盤杅之銘，
詞人墨客詩歌賦頌碑誌敍記之文章，名卿賢士之功烈行治，至於
浮屠老子之說，凡古物奇器豐碑巨刻所載，與夫殘章斷畫磨滅而
僅存者，略無遺矣。因次其先後爲二千卷，余之致力於斯，可謂
勤且久矣！非特區區爲玩好之具而已也。蓋竊嘗以謂《詩》、《書》
以後，君臣行事之跡，悉載於史。雖是非褒貶，出於秉筆者私意，
或失其實。然至於善惡大節，有不可誣，而又傳諸既久，理當依
據。若歲月、地理、官爵、世次，以金石刻考之，其牴牾十常三
四。蓋史牒出於後人之手，不能無失；而刻詞當時所立，可信不
疑。則又考其異同，參以他書，爲《金石錄》三十卷。至於文辭
之媺惡，字畫之工拙，覽者當自得之，皆不復論。嗚呼！自三代
以來，聖賢遺跡，著於金石者多矣！蓋其風雨侵蝕，與夫樵夫牧
童毀傷淪棄之餘，幸而存者，止此爾。是金石之固，猶不足恃。
然則所謂二千卷者，終歸於磨滅；而余之是書，有時而或傳也。
孔子曰：飽食終日，無所用心也，難矣哉！不有博奕者乎？爲之

猶賢乎已。是書之成，其賢於無所用心，豈特博奕之比乎？輒錄
而傳諸後世好古博雅之士，其必有補焉。東武趙明誠序。

讀明誠之〈序〉，因悉明誠以歐陽修《集古錄》尚有漏落，又無歲月先後之次，
遂廣而成書。取上自三代，下迄五季，鐘、鼎、甗、鬲、盤、匜、尊、敦之
欸識，豐碑大碣、顯人晦士之事蹟，凡見於金石刻者，略無遺矣。因次其先
後，裝成二千卷，編爲目錄十卷，詳其撰書人名氏及時代年月，又撰爲跋尾
二十卷，都五百二篇，皆別白牴牾，是正謬誤，凡史傳之失，及《集古錄》
諸跋之誤，亦因是以訂定焉。

明誠是書，自宋以還，揄揚者大不乏人。茲擇取前人之評論若干則，迻
錄於後，以見趙書成就之一斑。

宋劉跂〈金石錄後序〉云：

東武趙明誠德父，家多前代金石刻，倣歐陽公《集古》所論，以考
書傳諸家同異，訂其得失，著《金石錄》三十卷，別白牴牾，實事
求是，其言斤斤，甚可觀也。⋯⋯今德父之藏既甚富，又選擇多善，
而探討去取，雅有思致，其書誠有補於學者。〔註1〕

洪适〈金石錄跋〉曰：

右趙氏《金石錄》三十卷。趙君名明誠，字德父，密州諸城人，故相
挺之之子也。所藏三代彝器及漢唐前後石刻，爲目錄十卷，辨證二十
卷。⋯⋯趙君之書，證據見謂精博。〔註2〕

朱熹〈家藏石刻序〉曰：

予少好古金石文字，家貧不能有其書，獨時時取歐陽子所集錄，觀
其序跋辨證之辭以爲樂，遇適意時，恍然若手摩挲其金石，而且了
其文字也。既又悵然自恨身貧賤，居處屏遠，弗能盡致所欲得如公
之爲者，或寢食不怡竟日。來泉南，又得東武趙氏《金石錄》，觀之
大略如歐陽子書，然詮序益條理，考據益精博，予心亦益好之。⋯⋯
歐陽子書一千卷，趙氏書多倍之。⋯⋯紹興二十六年歲次丙子八月
二十二月壬辰，吳郡朱熹序。〔註3〕

馬端臨《文獻通考》引陳振孫評曰：

〔註1〕見《四部叢刊》本《金石錄》卷卅後。
〔註2〕見洪适《隸釋》卷廿六。
〔註3〕見朱熹《朱子大全集》卷七十五。

《金石錄》三十卷，東武趙明誠德甫撰。其所藏二千卷，蓋倣歐陽《集古》，而數則倍之。本朝諸家蓄古器物欵識，其考訂詳洽，如劉原父、呂與叔、黃長睿多矣，大抵好附會古人名字：如丁字即以爲祖丁，舉字即以爲伍舉，方鼎即以爲子仲，古匜即以爲偪姞之類。邃古以來，人之生世夥矣，而僅見於簡冊者幾何？器物之用於人亦夥矣，而僅存於今世者幾何？迺以其姓字名物之偶同而實焉，余嘗竊笑之。惟其傅會之過，併與其詳洽者皆不足取信矣。惟此書跋尾獨不然，好古之通人也。〔註4〕

清人謝啓光〈謝刻金石錄後序〉曰：

《金石錄》，宋趙德父所著。原本於歐陽文忠公《集古錄》，益廣羅而碻核之，蓋竭一生之心力而成是書。……考訂精詳，品騭嚴正，往往於殘碑斷簡之中，指摘其生平隱慝，足以誅奸諛於既往，垂烱戒於將來；不特金石之董狐，實文苑之《春秋》也。〔註5〕

盧見曾〈重刊金石錄序〉曰：

趙德夫《金石錄》三十卷，匪獨考訂之精覈也；其議論卓越，時有足發人意思者。〔註6〕

李慈銘《越縵堂讀書記》曰：

《金石錄》，宋趙明誠撰。……趙氏援碑刻以正史傳，考據精慎，遠出歐陽文忠《集古錄》之上，於唐代事尤多訂《新》、《舊唐》兩書之失。當時新史方行，而德夫屢斥其謬誤，悉心釐正，務得其平；於《舊書》亦無所偏徇，眞善讀書者也。〔註7〕

劉跂諸人之論，於《金石錄》推譽至隆。然趙書既卷帙浩繁，故不能無舛誤。前人亦有是正其書譌謬者，茲亦擇錄一二以介：

洪适〈金石錄跋〉曰：

趙君之書，證據見謂精博，然以衛彈易街彈，以縣竹令爲縣令之類，亦時有誤者。

周中孚《鄭堂讀書記》曰：

〔註4〕見馬端臨《文獻通考》卷二百七〈經籍〉卅四。
〔註5〕見謝世箕刻本《金石錄》。
〔註6〕見盧見曾刻本《金石錄》。
〔註7〕見由雲龍輯本《越縵堂讀書記》九〈藝術〉。

《金石錄》三十卷，宋趙明誠撰。……然世縣千載，卷帙浩繁，千慮之中，不無一失。盧抱經爲之參考《隸釋》、《隸續》、《字原》、《金石略》、《金石文字記》、《隸辨》等書，疏其得失，加案語於下，庶使瑕瑜各不相掩。〔註8〕

沈曾植《海日樓札叢》曰：

《金石錄》有日本誌，康保五年。趙德父云：不知中國何年？按《和漢年契》，村上天皇康保元年，宋太祖乾德二年也。四年天皇崩，無五年。五蓋三字之誤。〔註9〕

觀是，則《金石錄》確有訛誤，雖賢博如明誠亦不能無失，著述之難也可知矣。

《金石錄》之成書，清照亦有助力焉。《道光濟南府志・列女傳》云：「明誠作《金石錄》，考據精確，多足正史書之失，清照實助成之。」此說可信。至清照與《金石錄》之關係，茲分六項論述於後：

一、助明誠訪求藏蓄金石資料

明誠自序《金石錄》謂其訪求藏蓄金石刻詞，凡二十年，都二千卷，其所致力，誠勤且久矣，而清照實助成之者。清照〈金石錄後序〉云：

余建中辛巳，始歸趙氏。……侯年二十一，在太學作學生。趙、李族寒，素貧儉，每朔望謁告出，質衣取半千錢，步入相國寺，市碑文果實歸，相對展玩咀嚼，自謂葛天氏之民也。後二年，出仕宦，便有飯蔬衣練，窮遐方絕域，盡天下古文奇字之志。日就月將，漸益堆積。丞相〔註10〕居政府，親舊或在館閣，多有亡詩逸史、魯壁汲冢所未見之書，遂力傳寫，浸覺有味，不能自已。後或見古今名人書畫，一代奇器，亦復脫衣市易。

蓋清照與明誠同志，又能處憂患困窮而志不屈。故當明誠貧儉而嗜金石，清照皆克守婦道，節衣縮食而助成之。〈金石錄後序〉又云：「余性不耐，始謀食去重肉，衣去重采。首無明珠翡翠之飾，室無塗金刺繡之具。」蓋記實也。苟非清照之賢慧，其能質衣取錢，脫衣市易，助明誠市碑文果實歸乎？明誠可謂有

〔註8〕見周中孚《鄭堂讀書記》卷卅三〈目錄類金石之屬〉。
〔註9〕見錢仲聯輯本沈曾植《海日樓札叢》卷八〈金石錄日本誌紀年之誤〉。
〔註10〕指明誠父趙挺之。

婦矣！明誠嘗題〈易安居士三十一歲之照〉，﹝註11﹞中有「端莊其品」一語，證此足徵其語決非虛美者也。

二、助明誠校勘整理金石資料

　　明誠著《金石錄》取上自三代，下迄五季，鐘、鼎、甗、鬲、盤、匜、尊、敦之欵識，豐碑大碣、顯人晦士之事蹟，凡見於金石刻者二千卷，詳其撰人名氏及時代年月，次其先後編爲目錄十卷；又撰題跋五百二篇，凡廿卷；其書可謂浩繁。而清照實協同校勘整理。〈金石錄後序〉云：

> （明誠）連守兩郡，竭其俸入以事鉛槧。每獲一書，即同共勘校，整集籤題，得書畫、彝鼎，亦摩玩舒卷，指摘疵病，夜盡一燭爲率。故能紙札精緻，字畫完整，冠諸收書家。

〈後序〉又云：

> 侯在東萊靜治堂，裝卷初就，芸籤縹帶，束十卷作一帙，每日晚更散，輒校勘二卷，跋題一卷。

蓋清照性既強記，復淹通書史，﹝註12﹞故能於金石之勘校、整集、籤題、跋尾，爲明誠之臂助也。

　　繆荃孫《雲自在龕隨筆》卷二〈書畫〉云：

> 唐白居易書《楞嚴經》一百幅，三百九十七行，唐箋楷書，系第九卷後半卷。趙明誠跋云：「淄川邢氏之邨，邱地平灡，水林晶清，牆麓磽确布錯，疑有隱君子居焉。問之，茲一邨皆邢姓，而邢君有嘉，故潭長好禮，遂造其廬。院中繁英正發，主人出接，不厭余爲茲州守，而重余有素心之馨也。夏首後相經過，遂出樂天所書《楞嚴經》相示，因上馬疾驅，歸與細君共賞，時已二鼓下矣。酒渴甚，烹小龍團，相對展玩，狂喜不支，兩見燭跋，猶不欲寐，便下筆爲之記。趙明誠。」前後有紹興璽，末幅止角上半印，存「御府」二字；後有「寶慶改元，花朝後三日，重裝于寶易樓。遜志。」題此冊想見

﹝註11﹞　明誠題〈易安居士三十一歲之照〉云：「清麗其詞，端莊其品，歸去來兮，眞堪偕隱。政和甲午新秋，德父題於歸來堂。」

﹝註12﹞　〈金石錄後序〉：「余性偶強記，每飯罷，坐歸來堂烹茶，指堆積書史，言某事在某書某卷第幾葉第幾行，以中否角勝負，爲飲茶先後。中卽舉杯大笑，至茶傾覆懷中，反不得飲而起，甘心老是鄉矣。」此足證清照性強記，而嫺熟書史也。

趙德夫夫婦相賞之樂。〈自序〉云：「靖康丙午，侯守淄川。」當跋
　　于是時，固俞理初所未見者。

《雲自在龕隨筆》此條，記明誠自淄川邢有嘉處得白居易書《楞嚴經》，急持
馳歸與清照共賞，繆氏曰：「題此冊想見趙德夫夫婦相賞之樂。」余則以為，
讀明誠是跋，亦可推知趙氏若獲金石資料，定必與清照相對展玩，如其得白
居易書《楞嚴經》時也。而明誠之校勘、整理金石刻詞，亦必樂邀清照為助，
〈金石錄後序〉「每獲一書，即同共勘校，整集籤題，得書畫、彝鼎，亦摩玩
舒卷，指摘疵病」云云，固實錄也。

三、助明誠運送保存金石資料

　　明誠一生篤好金石，家藏前代鐘、鼎、甗、鬲、盤、匜、尊、敦甚富，
然遭時閔亂，其金石資料多賴清照運送、保存焉。〈金石錄後序〉云：

> 至靖康丙午歲，侯守淄川，聞金人犯京師，四顧茫然，盈箱溢篋，
> 且戀戀，且悵悵，知其必不為己物矣。建炎丁未春三月，奔太夫人
> 喪南來，既長物不能盡載，迺先去書之重大印本者，又去畫之多幅
> 者，又去古器之無欵識者，後又去書之監本者，畫之平常者，器之
> 重大者。凡屢減去，尚載書十五車。至東海，連艫渡淮，又渡江，
> 至建康。青州故地，尚鎖書冊什物用屋十餘間，期明年再具舟載之。

案：靖康二年丁未（1127）春三月，〔註13〕明誠奔母喪南下，至建康，清照
並未隨往。蓋青州故地用屋十餘間所鎖之書畫、古器、什物，實賴清照管存，
而期明年具舟運建康也。

　　同年秋，青州兵變，〔註14〕清照遂攜〈蔡襄書趙氏神妙帖〉南下；明年
春，至建康，明誠跋之。岳珂《寶真齋法書贊》卷九載明誠之跋云：

〔註13〕靖康二年（1127），歲次丁未，同年五月，宋高宗即位南京應天府（商丘），
　　　始改元建炎。〈後序〉謂：「建炎丁未春三月」，乃清照誤記。
〔註14〕青州兵變事，李心傳《建炎以來繫年要錄》卷七載云：「（建炎元年十二月壬
　　　辰）資政殿學士京東路經略安撫使兼制置使知青州曾孝序為亂兵所殺。先是，
　　　臨朐士兵趙晟聚眾為亂，孝序付將官王定兵千人捕之，大衄而歸，孝序令母
　　　入城，且責以力戰自贖，不則將議軍法。定自知不免，乃以言撫敗卒，奪門
　　　斬關而入。孝序度不能制，因出據廳事，瞋目罵賊，遂與子宣教郎許皆遇害。」
　　　案：明誠跋〈蔡襄書趙氏神妙帖〉，有「去年秋西兵之變」語，當指臨朐士兵
　　　趙晟之變及王定殺曾孝序事。趙晟起事時間較早，當在秋季，而曾孝序之被
　　　殺，則在十二月。

此帖章氏售之京師，予以二百千得之。去年秋，西兵之變，予家所資，蕩無遺餘，老妻獨攜此而逃，未幾江外之盜再掠鎮江，此帖獨存，信其神工妙翰，有物護持也。建炎二年三月十日。

岳珂亦跋云：

右蔡忠惠公〈趙氏神妙帖〉三幅，待制趙明誠字德甫，題跋眞蹟，共一卷。法書之存，付授罕親，此獨有德甫的傳次第，而蔣仲遠猷、晁以道說之、張彥智縝俱書其後，中有彥遠者，未詳其爲誰？承平文獻之盛，是蓋蔚然可觀矣。德甫之夫人易安居士，流離兵革間，負之不繹，篤好又如此。所憾德甫跋語，靡損姓名數字，帖故有石本，當求以足之。嘉定丁亥十月，予在京口，有鬻帖者持以來，叩其所從得，靳不肯言，予既從售，亦不復詰云。

觀趙、岳二跋，則清照於建炎丁未、戊申之際，攜〈蔡襄趙氏神妙帖〉以逃，流離兵革間，其爲明誠護持文物，艱辛有如是者。

〈金石錄後序〉又云：

建炎戊申秋九月，侯起復知建康府。己酉春三月罷，具舟上蕪湖，入姑孰，將卜居贛水上。夏五月，至池陽，被旨知湖州，過闕上殿。遂駐家池陽，獨赴召。六月十三日，始負擔捨舟，坐岸上，葛衣岸巾，精神如虎，目光爛爛射人，望舟中告別。余意甚惡，呼曰：「如傳聞城中緩急，奈何？」戟手遙應曰：「從衆，必不得已，先棄輜重，次衣被，次書冊卷軸，次古器，獨所謂宗器者，可自負抱，與身俱存亡，勿忘之。」遂馳馬去。

是又於顚沛危急之際，明誠仍以保存書冊、卷軸、古器、宗器之重責付予清照也。明誠卒後，猶有書二萬卷、金石刻二千卷，清照皆愛惜如護頭目，明誠可謂付託得人矣。

四、清照筆削《金石錄》

清照〈金石錄後序〉云：

今日忽開此書，如見故人，因憶侯在東萊靜治堂，裝卷初就，芸籤縹帶，束一卷作一帙，每日晚更散，輒校勘二卷，跋題一卷。此二千卷，有題者五百二卷耳。今手澤如新，而墓木已拱。悲夫！

是明誠身後，《金石錄》稿本猶在清照處也。

張端義《貴耳集》卷上云：

> 易安居士李氏，趙明誠之妻，《金石錄》亦筆削其間。

案：今檢《金石錄》卷十四，其間確有清照筆削之迹。

《金石錄》卷十四〈漢巴官鐵量銘〉下注云：

> 此盆色類丹砂，魯直石刻云：其一曰秦刀巴官三百五十戊，永平七
> 年第二十七酉。余紹興庚午歲親見之，今在巫山縣治，韓暉仲云。

黃盛璋先生云：「《金石錄》中之注皆出於明誠自加，獨此條爲例外。北京圖
書館所藏全宋本三十卷《金石錄》今已考定即龍舒郡齋初刻之本，作者曾據
全宋本校雅雨堂本，此注全宋本亦赫然具在，是《金石錄》初刊行，即有此
注，此條定非旁人所加。……此注當即清照筆削之證。『紹興庚午歲親見之』
云云，蓋轉述韓暉仲之語，清照注此條必在紹興庚午（二十年）之後。」黃
考甚洽。〔註 15〕

紀昀《四庫全書總目》卷八十六〈史部〉四十二〈目錄類〉二云：

> 《金石錄》三十卷，宋趙明誠撰。……張端義《貴耳集》謂：清照
> 亦筆削其間，理或然也。有明誠〈自序〉，並清照〈後序〉。前十卷
> 皆以時代爲次，自第一至二千，咸著於目，每題下註年月撰書人名；
> 後二十卷爲辨證，凡跋尾五百二篇中，〈邢義〉、〈李證〉、〈義興茶舍〉、
> 〈般舟和尚〉四碑，〔註 16〕目錄中不列其名，或編次偶有疎舛，或
> 所續得之本，未及補入卷中歟？

是又《金石錄》雖經清照筆削，惜仍有疎舛也。蓋趙書卷帙極繁重，清照雖
矜慎理董之，然不免猶有所失焉。

五、清照爲《金石錄》撰〈後序〉

清照撰〈金石錄後序〉在明誠歿後，時紹興四年（1134）甲寅八月也。
今本署年作「紹興二年玄黓歲壯月朔甲寅」，其實誤也。〔註 17〕

清照身後，〈後序〉原稿在王順伯處，龍舒郡齋刻《金石錄》時或未見此
〈序〉，故不附焉。洪邁獲覩原稿，曾撮述其大概云：

〔註 15〕見黃著《趙明誠李清照夫婦年譜》。

〔註 16〕卽〈唐屯留令邢義碑〉、〈唐贈太尉李證碑〉（呂無黨手鈔本作「李憕」）、〈唐
義興縣重修茶舍記〉、〈唐般舟和尚碑〉四碑。

〔註 17〕請參看第七章「李清照作品繫年辨證」。

東武趙明誠德甫，清憲丞相中子也。著《金石錄》三十篇，上自三代，下訖五季，鼎、鐘、甗、鬲、槃、匜、尊、爵之欵識，豐碑大碣顯人晦士之事蹟，見于石刻者，皆是正僞謬，去取褒貶，凡爲卷二千。其妻易安居士，平生與之同志，趙歿後，愍悼舊物之不存，乃作〈後序〉，極道遭罹變故本末。今龍舒郡庫刻其書，而此〈序〉不見取。比獲見元薰於王順伯，因爲撮述大槩云：予以建中辛巳歸趙氏，時丞相作吏部侍郎，家素貧儉。德甫在太學，每朔望謁告出，質衣，取半千錢，步入相國寺，市碑文果實歸，相對展玩咀嚼。後二年，從官，便有窮盡天下古文奇字之志，傳寫未見書，買名人書畫古奇器。有持徐熙〈牡丹圖〉求錢二十萬，留信宿，計無所得，捲還之，夫婦相向惋悵者數日。及連守兩郡，竭俸入以事鉛槧。每獲一書，即日勘校裝緝；得名畫、彝器，亦摩玩舒卷，摘指疵病，盡一燭爲率。故紙札精緻，字畫全整，冠於諸家。每飯罷，坐歸來堂，烹茶指堆積書史，言某事在某書某卷第幾葉第幾行，以中否勝負，爲飲茶先後，中則舉栖大笑，或至茶覆懷中，不得飲而起，凡書史百家字不刓缺本不誤者，輒市之，儲作副本。靖康丙午，德甫守淄川，聞京師被困，盈箱溢篋，戀戀悵悵，知其必不爲己物。建炎丁未，奔太夫人喪南來，既長物不能盡載，乃先去書之印本重大者，畫之多幅者，器之無欵識者，已又去書之監本者，畫之平常者，器之重大者，所載尚十五車，連艫渡淮江，其青州故第所鎖十間屋，期以明年具舟載之，又化爲煨燼。己酉歲六月，德甫駐家池陽，獨赴行都，自岸上望舟中告別，予意甚惡，呼曰：「如傳聞城中緩急，奈何？」遙應曰：「從衆。必不得已，先弃輜重，次衣衾，次書冊，次卷軸，次古器，獨宋器者可自負抱，與身俱存亡。勿忘之。」逕馳馬去。秋八月，德甫以病不起。時六宮往江西，予遣二吏部所存書二萬卷、金石刻二千本，先往洪州。至冬，洪州破，遂盡委弃。所謂連艫渡江者，又散爲雲煙矣。獨餘輕小卷軸、寫本李杜韓柳集、《世說》、《鹽鐵論》、石刻數十副軸、鼎鼐十數、及《南唐書》數篋，偶在臥內，巋然獨存。上江既不可往，乃之台溫，之衢，之越，之杭，寄物於嵊縣。庚戌春，官軍收叛卒悉取去，入故李將軍，巋然者十失五六，猶有五七簏，挈家寓越城，一夕爲盜穴壁負五簏去，盡爲吳說運使賤價得之，僅存不成部帙殘書策數種。忽閱此書，如見故

人。因憶德甫在東萊靜治堂，裝標初就，芸籤縹帶，束一卷作一帙，日校二卷，跋一卷，此二千卷有題跋者五百二卷耳。今手澤如新，墓木已拱，乃知有有必有無，有聚必有散，亦理之常，又胡足道？所以區區記其終始者，亦欲為後世好古博雅者之戒云。時紹興四年也。易安年五十二矣，自敍如此。予讀其文而悲之，為識於是書。〔註18〕

宋寧宗開禧元年（1205）乙丑，浚儀趙師厚重刻《金石錄》，乃以〈後序〉殿之。師厚〈金石錄跋〉云：

趙德甫所著《金石錄》，鋟版於龍舒郡齋久矣，尚多脫落，茲幸假手於邦人張懷祖知縣，既得郡文學山陰王君玉是正。且惜夫易安之〈跋〉不附焉，因刻以殿之。用慰德父之望，亦以遂易安之志云。

然師厚是書，世間僅殘存十卷，即跋尾之卷十一至卷二十，清初馮硯祥得之，〔註19〕後散出，先後入於朱文石、鮑以文、江玉屏、趙晉齋、阮文達、韓小亭、潘文勤家，〔註20〕今藏上海圖書館。〔註21〕而清照〈後序〉不在焉。故師厚所補刻之〈後序〉是否全據洪邁，或另有所本，茲不可考。

清初順治間，濟南謝世箕重梓《金石錄》；嗣後，德州盧見曾、仁和朱氏亦刊刻之。〔註22〕民國廿三年（1934），海鹽張元濟又景印呂無黨手鈔本《金石錄》，並收入《四部叢刊續編》中。以上諸本之清照〈後序〉，繁簡各別，然皆較洪邁所撮述者為詳，雖或不能盡屬本真，恐與清照原稿相異殊尠也。〔註23〕

六、清照將《金石錄》表上於朝

洪适〈金石錄跋〉曰：

右趙氏《金石錄》三十卷，趙君名明誠，字德夫，密州諸城人，故

〔註18〕見洪邁《容齋四筆》卷五「趙德甫金石錄」條。
〔註19〕錢曾《讀書敏求記》云：「《金石錄》，清照序之極詳，其搜訪可謂不遺餘力。而予所藏宋搨〈章仇府君碑〉，為明誠所未見，信乎碑版之難窮矣。昔者吾友馮硯祥有不全宋槧本，刻一圖記曰：『金石錄十卷人家』。長箋短札，帖尾書頭，每每用之，亦藝林中一美談也。」
〔註20〕見張元濟〈全宋本三十卷金石錄跋〉。
〔註21〕見黃盛璋《趙明誠李清照夫婦年譜》。
〔註22〕案：謝本《金石錄》刻成於順治癸巳（1653），盧本刻成於乾隆壬午（1762），朱本刻成於光緒乙巳（1905）。
〔註23〕清刊諸本〈金石錄後序〉文末署年作「紹興二年玄黓歲壯月朔甲寅」，甚舛謬，決非原稿本真，蓋被後人竄易也。洪邁謂：「時為紹興四年也。」可信。

相挺之之子也。所藏三代彝器及漢唐前後石刻為目錄十卷，辨證二

十卷。……紹興中，其妻易安居士李清照表上之。〔註24〕

案：「紹興中」未詳究屬何年？然必非在撰〈後序〉之紹興四年（1134）之前。

章得象《宋會要稿·崇儒四》云：

紹興五年五月三日詔令婺州取索故直龍圖閣趙明誠家藏《哲宗皇帝

實錄》繳進。

李心傳《建炎以來朝野雜記·甲集》卷四亦載：

紹興五年五月，得蔡京所修《哲宗實錄》於故相趙挺之家。

是則紹興五年（1135）有詔令取索趙明誠家藏《哲宗實錄》事，時清照避亂金

華，故詔令婺州取索。

清照繳進《哲宗實錄》既在紹興五年（1135）五月，則其表上《金石錄》

或亦同時。蓋〈金石錄後序〉寫成於紹興四年（1134）八月，是知表上之期不

遠也。惟文獻不足，姑懸疑待考。

黃盛璋〈趙明誠李清照夫婦年譜〉云：

《金石錄》卷十四〈漢巴官鐵量銘〉下注：「此盆色類丹砂，……余

紹興庚午歲親見之，今在巫山縣治，韓暉仲云。」《金石錄》中之注

皆出於明誠自加，獨此條為例外。北京圖書館所藏全宋本三十卷《金

石錄》今已考定即龍舒郡齋初刻之本，作者曾據全宋本校雅雨堂本，

此注全宋本亦赫然具在，是《金石錄》初刊行，即有此注，此條定

非旁人所加。張端義《貴耳集》：「易安居士李氏，趙明誠之妻，《金

石錄》亦筆削其間。」此注當即清照筆削之證。「紹興庚午歲余親見

之」云云，蓋轉述韓暉仲之語，清照注此條必在紹興庚午（二十年）

之後，洪适《隸釋》卷二六〈跋趙明誠金石錄〉：「紹興中，其妻易

安居士表上之」，未詳年代，然據注語，清照表上《金石錄》不得早

於紹興二十一年。

黃盛璋先生謂清照表上《金石錄》不得早於紹興二十一年（1151），所考微嫌

略遲，然亦可備一說也。

綜上六項所述，則清照與《金石錄》關係之密切可知，微清照之助力，

明誠撰著《金石錄》並得以傳世，恐不易為功也。

〔註24〕同註2。

第六章　李清照作品眞僞考證

　　李清照，才華雋逸，卓爾不羣；所爲詞作，婉美靈秀，詩文亦斐然可誦；余於第二、三章已論之矣。其作品宋時已刊行，晁公武《郡齋讀書志》卷四〈別集類〉載：「《李易安集》十二卷。」〔註1〕陳振孫《直齋書錄解題》卷廿一〈歌詞類〉載：「《漱玉集》一卷。」振孫並云：「別本分五卷。」黃昇《唐宋諸賢絕妙詞選》卷十云：「《漱玉集》三卷。」《宋史・藝文志・集類・別集》著錄：「《易安居士文集》七卷，又《易安詞》六卷。」惜宋刊諸本，今皆不傳。〔註2〕

　　現存最早之易安詞，乃明毛晉汲古閣所刻《詩詞雜俎》本《漱玉詞》，錄詞十七闋，末附〈金石錄後序〉。毛晉另有汲古閣未刻本《漱玉詞》，今已散佚，〔註3〕其與《詩詞雜俎》本之異同，遂無由而比較。清康熙間，有周銘者編纂《女子絕妙好詞》，〔註4〕其中《漱玉詞》共收廿三闋，較毛本爲夥。道

〔註1〕　《郡齋讀書志》卷四〈別集類〉著錄：「《李易安集》十二卷。」朱無惑《萍洲可談》卷中云是「文集」，而非詩文詞之合集；其實誤也。

〔註2〕　明陳第《世善堂藏書目錄・集類・閨閣集》載：「《李易安集》十二卷。」又〈詞曲〉載：「《漱玉集》詞一卷。」今人黃盛璋撰〈李清照事跡考辨〉，依據《知不足齋叢書》本《世善堂藏書目錄》之鮑廷博跋語，以爲世善堂書既散佚於清乾隆年間，或其舊藏之《李易安集》十二卷、《漱玉集》詞一卷尚存霄壤間，有重見之日。廣棪案：世善堂之書，清初卽已散佚淨盡，其所珍藏之孤本秘笈，絕未再見於其後各藏書家之著錄，蓋已無可蹤跡矣。

〔註3〕　毛晉汲古閣未刻本《漱玉詞》，舊藏彭元瑞知聖道齋。光緒年間，王鵬運、況周頤猶及見之。鵬運重輯《四印齋所刻詞》本《漱玉詞》嘗徵引其書，今則不知何在？

〔註4〕　周銘《女子絕妙好詞》，余未見其書。此據李栖〈漱玉詞研究〉引，（民國五十七年六月，《國立臺灣師範大學國文研究所集刊》，第十二號下冊）。

光時，汪玢復爲《漱玉詞彙鈔》，〔註5〕其書於《詩詞雜俎》本外，又增輯若干闋。然上述三家之書，搜羅仍欠周備，遠非易安詞宋刊之舊。

故自光緒以還，遂有重輯清照詩、文、詞之舉。王鵬運、況周頤、趙萬里、唐圭璋、李文裿、暨中華書局所輯皆其尤著者也。茲略述各家業績於後：

王鵬運於光緒七年（1881）辛巳嘗重輯《漱玉詞》，刊諸《四印齋所刻詞》中。鵬運跋云：「此刻以宋曾端伯《樂府雅詞》所錄二十三首爲主，復旁搜宋人選本說部，又得二十七首，都爲一集，而以俞理初孝廉〈易安居士事輯〉附焉。」〔註6〕惟王氏之輯，金沙雜揉，其間有以他人之作濫入者。然鵬運篳路藍縷之功勳，則不容輕沒。

況周頤爲鵬運摯友，嘗遵王囑而爲《漱玉詞箋》。其書除箋注詳明外，尚補遺八闋。書成於光緒十五年己丑（1889），視王本稍勝。

趙萬里《校輯宋金元人詞》，輯有《漱玉詞》，都六十闋。萬里將其中之四十三闋錄爲定本，另九闋存疑，八闋辨僞。趙氏云：「歲在己巳，〔註7〕余草〈兩宋樂府考〉，因繙《漱玉詞》。遇有他書引李詞者，輒條舉所出，校其異同，始稍稍知毛、王二本，俱不足取；而王本所載，亦未爲備也。爰於暇日，詳加斠正，錄爲定本，凡前人誤收誤引諸作，悉入附錄。雖不敢謂爲一無舛誤，然視毛、王二本，似較勝一籌矣。」〔註8〕余以爲趙氏書，其搜羅之富、校讎之精與考據之審，固在毛、王之上；然若謂「毛、王二本，俱不足取」，則非余所敢苟同。

唐圭璋編纂《全宋詞》，在趙氏之後。〔註9〕其書收易安詞四十七闋，存目詞〔註10〕廿四闋，另斷句十。圭璋云：「《直齋書錄解題》：『《漱玉詞》一卷。』久已失傳。今所見汲古閣及四印齋兩本，俱有贗作，未爲善本。近日趙萬里詳加斠正，錄爲定本一卷，都四十三首。自〈殢人嬌〉『玉瘦香濃』一首外，皆精確可信。茲用此本，而略其校記。然如〈浣溪沙〉『莫許盃深』一首，『已應』上，當從《庫》本《雅詞》補『疎鐘』二字。『髻子傷春』一首，『遺犀』

〔註5〕汪玢《漱玉詞彙鈔》，未見。此據胡玉縉《四庫全書總目提要補正》（1964年1月上海中華書局鉛印初版）卷六十。

〔註6〕見王鵬運《四印齋所刻詞》本〈漱玉詞跋〉。

〔註7〕即民國十八年（1929）。

〔註8〕見趙萬里《校輯宋金元人詞》本〈漱玉詞跋〉。

〔註9〕唐圭璋之《全宋詞》，初版刊行於民國廿九年（1940），較趙氏之《校輯宋金元人詞》爲後。

〔註10〕他人之作而誤題清照者，唐氏悉歸諸「存目詞」。

當從《詞綜》改作『通犀』。〈滿庭芳〉『芳草池塘』一首，『金縷』上，當從《庫》本《雅詞》補『玉鈎』二字。『尊前席上』，『惟』下，當從《庫》本《雅詞》補一『愁』字，『猶賴有』下，當從《庫》本《雅詞》補『梨花』二字。」〔註11〕是則唐氏踵接武繼，蒐求所得又多出若干闋，辨別眞贋亦精審，其於校讎之細雖未逮趙氏，然萬里不足之處，圭璋多補足之。

李文裿所輯之《漱玉集》，〔註12〕爲易安居士之詩、文、詞全集。全書都五卷：計年譜一卷、詩一卷、文一卷及詞二卷。所錄詩凡十八首，文凡五篇，詞凡七十九闋，用力誠劬矣。然文裿是輯，訛誤極多，而文裿又過於自信，〔註13〕皆未能一一是正。是故，李氏之書至今仍備受訾議也。

中華書局於民國五十一年（1962）間出版《李清照集》，〔註14〕其書除載詞七十八闋（其中卅五闋疑其僞，悉入附錄）、詩十五首、文三篇、另《打馬圖經》及〈賦〉、〈序〉等若干篇外，尙搜羅有關清照之傳說、軼事，以及前人對清照及其作品之研究、評論、書錄、序跋、題詠等資料，列附書後；今人黃盛璋撰〈趙明誠李清照夫婦年譜〉、〈李清照事跡考辨〉亦附焉。又其書於校讎、考證兩方面多精鑿，可謂後來居上矣。

余嘗取毛、土、況、趙、唐、李諸本，暨中華書局本之《李清照集》詳加比勘，並汰除其複重予以統計，凡得詞八十六闋、詩十八首、文六篇、另斷句廿一。由此一數字以觀之，則清照之作品，雖歷經王氏諸人竭力蒐求，而傳世者仍不算多，且其中尙屬疑僞者亦殊不少。鵬運嘗自謂其輯得五十闋中有「假托汙衊之作」，態度甚矜愼。萬里存疑九闋、辨僞八闋；圭璋立存目詞以收贗作；中華書局本將疑僞之作悉歸附錄；辨僞存眞，方法亦極可取。然余於細讀王氏諸人辨僞文字後，發現彼等之考證，猶有未盡精當者在，且其間仍多可待商榷者。故不自揆，重爲考證，以辨清照作品眞僞於下：

〔註11〕見唐圭璋《全宋詞》本〈漱玉詞跋〉。

〔註12〕李文裿《漱玉集》有二種版本：初版刊行於民國十六年丁卯（1927）。後文裿又多搜得清照詞一闋及逸句若干，另清照遺事與詩詞文評數十則，遂重爲詮次，於民國十九年庚午（1930）再付鉛槧。

〔註13〕李文裿爲人過於自信，其於〈漱玉集再版弁言〉云：「或謂易安居士之詩文詞久佚，不可復得，子之所輯，爲數頗富，得勿以他人之作濫入以實篇幅乎？曰：凡所徵引，俱已詳其本源，爲是言者，則余弗與之辨，亦不屑與之辨也。」觀此知之。

〔註14〕上海中華書局本《李清照集》，其〈出版說明〉謂書乃根據王廷梯、丁錫根、胡文楷三氏所輯之兩種底稿整理而成者。

（一）清照作品無可疑者

清照傳世之眞作，而前人從無置疑者，計有詞卅闋、詩十七首、文五篇、斷句十六。茲將其篇目及出處詳列於後：

詞卅闋

〈如夢令〉「昨夜雨疏風驟」，見胡仔《茗溪漁隱叢話・前集》卷六十。

〈點絳唇〉「寂寞深閨」，見陳耀文《花草粹編》卷一。

〈浣溪沙〉「莫許盃深琥珀濃」，見曾慥《樂府雅詞》卷六。

〈菩薩蠻〉「風柔日薄春猶早」，見《樂府雅詞》卷六。

〈菩薩蠻〉「歸鴻聲斷殘雲碧」，見《樂府雅詞》卷六。

〈訴衷情〉「夜來沈醉卸粧遲」，見《樂府雅詞》卷六。

〈好事近〉「風定落花深」，見《樂府雅詞》卷六。

〈攤破浣溪沙〉「揉破黃金萬點輕」，見《花草粹編》卷四。

〈攤破浣溪沙〉「病起蕭蕭兩鬢華」，見《花草粹編》卷四。

〈清平樂〉「年年雪裏」，見黃大輿《梅苑》卷九。

〈添字采桑子〉「窗前誰種芭蕉樹」，見陳景沂《全芳備祖・後集》卷十三。

〈醉花陰〉「薄霧濃雲愁永晝」，見《樂府雅詞》卷六。

〈南歌子〉「天上星河轉」，見《樂府雅詞》卷六。

〈鷓鴣天〉「寒日蕭蕭上鎖窗」，見《樂府雅詞》卷六。

〈鷓鴣天〉「暗淡輕黃體態柔」，見《全芳備祖・前集》卷十三。

〈玉樓春〉「紅酥肯放瓊苞碎」，見《梅苑》卷八。

〈小重山〉「春到長門春草青」，見《樂府雅詞》卷六。

〈臨江仙〉「庭院深深深幾許，雲窗霧閣常扃」，見《樂府雅詞》卷六。

〈蝶戀花〉「暖雨晴風初破凍」，見《樂府雅詞》卷六。

〈蝶戀花〉「永夜懨懨歡意少」，見劉應李《新編事文類聚翰墨大全・後丙集》卷四。

〈漁家傲〉「雪裏已知春信至」，見《梅苑》卷九。

〈行香子〉「草際鳴蛩」，見《樂府雅詞》卷六。

〈孤雁兒〉「藤牀紙帳朝眠起」，見《梅苑》卷一。

〈滿庭芳〉「小閣藏春」，見《梅苑》卷三。

〈滿庭芳〉「芳草池塘」，見《樂府雅詞》卷六。

〈鳳凰臺上憶吹簫〉「香冷金猊」，見《樂府雅詞》卷六。

〈慶清朝慢〉「禁幄低張」，見《花草粹編》卷十。

〈念奴嬌〉「蕭條庭院」，見黃昇《唐宋諸賢絕妙詞選》卷十。

〈永遇樂〉「落日鎔金」，見趙聞禮《陽春白雪》卷二。

〈多麗〉「小樓寒」，見《樂府雅詞》卷六。

詩十七首

〈感懷〉，見田藝蘅《詩女史》卷十一〈宋之二〉。

〈春殘〉，見《彤管遺編》卷十七。

〈偶成〉，見《永樂大典》第八百八十九冊第十八頁。

〈浯溪中興頌和張文潛〉（二首），見周煇《清波雜志》卷八。

〈上樞密韓公工部尚書胡公〉（二首），見趙彥衛《雲麓漫鈔》卷十四。

〈夏日絕句〉，見《彤管遺編》卷十七。

〈分得知字韻〉，見《彤管遺編》卷十七。

〈詠史〉，見朱熹〈游藝論〉（厲鶚《宋詩紀事》卷八十七引）。

〈題八詠樓〉，見《彤管遺編》卷十七。

〈曉夢〉，見《彤管遺編》卷十七。

〈立春帖子詞〉（二首），見《彤管遺編》卷十七。

〈端午帖子詞〉（三首），見周密《浩然齋雅談》卷上。

文五篇

〈金石錄後序〉，見洪邁《容齋四筆》卷五。

〈詞論〉，見《苕溪漁隱叢話‧後集》卷卅三。

〈打馬圖經自序〉，見陶宗儀《說郛》卷十九。

〈打馬賦〉，見俞正燮《癸巳類稿》卷十五。

《馬戲圖譜》，見周履靖《夷門廣牘‧娛志牘》。〔註15〕

斷句廿一

「條脫閑揎繫五絲」，見陳元靚《歲時廣記》卷廿一。

「瑞腦烟殘，沈香火冷」，見《歲時廣記》卷四十。

「猶將歌扇向人遮」，見胡偉《宮詞》。

「水晶山枕象牙牀」，見《宮詞》。

〔註15〕《馬戲圖譜》，一作《打馬圖經》，有明沈津《欣賞編》本、清伍崇曜《粵雅堂叢書》本、徐士愷《觀自得齋叢書》本、葉德輝《麗樓叢書》本，內容與《夷門廣牘》本互有詳略。

「彩雲易散月長虧」，見《宮詞》。

「幾多深恨斷人腸」，見《宮詞》。

「羅衣消盡恁時香」，見《宮詞》。

「閒愁也似月明多」，見《宮詞》。

「直送淒涼到畫屏」，見《宮詞》。

「教我甚情懷」，見《花草粹編》卷二朱秋娘〈采桑子〉集句。

「炙手可熱心可寒」，見晁公武《郡齋讀書志》卷四。

「何況人間父子情」，見張琰〈洛陽名園記序〉。

「詩情如夜鵲，三繞未能安」，見朱弁《風月堂詩話》卷上。

「少陵也是可憐人，更待明年試春草」，見《風月堂詩話》卷上。

「露花倒影柳三變，桂子飄香張九成」，見陸游《老學庵筆記》卷二。

「白日正中，歎龐翁之機捷；堅城自墮，憐杞婦之悲深」，見謝伋《四六談麈》。

（二）清照作品誤題他人者

清照作品中有本無疑問而被誤題作者姓氏者。如〈如夢令〉「常記溪亭日暮」、〈浣溪沙〉「小院閒窗春色深」、又「淡蕩春光寒食天」、又「髻子傷春慵更梳」、又「繡面芙蓉一笑開」、〈憶秦娥〉「臨高閣」、〈武陵春〉「風住塵香花已盡」、〈怨王孫〉「湖上風來波浩渺」、〈一翦梅〉「紅藕香殘玉簟秋」、〈臨江仙〉「庭院深深深幾許，雲窗霧閣春遲」、〈蝶戀花〉「淚溼羅衣脂粉滿」、〈漁家傲〉「天接雲濤連曉霧」、〈聲聲慢〉「尋尋覓覓」等詞；〈夜發嚴灘〉一詩，〈投內翰綦公崇禮啓〉一文，及「南來尚怯吳江冷，北狩應悲易水寒」、「南渡衣冠少王導，北來消息欠劉琨」、「無午未二時之分，有伯仲兩楷之似。既繫臂而繫足，實難弟而難兄。玉刻雙璋，錦挑對複」等斷句，均曾被誤認為他人之作。茲一一論辨於後：

〈如夢令〉「常記溪亭日暮」

此闋見《樂府雅詞》卷六，又見《唐宋諸賢絕妙詞選》卷十，皆作清照詞。曾慥、黃昇均與清照同時，其言足徵。楊金刻本《草堂詩餘前集》卷下題蘇軾作，鱐溪逸史《彙選歷代名賢詞府》卷一、董逢元《唐詞紀》卷五以為呂洞賓作，楊慎《詞林萬選》卷四又題無名氏，均誤。

〈浣溪沙〉「小院閒窗春色深」

此闋原出《樂府雅詞》卷六，清照詞。洪武本《草堂詩餘前集》卷上、

楊金本《草堂詩餘後集》卷上均誤以爲無名氏。《彙選歷代名賢詞府》卷一、陳鍾秀本《草堂詩餘》卷上、毛晉汲古閣本《清眞詞補遺》均誤作周邦彥詞。周瑛《詞學筌蹄》卷五、韓俞臣本《類編草堂詩餘》皆誤作歐陽修。汲古閣本《夢窗詞》又誤收此闋作吳文英詞。

〈浣溪沙〉「淡蕩春光寒食天」

此闋出《樂府雅詞》卷六，清照詞。仲幷《浮山集》（案：宋本《浮山集》已佚，今本乃《四庫》館臣據《永樂大典》輯出，都十卷）卷三亦錄之。考今本《浮山集》中有誤收他人詩作者，其裒錄是闋，當亦同誤。故唐圭璋《全宋詞》，依《四庫》本《浮山集》以輯《浮山詩餘》，特剔出此首，移諸附錄，眞具慧眼。

〈浣溪沙〉「髻子傷春慵更梳」

此闋見長湖外史《續草堂詩餘》卷上，清照詞。譚獻《復堂詞話》云：「易安居士獨此篇有唐調，選家鑪冶，遂標此奇。」評價極高。《花草粹編》卷二作無名氏詞，誤。

〈浣溪沙〉「繡面芙蓉一笑開」

此闋見《續草堂詩餘》卷上，清照詞。《金瓶梅》第十三回引之，無撰者。王鵬運疑非易安所作。趙萬里《校輯宋金元人詞》本〈漱玉詞跋〉云：「如〈浣溪沙〉『繡面芙蓉一笑開』一闋，雖又引見《古今詞統》、《草堂詩餘續集》諸書，顧詞意僨薄，不似女子作，與易安他詞尤不類，疑所云非實。」案：王、趙二氏所疑皆非。王灼《碧雞漫志》卷二云：「易安居士作長短句，曲盡人意，輕巧尖新，姿態百出，閭巷荒淫之語，肆意落筆，自古縉紳之家，能文婦女，未見如此無顧藉者。」是清照詞中固有「詞意僨薄，不似女子作」者在。龍沐勛〈漱玉詞紋論〉云：「〈浣溪沙〉之『眼波纔動被人猜』，吳衡照贊爲『矜持得妙，善於言情』；而王鵬運謂是他人僞作，以汙易安；要之明誠在日，易安固一風流醞藉之人物，言語文字之間，亦復何所避忌。」〔註16〕所見極是。

〈憶秦娥〉「臨高閣」

此闋原出《全芳備祖後集》卷十八〈桐門〉，乃清照詞。陳景沂，宋人，所言當可據。楊金本《草堂詩餘前集》卷下，及《花草粹編》卷四均誤作無名氏詞。

〔註16〕見《詞學季刊》第三卷第一號，頁4。

〈武陵春〉「風住塵香花已盡」

此闋葉盛《水東日記》卷廿一、《類編草堂詩餘》卷一均作清照詞。趙萬里云：「玩意境頗似李作，姑存之。」是也。洪武本《草堂詩餘前集》卷上、楊金本《草堂詩餘前集》卷上並誤作無名氏。趙式《古今別腸詞選》卷二又誤作馬洪詞。

〈怨王孫〉「湖上風來波浩渺」

此闋見《樂府雅詞》卷六，清照詞。王奕清《詞譜》卷二以爲無名氏詞，乏據。

〈一翦梅〉「紅藕香殘玉簟秋」

此闋《樂府雅詞》卷六、《唐宋諸賢絕妙詞選》卷十均題清照。《續草堂詩餘》卷下誤作無名氏。趙長卿《惜春樂府》卷九又誤收之。〔註17〕

〈臨江仙〉「庭院深深深幾許，雲窗霧閣春遲」

此闋見《梅苑》卷九，作曾子宣妻詞；然《樂府雅詞》卷六魏夫人詞不收，《梅苑》顯難徵信。《花草粹編》卷七作清照詞，證諸另一闋〈臨江仙〉清照〈自序〉云：「歐陽公作〈蝶戀花〉，有『深深深幾許』之句，予酷愛之，用其語作『庭院深深』數闋，其聲即舊〈臨江仙〉也。」則此闋自是李作無疑。

〈蝶戀花〉「淚溼羅衣脂粉滿」

此闋見《樂府雅詞》卷六，清照詞。而《新編事文類聚翰墨大全·後丙集》卷四錄之，無撰人姓氏。《詩女史》卷十一、田藝蘅《留青日札》卷四十、《彤管遺編後集》卷十二、及趙世杰《古今女史》均因《新編事文類聚翰墨大全》此闋之前其撰者爲延安夫人，遂誤認爲延安夫人之作。

〈漁家傲〉「天接雲濤連曉霧」

此闋見《唐宋諸賢絕妙詞選》卷十，清照詞。惟梁啓超，謂「此蘇辛派，不類《漱玉集》中語」；〔註18〕乃指此詞另具豪放特色，不若他詞之以婉約爲美也，應是清照之作。

〔註17〕趙長卿《惜春樂府》卷九有〈一翦梅〉詞，其作與清照所填者頗有異文。趙詞云：「紅藕香殘碧樹秋，羞解羅襦，偷上蘭舟。雲中誰寄錦書來？雁字回時，獨上西樓。　花自飄零水自流，一種相思，兩處閒愁。酒醒夢斷數殘更，舊恨前歡，總上心頭。」趙萬里疑此闋乃長卿手訂清照詞，而編者不察，遂竄入《惜香樂府》耳。案：萬里所疑甚是。

〔註18〕梁令嫻輯《藝蘅館詞選》乙卷引。

〈聲聲慢〉「尋尋覓覓」

此闋羅大經《鶴林玉露》卷十二、張端義《貴耳集》卷上均引作清照詞。羅、張二人與清照同時，所言可信。惟沈際飛《草堂詩餘別集》卷二載此闋，注：明代有誤作康與之詞。

〈夜發嚴灘〉

見吳希孟《釣臺集》，清照詩。王仲聞〈李清照事迹作品雜考〉云：「李清照之詩文可疑者少，僅〈過釣臺詩〉（廣棪案：即〈夜發嚴灘〉）及〈賀孿生啓〉或有問題。」〔註19〕惟同篇中又云：「〈釣臺詩〉殆紹興四年十月，清照自臨安赴金華路過釣臺所作；但亦有下一年清照自金華還臨安途中作可能。」則又肯定〈夜發嚴灘〉為李作。王氏前後矛盾如此，不足信。

〈投內翰綦公崇禮啟〉

此啟見趙彥衛《雲麓漫鈔》卷十四，清照作。彥衛，宋人。其書初名《擁鑪閒記》，後易今名，於寧宗開禧二年（1206）丙寅重刊，上距清照卒年未遠，當可依憑。惟清人俞正燮疑之，《癸巳類稿・易安居士事輯》云：「文筆劣下，中雜有佳語，定是竄改本。」陸心源繼之，謂「是啟乃張汝舟所改」，見《儀顧堂題跋・癸巳類稿易安事輯書後》。李慈銘亦有「汝舟妻李氏作啟，李氏非易安」之說，見《越縵堂乙集・書陸剛甫觀察儀顧堂題跋後》。然皆證據欠周，難令人致信。〔註20〕

「南來尚怯吳江冷，北狩應悲易水寒」

「南渡衣冠少王導，北來消息欠劉琨」

二逸句見莊綽《雞肋編》卷中，清照作。綽書成於高宗紹興三年癸丑（1133），時清照尚在，綽言當可依憑。然胡雲翼云：「其詩句有云：『南來猶怯吳江冷，北狩應悲易水寒』；又『南渡衣冠思王導，北來消息少劉琨』，頗具慷慨悲壯之氣。然作風甚不類其詞；且各本傳錄字句多不相同，疑非清照手筆。」〔註21〕胡氏所疑顯誤。

「無午未二時之分，有伯仲兩楷之似。既繫臂而繫足，實難弟而難兄。

玉刻雙璋，錦挑對褓」

〔註19〕見《文史》第二輯，頁187。

〔註20〕請參見第一章「李清照之行實」。

〔註21〕見胡雲翼編《李清照漱玉詞》附錄一。

此斷句出《嫏嬛記》，乃引自《文粹補遺》者，云清照作。〔註22〕清潘永因《宋稗類鈔》亦載之。案：《嫏嬛記》本明桑悅著，而署元伊世珍名。王仲聞因是疑之，以爲該書極不可信。〔註23〕然余觀《嫏嬛記》書中尚載清照〈如夢令〉「昨夜雨疏風驟」、〈醉花陰〉「薄霧濃雲愁永晝」、〈一翦梅〉「紅藕香殘玉簟秋」諸闋，皆眞確無訛，是故此一斷句亦不必疑其非眞也。

（三）清照作品有疑問者

清照傳世之作，可疑者殊不少。如〈長壽樂〉「微寒應候」、〈點絳唇〉「蹴罷秋千」、〈減字木蘭花〉「賣花擔上」、〈采桑子〉「晚來一陣風兼雨」、〈怨王孫〉「夢斷漏悄」，又「帝里春晚」、〈浪淘沙〉「簾外五更風」、〈生查子〉「年年玉鏡臺」及〈二色宮桃〉「縷玉香苞素點葶」等詞，是否確屬李作，均有疑問。在未獲得充分證據前，應暫存疑待考也。茲略述各詞可疑之處於下：

〈長壽樂〉「微寒應候」

此闋出《新編通用啓箚截江網》卷六，題易安夫人作，乃趙萬里所發現者。唐圭璋《全宋詞》本《漱玉詞》收之。惟王仲聞云：「按宋人極少有稱清照爲易安夫人者；元劉應李《新編事文類聚翰墨大全》中有延安夫人、易少夫人、易安夫人詞。延安易少與易安俱衹一字不同，未知《截江網》、《翰墨大全》中「易安夫人」四字有誤否？《截江網》未有別本可校，姑識其疑於此。」〔註24〕仲聞所疑甚是。

〈點絳唇〉「蹴罷秋千」

此闋見楊金本《草堂詩餘前集》卷下，乃蘇軾詞。而《續草堂詩餘》卷上無撰者。茅暎《詞的》卷二題周邦彦。《詞林萬選》卷四則云清照，甚有疑問。故《校輯宋金元人詞》本《漱玉詞》列是闋入存疑，《全宋詞》本《漱玉詞》列入存目詞，中華書局本《李清照集》移諸附錄，較爲客觀。

〈減字木蘭花〉「賣花擔上」

此闋見《花草粹編》卷二，云清照詞。汲古閣未刻本《漱玉詞》及四印

〔註22〕伊世珍《嫏嬛記》引《文粹補遺》云：「李易安〈賀人孿生啓〉，中有云：『無午未二時之分，有伯仲兩楷之似。既繫臂而繫足，實難弟而難兄。玉刻雙璋，錦挑對褓。』注曰：任文二子孿生，德卿生於午，道卿生於未。張伯楷、仲楷兄弟形狀無二。白汲兄弟，母不能辨，以五彩繩一繫於臂，一繫於足。」

〔註23〕見王仲聞〈李清照事迹作品雜考〉。

〔註24〕同註23。

齋本《漱玉詞》均載之。然中華書局本《李清照集》則以詞意淺顯，疑非清照；所疑甚是。

〈采桑子〉「晚來一陣風兼雨」

此闋見楊金本《草堂詩餘前集》卷下，謂無名氏詞。《彙選歷代名賢詞府》卷一、《花草粹編》卷二均題康與之詞。《詞林萬選》卷四云清照。《古今別腸詞選》則云魏大中。四印齋本《漱玉詞》亦收是闋，惟王鵬運云：「詞意膚淺，不類易安手筆。」《校輯宋金元人詞》本《漱玉詞》列諸存疑項下。《全宋詞》本《漱玉詞》移入存目詞。中華書局本《李清照集》亦置之附錄中。

〈怨王孫〉「夢斷漏悄」

洪武本《草堂詩餘前集》卷上、楊金本《草堂詩餘前集》卷下並收是闋，作無名氏詞。《詞學筌蹄》卷三、《類編草堂詩餘》卷一、《詩詞雜俎》本《漱玉詞》均云清照。《全宋詞》本《漱玉詞》則列諸存目詞，中華書局本《李清照集》亦歸諸附錄中。

〈怨王孫〉「帝里春晚」

此闋見楊金本《草堂詩餘前集》卷下，作秦觀詞。《類編草堂詩餘》卷一、《詩詞雜俎》本《漱玉詞》均云清照。四印齋本《漱玉詞》、冷雪盦本《漱玉集》、《全宋詞》本《漱玉詞》依之。惟中華書局本《李清照集》疑之，移入附錄，似較審慎。

〈浪淘沙〉「簾外五更風」

此闋見楊金本《草堂詩餘前集》卷下，作無名氏詞。惟《續草堂詩餘》卷上則題歐陽修。《花草粹編》卷五又作幼卿詞。《詞林萬選》卷四云是清照，又注：「一作六一居士。」《校輯宋金元人詞》本《漱玉詞》、《全宋詞》本《漱玉詞》與中華書局本《李清照集》均疑非清照。

〈生查子〉「年年玉鏡臺」

此闋見楊朝英《樂府新編陽春白雪》卷一，作朱淑真詞；唐圭璋〈宋詞互見考〉從之。《彙選歷代名賢詞府》卷一、楊金本《草堂詩餘前集》卷下、《古今女史》卷十二、《歷代詩餘》卷四、四印齋本《漱玉詞》、冷雪盦本《漱玉集》均作清照。《詞林萬選》卷四、《校輯宋金元人詞》本《漱玉詞》、中華書局本《李清照集》則並作朱敦儒詞。

〈二色宮桃〉「縷玉香苞素點萼」

此闋見《梅苑》卷九及王奕清《詞譜》卷九，均作清照詞。冷雪盦本《漱玉集》亦收之。惟中華書局本《李清照集》則疑以詞體不類清照，移諸附錄。

（四）他人作品誤題清照者

清照傳世之作，有原屬他人而誤題清照者，贋僞頗多。如〈殢人嬌〉「玉瘦香濃」、〈行香子〉「天與秋光」、〈瑞鷓鴣〉「風韻雍容未甚都」、〈青玉案〉「征鞍不見邯鄲路」、又「凌波不過橫塘路」、又「一年春事都來幾」、〈如夢令〉「誰伴明窗獨坐」、〈浣溪沙〉「樓上晴天碧四垂」、〈菩薩蠻〉「綠雲鬢上飛金雀」、〈浪淘沙〉「素約小腰身」、〈品令〉「零落殘紅」、又「急雨驚秋曉」、〈玉燭新〉「溪源新臘後」、〈小桃紅〉「香苞素質」、〈七娘子〉「清香浮動到黃昏」、〈搗練子〉「欺萬木」、〈喜團圓〉「輕攢碎玉」、〈清平樂〉「寒溪過雪」、〈玉樓春〉「臘梅先報東君信」、〈泛蘭舟〉「霜月亭亭時節」、〈遠朝歸〉「金谷先春」、又「新律纔交」、〈十月梅〉「千林凋盡」、〈眞珠髻〉「重重山外」、〈繫梧桐〉「雪葉紅凋」、〈沁園春〉「山驛蕭疏」、〈柳梢春〉「子規啼血」、〈點絳唇〉「紅杏飄香」、〈生查子〉「去年元夜時」、〈孤鸞〉「天然標格」、〈鷓鴣天〉「枝上流鶯和淚聞」等卅四闋詞，及「凝眸，兩點春山滿鏡愁」、「幾日不來樓上望，粉紅香白已爭妍」二斷句，均非清照所作。茲詳加辨正於下：

〈殢人嬌〉「玉瘦香濃」

此闋見《梅苑》卷九，無名氏詞。《花草粹編》卷七誤作清照。《校輯宋金元人詞》本《漱玉詞》收之，趙萬里云：「《梅苑》九引上闋不注撰人，《花草粹編》題作李詞者，其所據《梅苑》殆較今本爲善故也。」案：趙說臆斷，不足信。

〈行香子〉「天與秋光」

此闋見《樂府雅詞拾遺》卷二，作無名氏詞。冷雪盦本《漱玉集》、中華書局本《李清照集》均收之，無據。

〈瑞鷓鴣〉「風韻雍容未甚都」

此闋見《花草粹編》卷六，誤作清照詞。《全宋詞》本《漱玉詞》收之。《校輯宋金元人詞》本《漱玉詞》疑之，萬里云：「虞、眞二部，詩餘絕少通叶，極似七言絕句，與〈瑞鷓鴣〉詞體不合。」案：趙說甚諦。故中華書局本《李清照集》亦將此闋移諸附錄。卓人月《古今詞統》卷八作向鎬詞。

〈青玉案〉「征鞍不見邯鄲路」

此闋見《新編事文類聚翰墨大全‧後丙集》卷四，作無名氏詞，《花草粹編》卷七、四印齋本《漱玉詞》、冷雪盦本《漱玉集》均誤題清照。而《校輯宋金元人詞》本《漱玉詞》、《全宋詞》本《漱玉詞》、中華書局本《李清照集》則疑之。趙萬里云：「《翰墨大全後集》四引接〈蝶戀花〉上巳召親族一詞，不注撰人。《花草粹編》、《歷代詩餘》以爲李作，失之。」萬里所言甚是。

〈青玉案〉「凌波不見橫塘路」

此闋見《樂府雅詞》卷三、龔明之《中吳紀聞》卷三、魏慶之《詩人玉屑》卷廿一，並作賀鑄詞。《詞學筌蹄》卷五誤作清照。洪武本《草堂詩餘前集》卷上又誤作無名氏。

〈青玉案〉「一年春事都來幾」

此闋見洪武本《草堂詩餘前集》卷上、楊金本《草堂詩餘後集》卷下，作無名氏詞。汲古閣未刻本《漱玉詞》、四印齋本《漱玉詞》均誤收之。而《全宋詞》本《漱玉詞》則置此闋於存目詞項下，疑非清照；是也。陳鍾秀本《草堂詩餘》卷上、《類編草堂詩餘》卷二又誤作歐陽修詞。

〈如夢令〉「誰伴明窗獨坐」

此闋見《樂府雅詞》卷五，又見各本《樂齋詞》，乃向鎬作。《續草堂詩餘》卷上、《古今詞統》卷三、四印齋本《漱玉詞》、冷雪盦本《漱玉集》均誤題清照。而《校輯宋金元人詞》本《漱玉詞》、《全宋詞》本《漱玉詞》、中華書局本《李清照集》均辨其僞。

〈浣溪沙〉「樓上晴天碧四垂」

此闋見《片玉詞》卷三，乃周邦彥詞。董其昌《便讀草堂詩餘》卷三、沈際飛本《草堂詩餘正集》卷一、《古今詞統》卷四、《歷代詩餘》卷七並誤作清照。而《詩詞雜俎》本《漱玉詞》、四印齋本《漱玉詞》亦誤收之。《校輯宋金元人詞》本《漱玉詞》、《全宋詞》本《漱玉詞》、中華書局本《李清照集》則辨其僞。

〈菩薩蠻〉「綠雲鬢上飛金雀」

此闋見《花間集》卷四，乃牛嶠詞。案：《花間集》爲五代蜀國時趙崇祚所輯，成書於廣政三年（940），可信。而《續草堂詩餘》卷上、《古今詞

統》卷五、冷雪盦本《漱玉集》題作清照，其誤顯明。《校輯宋金元人詞》本《漱玉詞》、《全宋詞》本《漱玉詞》、中華書局本《李清照集》均辨其僞，甚諦。

〈浪淘沙〉「素約小腰身」

此闋見楊湜《古今詞話》，《花草粹編》卷五引之，乃趙君舉詞。而《續草堂詩餘》卷上、《歷代詩餘》卷廿六誤題清照。《詩詞雜俎》本《漱玉詞》、四印齋本《漱玉詞》、冷雪盦本《漱玉集》又誤收之。《校輯宋金元人詞》本《漱玉詞》、《全宋詞》本《漱玉詞》、中華書局本《李清照集》則辨其僞。

〈品令〉「零落殘紅」

此闋見《樂府雅詞》卷五，乃曾紆詞。《京本通俗小說・西山一窟鬼》、《花草粹編》卷七均誤題清照。汲古閣未刻本《漱玉詞》、四印齋本《漱玉詞》、冷雪盦本《漱玉集》又誤收之。《校輯宋金元人詞》本《漱玉詞》、《全宋詞》本《漱玉詞》、中華書局本《李清照集》則辨其僞。

〈玉燭新〉「溪源新臘後」

此闋見《片玉詞》卷七，乃周邦彥詞。《梅苑》卷三、《詩詞雜俎》本《漱玉詞》、四印齋本《漱玉詞》均誤作清照。《校輯宋金元人詞》本《漱玉詞》、《全宋詞》本《漱玉詞》、中華書局本《李清照集》則辨其僞。

〈小桃紅〉「後園春早」

此闋見《珠玉詞》，晏殊作。《梅苑》卷八、冷雪盦本《漱玉集》均誤題清照。而中華書局本《李清照集》則移之附錄。

〈憶少年〉「疏疏整整」

此闋見《梅苑》卷九，乃無名氏詞。《永樂大典》卷二千八百十〈梅字韻〉誤題清照。《全宋詞》本《漱玉詞》、中華書局本《李清照集》則辨其誤。

〈春光好〉「看看臘盡春回」

此闋見《梅苑》卷九，乃無名氏詞。《永樂大典》卷二千八百八〈梅字韻〉誤題清照。《全宋詞》本《漱玉詞》、中華書局本《李清照集》則辨其僞。

〈河傳〉「香苞素質」

此闋見《梅苑》卷九，乃無名氏詞。《永樂大典》卷二千八百十〈梅字韻〉、冷雪盦本《漱玉集》均誤作清照。《全宋詞》本《漱玉詞》、中華書局本《李清照集》則辨其僞。

〈七娘子〉「清香浮動到黃昏」

此闋見《梅苑》卷九，乃無名氏詞。《永樂大典》卷二千八百十〈梅字韻〉、冷雪盦本《漱玉集》均誤作清照。《全宋詞》本《漱玉詞》、中華書局本《李清照集》則辨其偽。

〈搗練子〉「欺萬木」

此闋見《梅苑》卷八，乃無名氏詞。冷雪盦本《漱玉集》誤收之。中華書局本《李清照集》疑之，移諸附錄。

〈喜團圓〉「輕攢碎玉」

此闋見《梅苑》卷八，乃無名氏詞。冷雪盦本《漱玉集》誤收之。中華書局本《李清照集》移之附錄中。又朱之赤舊藏抱經齋鈔本《小山詞補遺》引《花草粹編》誤將本闋作晏幾道詞。

〈清平樂〉「寒溪過雪」

此闋見《梅苑》卷九，乃無名氏詞。冷雪盦本《漱玉集》誤收之。中華書局本《李清照集》移之附錄。

〈玉樓春〉「臘梅先報東君信」

此闋見《梅苑》卷八，乃無名氏詞。《永樂大典》卷二千八百十一〈梅字韻〉誤題清照。《全宋詞》本《漱玉詞》辨其偽，而中華書局本《李清照集》則移之附錄。

〈泛蘭舟〉「霜月亭亭時節」

此闋見《梅苑》卷一，乃無名氏詞。冷雪盦本《漱玉集》誤收之。中華書局本《李清照集》移之附錄。

〈遠朝歸〉「金谷先春」

此闋見《梅苑》卷一，乃無名氏詞。《花草粹編》卷八誤作趙耆孫。冷雪盦本《漱玉集》又誤題清照。中華書局本《李清照集》則移之附錄。

〈遠朝歸〉「新律纔交」

此闋見《梅苑》卷一，乃無名氏詞。《花草粹編》卷八誤作趙耆孫。冷雪盦本《漱玉集》又誤題清照。中華書局本《李清照集》則移之附錄。

〈十月梅〉「千林凋盡」

此闋見《梅苑》卷一，乃無名氏詞。冷雪盦本《漱玉集》誤收之。中華書局本《李清照集》移之附錄。

〈真珠髻〉「重重山外」

此闋見《梅苑》卷一，乃無名氏詞。《歷代詩餘》卷八十七誤作晏幾道。冷雪盦本《漱玉集》又誤題清照。中華書局本《李清照集》則移之附錄。

〈繫梧桐〉「雪葉紅凋」

此闋見《梅苑》卷一，乃無名氏詞。冷雪盦本《漱玉集》誤收之。中華書局本《李清照集》移之附錄。

〈沁園春〉「山驛蕭疏」

此闋見《梅苑》卷一，乃無名氏詞。冷雪盦本《漱玉集》誤收之。中華書局本《李清照集》移之附錄。

〈柳梢春〉「子規啼血」

此闋見《友古居士詞》，乃蔡伸作。《詞學筌蹄》卷五、郎瑛《七修類稿》卷廿四、冷雪盦本《漱玉集》均誤作清照。《全宋詞》本《漱玉詞》、中華書局本《李清照集》則辨其偽。又本闋洪武本《草堂詩餘前集》卷上、楊金本《草堂詩餘前集》卷下並誤題無名氏。陳鍾秀本《草堂詩餘》卷上、《類編草堂詩餘》卷一、《詞譜》卷七又誤題賀鑄詞。

〈點絳唇〉「紅杏飄香」

此闋見曾慥《東坡詞拾遺》，乃蘇軾作。《詞學筌蹄》卷五誤題清照，《全宋詞訂補附記》辨其偽。又此闋洪武本《草堂詩餘前集》卷上、陳鍾秀本《草堂詩餘》卷上、楊金本《草堂詩餘前集》卷上並誤作無名氏。《彙選歷代名賢詞府》卷一、《類編草堂詩餘》卷一又並誤作賀鑄詞。

〈生查子〉「去年元夜時」

此闋見《樂府雅詞》卷二、《近體樂府》卷一，乃歐陽修詞。方回《瀛奎律髓》卷十、《詞的》卷一並誤作清照。《彙選歷代名賢詞府》卷一、楊金本《草堂詩餘前集》卷下又誤作秦觀。楊慎《詞品》卷二、《詩詞雜俎》本《斷腸詞》又誤作朱淑真詞。

〈孤鸞〉「天然標格」

此闋見洪武本《草堂詩餘後集》卷下、楊金本《草堂詩餘後集》卷下，乃無名氏詞。沈際飛本《草堂詩餘正集》卷三朱希真此闋注誤作清照。《全宋詞》本《漱玉詞》辨其誤。陳鍾秀本《草堂詩餘》卷下、《類編草堂詩餘》卷三又誤作朱希真詞。

〈鷓鴣天〉「枝上流鶯和淚聞」

此闋見洪武本《草堂詩餘前集》卷下、楊金本《草堂詩餘前集》卷上乃無名氏詞。四印齋本《漱玉詞》引汲古閣未刻本《漱玉詞》誤收之，故《全宋詞》本《漱玉詞》辨其僞。又陳鍾秀本《草堂詩餘》卷一、《類編草堂詩餘》卷一均誤題秦觀。

「凝眸，兩點春山滿鏡愁」

此斷句見《片玉集》卷三，乃周邦彥〈南鄉子〉詞中語；而明馬嘉松《花鏡雋聲》所附《花鏡韻語》誤作清照。

「幾日不來樓上望，粉紅香白已爭妍」

此斷句見《眾香詞禮集》，乃清顧貞立〈浣溪沙〉詞語；而況周頤《蕙風詞話》卷二誤引作清照，《全宋詞》本《漱玉詞》辨其僞。

余對清照傳世之作品，考證其眞僞已略如上述。由上述考證觀之，則清照傳世之作，情況頗見複雜：其間有眞有贗，而眞作亦有被誤題他人者。是故乃博考前賢及並世諸君子相關著述，采用其成果，又不惜贅辭於需要處仍補作考證。蓋辨僞存眞於清照作品，誠有其必要，亦應具其學術價值焉。

第七章　李清照作品繫年辨證

　　李清照傳世之作品，凡詞八十六闋、詩十八首、文六篇、另廿一斷句。
然眞贋揉雜，可疑之作不少。前人有不先辨其眞偽即爲清照作品繫年者，勞
神費思，所得殊尟。是故，余首爲李作辨偽，撰「李清照作品眞偽考證」一
章，然後據依清照眞作，博采資料予以繫年。余之所爲，庶幾免墜前人以偽
作眞之覆轍耳！

　　清照之眞作，凡詞四十三闋、詩十八首、文六篇、斷句十九。大抵〈如
夢令〉「昨夜雨疏風驟」、「常記溪亭日暮」，〈點絳唇〉「寂寞深閨」，〈浣溪沙〉
「莫許盃深琥珀濃」、「小院閒窗春色深」、「淡蕩春光寒食天」、「髻子傷春慵
更梳」、「繡面芙蓉一笑開」，〈菩薩蠻〉「風柔日薄春猶早」、「歸鴻聲斷殘雲碧」，
〈訴衷情〉「夜來沈醉卸粧遲」，〈好事近〉「風定落花深」，〈清平樂〉「年年雪
裏」，〈攤破浣溪沙〉「揉破黃金萬點輕」、「病起蕭蕭兩鬢華」，〈添字采桑子〉
「窗前種得芭蕉樹」，〈醉花陰〉「薄霧濃雲愁永晝」，〈南歌子〉「天上星河轉」，
〈鷓鴣天〉「寒日蕭蕭上鎖窗」、「暗淡輕黃體態柔」，〈玉樓春〉「紅酥肯放瓊
瑤碎」，〈小重山〉「春到長門春草青」，〈臨江仙〉「庭院深深深幾許，雲窗霧
閣常扃」、「庭院深深深幾許，雲窗霧閣春遲」，〈蝶戀花〉「暖雨和風初破凍」、
「永夜懨懨歡意少」、「淚溼羅衣脂粉滿」，〈漁家傲〉「雪裏已知春信至」、「天
接雲濤連曉霧」，〈行香子〉「草際鳴蛩」，〈憶秦娥〉「臨高閣」，〈武陵春〉「風
住塵香花已盡」，〈怨王孫〉「湖上風來波浩渺」，〈一翦梅〉「紅藕香殘玉簟秋」，
〈聲聲慢〉「尋尋覓覓」，〈孤雁兒〉「藤牀紙帳朝眠起」，〈滿庭芳〉「小閣藏春」、
「芳草池塘」，〈鳳凰臺上憶吹簫〉「香冷金猊」，〈慶清朝慢〉「禁幄低張」，〈壺
中天慢〉「蕭條庭院」，〈永遇樂〉「落日鎔金」，〈多麗〉「小樓寒」諸詞，〈感

懷〉、〈春殘〉、〈偶成〉、〈晤溪中興頌和張文潛〉（二首）、〈上樞密韓公工部尚書胡公〉（二首）、〈夏日絕句〉、〈分得知字韻〉、〈詠史〉、〈題八詠樓〉、〈夜發嚴灘〉、〈曉夢〉、〈立春帖子詞〉（二首）、〈端午帖子詞〉（二首）諸詩，〈金石錄後序〉、〈詞論〉、〈投內翰綦公崇禮啓〉、〈打馬圖經自序〉、〈打馬賦〉、《馬戲圖譜》諸文，及「條脫閒揎繫五絲」、「瑞腦烟殘，沈香火冷」、「猶將歌扇向人遮」、「水晶山枕象牙牀」、「彩雲易散月長虧」、「幾多深恨斷人腸」、「羅衣消盡恁時香」、「閒愁也似月明多」、「直送淒涼到畫屏」、「教我甚情懷」、「炙手可熱心可寒」、「何況人間父子情」、「詩情如夜鵲，三繞未能安」、「少陵也是可憐人，更待明年試春草」、「南來尙怯吳江冷，北狩應悲易水寒」、「南渡衣冠少王導，北來消息欠劉琨」、「露花倒影柳三變，桂子飄香張九成」、「白日正中，歎龐翁之機捷；堅城自墮，憐杞婦之悲深」、「無午未二時之分，有伯仲兩楷之似。既繫臂而繫足，實難弟而難兄。玉刻雙璋，錦挑對褓」諸斷句，皆清照之眞作也。〔註1〕

　　宋元以來已有爲清照作品編年者，如張端義《貴耳集》卷上謂：〈永遇樂・元宵詞〉乃晚年之作；伊世珍《嫏嬛記》謂：〈一翦梅〉乃易安結褵未久之作；是其例也。迄清，俞正燮撰〈易安居士事輯〉，〔註2〕更依時代先後，排比李作，惜多舛謬。自茲以降，繼武接踵者衆，而中黃盛璋撰〈趙明誠李清照夫婦年譜〉與〈李清照事跡考辨〉，〔註3〕王仲聞撰〈李清照事迹作品雜考〉，〔註4〕爲李作編年，用力最勤，仍有陋略，且有訛誤者。茲一仿俞氏之法，依時間先後排次李作，凡前人繫年有譌誤者，則辨明之。清照作品有僅能推測其爲北宋或南宋所作者，則標出之，並予闡釋。至其所不知，蓋付闕如。

詩情如夜鵲，三繞未能安。

少陵也是可憐人，更待明年試春草。

　　是二斷句首載宋朱弁《風月堂詩話》卷上。《風月堂詩話》並云：「趙明誠妻，李格非女也，善屬文，於詩尤工，晁無咎多對士大夫稱之。」案：弁與清照同時，遲長於補之不遠，〔註5〕當可徵信。《宋史・晁補之傳》

〔註1〕請參看第六章「李清照作品眞偽考證」。
〔註2〕見俞正燮《癸巳類稿》卷十五。
〔註3〕黃盛璋二文附載中華書局本《李清照集》參考資料中。
〔註4〕刊於新建設編輯部編《文史》第二輯。
〔註5〕晁補之生於皇祐五年（1053），清照生於元豐七年（1084），朱弁生於元豐八

謂補之元祐初爲太學正。又〈李格非傳〉謂格非元祐元年（1086）丙寅入補太學錄，再轉博士，以文章受知於蘇軾，自是與蘇門諸子游。而李、晁既同官太學，故過從尤密也。〔註6〕紹聖元年（1094）甲戌，章惇爲相，行新法，格非、補之相繼被貶離京，〔註7〕交游以是中絕。竊謂補之得讀清照此二句，必在元祐元年（1086），紹聖元年（1094）間，而其於士大夫中推譽清照，亦當在其時也。案：元祐元年（1086），清照纔三歲，未解吟詠；紹聖元年（1094），清照齡已十一，或能賦詩。故將此二句作年繫於紹聖元年，或不違於事實。

〈浯溪中興頌詩和張文潛〉（二首）

張耒，字文潛，其著《張右史集》有〈讀中興頌碑〉詩。〔註8〕詩有傳爲秦觀作，〔註9〕其實誤也。胡仔《苕溪漁隱叢話‧後集》卷卅一云：「余遊浯溪，觀磨崖，碑之側有此詩刻石，前云：『〈讀中興頌〉，張耒

〔註6〕　年（1085）。
據《宋史》，元祐四年（1089）己巳，格非賃屋於東京經衢之西。晁補之《雞肋集》卷卅〈有竹堂記〉一篇，云：「濟南李文叔爲太學正，得屋於經衢之西，輸直於官而居之，治其南軒地。植竹砌傍，而名其堂曰『有竹』，牓諸棟間，又爲之記於壁。率午歸自太學，則坐堂中埽地置筆研，呻吟策牘，爲文章數十篇。元祐四年五月二十八日，潁川晁補之無咎記。」是二人過從之密，雖家居瑣屑，補之亦瞭然在心也。

〔註7〕　《宋史‧李格非傳》：「紹聖立局，編元祐章奏，以爲檢討，不就，戾執政意，通判廣信軍。」又《宋史‧晁補之傳》：「章惇當國，出知齊州。」

〔註8〕　張耒〈讀中興頌碑〉，見《張右史集》卷八。其詩云：「玉環妖血無人掃，漁陽□□□□□。潼關戰鼓高於山，萬里君王蜀中老。金戈鐵馬從西來，郭公凜凜英雄才。舉旗爲風偃爲雨，洒掃九廟無塵埃。元功高名誰與紀，〈風〉、〈雅〉不繼騷人死。水部胸中星斗文，太師筆下蛟龍字。天遣二子傳將來，高山十丈磨蒼堐。誰持此碑入我室，我使一見昏眸開。百年廢興增嘆慨，當時數子今安在？君不見：荒涼沼水棄不收，時有游人打碑賣。」

〔註9〕　〈讀中興頌碑〉詩，有疑爲秦觀作者。如晁補之《復齋漫錄》云：「韓子蒼云：張文潛集中載〈中興頌〉詩，疑秦少游作，不惟浯溪有少游字刻，兼詳味詩意，亦似少游語也。」又曾敏行《獨醒雜志》卷五：「秦少游所賦〈浯溪中興詩〉，過崖下時，蓋未曾題石也。既行次永州，因縱步入市中，見一士人家，門戶稍修潔，遂直造焉。謂其主人曰：『我秦少游也，子以紙筆借我，當寫詩以贈。』主人倉卒未能具，時廊廡間有一木機熒然，少游即筆書于其上，題曰：『張耒文潛作。』而以其名書之。宣和間，木機尚存，今此詩亦勒崖下矣。」另盛如梓《庶齋老學叢談》「題浯溪中興頌」條亦云：「『玉環妖血無人掃』詩，世以爲張文潛作，實少游筆也。時被責憂思，又持喪，乃託名文潛，以名書耳。」

文潛』，後云：『秦觀少游書』。」胡仔親見其碑，當可依據。考浯溪，其地在今湖南省祁陽縣西南五里。《宋史・秦觀傳》云：「紹聖初，坐黨籍，出，通判杭州。以御史劉拯論其增損《實錄》，貶監處州酒稅，使者承風望指，候伺過失。既而無所得，則以謁告寫佛書爲罪，稍秩，徙郴州。」案：郴州，屬今湖南境。秦觀後世孫秦瀛〈重編淮海先生年譜〉，謂少游治郴，始於紹聖三年（1096）丙子歲暮，終於元符元年（1098）戊寅初春，後此則編管橫州，又徙雷州矣。故余以爲少游手書〈讀中興頌〉於浯溪摩崖碑，當在此數年間，而文潛作詩則在其前也。清照詩乃和唱，同時和文潛是詩者尙有黃庭堅、潘大臨、陳去非、張安國諸人，〔註10〕王灼《碧雞漫志》卷二：「易安居士，京東提刑李格非文叔之女，建康守趙明誠之妻，自少便有詩名，才力華贍，逼近前輩。」周煇《清波雜志》卷八：「趙明誠待制妻易安李夫人，嘗和張文潛長篇二，以婦人而廁衆作，非深有思致者能之乎？」蓋紀實也。清照和詩，黃盛璋、李栖以爲作於十六七歲時，即元符三年（1100）前後，〔註11〕是也。王汝弼謂作於崇寧三年（1104），然其時上距張耒作詩之年似過遙，恐非。〔註12〕

〈浣溪沙〉「繡面芙蓉一笑開」

詞云：「繡面芙蓉一笑開，斜飛寶鴨襯香腮，眼波纔動被人猜。　一面風情深有韻，半牋嬌恨寄幽懷，月移花影約重來。」一種風流瀟灑之韻度，洋溢楮墨之間。細審詞意，當是清照建中靖國元年（1101）辛巳歸趙未久之作，全闋均着力描摹夫妻愛情生活之歡愉者。吳衡照《蓮子居詞話》卷二謂此詞善於言情，是也。張壽林〈李清照評傳〉〔註13〕以

〔註10〕張文潛〈讀中興頌碑〉，和者頗衆，清照其一也。《吳氏詩話》卷上：「〈讀中興頌〉詩，前後非一，惟黃魯直、潘大臨皆可爲世主規鑑。……陳去非篇末云：『小儒五載憂國淚，杖藜今日溪水側。欲搜奇句謝兩公，風作浪湧空心惻。』蓋當建炎亂離奔走之際，猶庶幾少陵不忘君之意耳。張安國篇末云：『北望神皋雙淚落，只今何人老文學。』語亦頓挫含蓄。然首句云：『錦綳兒啼思塞酥』，雖曰紀事，其淫褻亦甚矣。首以淫褻犯分之語，似非臣子所宜言。至於末句乃若愛君憂國者，則吾未敢信也。」是其時和文潛詩者，尚有黃庭堅、潘大臨、陳去非、張安國也。

〔註11〕見黃盛璋〈趙明誠李清照夫婦年譜〉、李栖〈李清照傳〉。

〔註12〕見王汝弼〈論李清照〉。

〔註13〕附載張壽林校輯本《漱玉詞》。

爲少作，非是。

〈一翦梅〉「紅藕香殘玉簟秋」

此詞亦是清照婚後未久之作。詞云：「紅藕香殘玉簟秋，輕解羅裳，獨上蘭舟。雲中誰寄錦書來？雁字回時，月滿西樓。　花自飄零水自流，一種相思，兩處閒愁。此情無計可消除，才下眉頭，却上心頭。」伊世珍《嫏嬛記》云：「易安結褵未久，明誠即負笈遠游。易安殊不忍別，覓錦帕書〈一翦梅〉詞以送之。」然黃盛璋、王仲聞疑之，均謂結褵後明誠在太學，家住東京，用不着負笈遠遊。〔註14〕余疑《嫏嬛記》「負笈」二字或衍文，後觀俞正燮〈易安居士事輯〉所載，果無此二字，與余暗合。是明誠婚後實有遠行，惟非負笈耳。

〈醉花陰〉「薄霧濃雲愁永晝」

此詞或作於前闋之後不久。詞云：「薄霧濃雲愁永晝，瑞腦消金獸。佳節又重陽，玉枕紗廚，半夜涼初透。　東籬把酒黃昏後，有暗香盈袖。莫道不消魂，簾捲西風，人比黃花瘦。」王仲聞謂：「此首當作於北宋，不知其在何時。」〔註15〕然伊世珍《嫏嬛記》謂：「易安以重陽〈醉花陰〉詞函致明誠，明誠嘆賞，自愧不逮，務欲勝之，一切謝客，忘食忘寢者三日夜，得五十闋，雜易安作以示友人陸德夫。德夫玩之再三，曰：『只三句絕佳。』明誠詰之，答曰：『莫道不銷魂，簾捲西風，人比黃花瘦。』政易安作也。」是明誠久遊未歸，清照既贈之以〈一翦梅〉，又於重陽函致〈醉花陰〉，促其早返也。

何況人間父子情

是斷句首見張琰〈洛陽名園記序〉。序云：「文叔（李格非）在元祐官太學，建中靖國用邪黨，竄爲黨人。女適趙相挺之子，亦能詩，上趙相救其父云：『何況人間父子情？』識者哀之。」案：楊仲良《皇宋通鑑長編紀事本末》卷一百廿一載：「崇寧元年（1102）七月乙酉，籍記元祐黨人姓名，不得與在京差遣，共十七人，李格非名在第五。」又陳均《九朝編年備要》崇寧元年七月下：「詔知和州曾肇罷，右丞陸佃、知海州

〔註14〕見黃盛璋〈李清照事跡考辨〉、王仲聞〈李清照事迹作品雜考〉。
〔註15〕見王仲聞〈李清照事迹作品雜考〉。

王觀、知常州豐稷、知和州王左、宮觀李格非、知濮州謝文瓘、永州安置鄒浩八人，幷依五月乙亥籍記。」又崇寧元年九月末：「刻御書黨籍碑端禮門，格非名在餘官之列。」是格非以黨籍罷，名列元祐黨籍碑上，其事在崇寧元年七月至九月間，清照上救父詩亦必在其時；張琰謂「建中靖國」，殆誤記也。

炙手可熱心可寒

是斷句首見晁公武《郡齋讀書志》卷四下：「《李易安集》十二卷。右皇朝李氏，格非之女，先嫁趙誠之，有才藻名；其舅正夫相徽宗朝。李氏嘗獻詩云：『炙手可熱心可寒。』」據公武言，則是句當作於挺之爲相之時。然挺之曾二度拜相，首次在崇寧四年（1105）乙酉三月，〔註16〕六月罷，以蔡京之故也。〔註17〕崇寧五年（1106）丙戌二月又拜相，蔡京且因是去官，〔註18〕是乃挺之一生最炙手可熱之時也。故余認爲清照獻詩必在崇寧五年二月之後，大觀元年（1107）三月之前，蓋大觀元年三月挺之再罷相也。〔註19〕黃盛璋繫此詩於崇寧元年（1102）九月後，〔註20〕王仲聞繫於崇寧四年，均誤。〔註21〕

〈詞論〉

此篇首載胡仔《苕溪漁隱叢話·後集》卷卅三。夏承燾〈李清照詞的藝術特色〉一文考訂〈詞論〉之作年謂：「這篇文章批評北宋詞家止於賀鑄、晏幾道，沒有提到徽宗時大晟樂府裏一派作家，沒有提到靖康亂後的詞

〔註16〕徐自明《宋宰輔編年錄》卷十一：「崇寧乙酉三月甲辰，趙挺之除尚書右僕射兼中書侍郎。」

〔註17〕徐自明《宋宰輔編年錄》卷十一：「崇寧乙酉六月戊子，趙挺之罷右僕射，授金紫光祿大夫，觀文殿大學士中太乙宮使。」又《宋史·趙挺之傳》：「旣相，與京爭權，屢陳其奸惡，且請去位避之，以觀文殿大學士中太一宮使留京師。」是崇寧乙酉六月罷相，以蔡京之故。

〔註18〕楊仲良《皇宋通鑑長編紀事本末》卷一百卅七：「崇寧丙戌二月丙寅，蔡京罷左僕射，丙子趙挺之爲特進尚書右僕射兼中書侍郎。」又《宋史·趙挺之傳》：「挺之乞歸青州，將入辭，會彗星見，帝默思咎徵，盡除京諸蠹法，罷京，召見挺之曰：『京所爲，一如卿言。』加挺之特進，仍爲右僕射。」

〔註19〕《宋宰輔編年錄》卷十一：「大觀元年正月，蔡京復爲左僕射；三月丁酉，趙挺之罷右僕射，授特進觀文殿大學士佑神觀使。」

〔註20〕同註11。

〔註21〕同註15。

壇情況，在批評秦觀時，還要求詞須有富貴態，看來這該是她早期的作品。」〔註22〕王仲聞〈李清照事迹作品雜考〉亦云：「此篇作於北宋，時代當頗早，或在大晟府未成立以前。」考大晟樂府崇寧四年（1105）乙酉八月置，政和初始頒行天下。〔註23〕竊謂清照此篇或寫成於宣和三年，清照夫婦屏居青州鄉里時也。

〈蝶戀花〉「淚溼羅衣脂粉滿」

此闋首載曾慥《樂府雅詞》卷六，詞云：「淚溼羅衣脂粉滿，四疊〈陽關〉，唱到千千遍。人道山長山又斷，瀟瀟微雨聞孤館。　　惜別傷離方寸亂，忘了臨行，酒盞深和淺。好把音書憑過雁，東萊不似蓬萊遠。」劉應李《新編事文類聚翰墨大全·後丙集》卷四亦載此詞，題「昌樂館寄姊妹」。黃盛璋〈趙明誠李清照夫婦年譜〉云：「按清照於宣和三年八月十日到萊州，見〈感懷詩序〉，而此詞有云：『若有音書憑過雁，東萊不似蓬萊遠』，是盼其姊妹寄書東萊。必與赴萊州有關，昌樂即今昌樂，為自青州赴萊所必經，此詞應是宣和三年秋清照自青赴萊中途宿昌樂縣之館驛而作，時間當在七、八月間。」是也。宣和三年，西元1121年。張壽林〈李清照評傳〉以為寄明誠，實誤。

〈感懷〉

此詩見酈琥《彤管遺編》卷十七。前有〈序〉云：「宣和辛丑八月十日到萊，獨坐一室，平生所見，皆不在目前。几上有《禮韻》，因信手開之，約以所開為韻作詩，偶得子字，因以為韻，作〈感懷詩〉。」是此首必宣和三年（1121）辛丑八月作。俞正燮〈易安居士事輯〉繫此詩於紹興三年（1133），誤，或未詳考詩〈序〉故也。

〈分得知字韻〉

此詩亦見《彤管遺編》卷十七。詩云：「學詩三十年，緘口不求知。誰遣好

〔註22〕夏文刊於《文學評論》一九六一年第四期。

〔註23〕王灼《碧雞漫志》卷二：「崇寧間，建大晟樂府，周美成作提舉官，而製撰官又有七。万俟詠雅言，元祐詩賦科老手也，三舍法行，不復進取，放意歌酒，自稱大梁詞隱，每出一章，信宿喧傳都下。政和初，召試補官，寘大晟樂府製撰之職。新廣八十四調，患譜弗傳，雅言請以盛德大業及祥瑞事迹，制詞實譜，有旨依月用律，月進一曲，自此新譜稍傳。」

奇士，相逢說項斯。」據前所考，清照十一歲即善吟咏，其少作「詩情如
夜鵲，三繞未能安」、「少陵也是可憐人，更待明年試春草」逸句，今載朱
弁《風月堂詩話》卷上。此詩首句謂「學詩三十年」，若由十一歲下推，至
清照四十歲，時正宣和五年（1123）也。竊謂此詩必不得遲於宣和五年作。

〈詠史〉

此詩亦見《彤管遺編》卷十七，詩云：「兩漢本繼紹，新室如贅疣，所以
嵇中散，至死薄殷周。」本詩借古喻今，以兩漢喻兩宋，新室喻僞楚。
史載靖康二年（1127）三月初七，金人冊立張邦昌於汴，僭號楚。〔註24〕
是則此詩必其時作，蓋諷邦昌爲贅疣也。

〈清平樂〉「年年雪裏」

本闋見黃大輿《梅苑》卷九。詞云：「年年雪裏，常挿梅花醉。挼盡梅花
無好意，贏得滿衣清淚。　　今年海角天涯，蕭蕭兩鬢生華。看取晚來
風勢，故應難看梅花。」此詞作於建炎元年丁未（1127）冬，蓋其年秋，
青州兵變，清照間關千里，由北而南，至建康。故詞有「今年海角天涯」
之句。時清照已年逾四十，是以「蕭蕭兩鬢生華」也。

南來尚怯吳江冷，北狩應知易水寒。

南渡衣冠少王導，北來消息欠劉琨。

是二斷句載莊綽《雞肋編》卷中，亦見胡仔《苕溪漁隱叢話・後集》卷
四十引《詩說雋永》。俞正己《詩說雋永》載：「今代婦人能詩者，前有
曾夫人魏，後有易安李。李在趙氏時，建炎初，從祕閣守建康，作詩云：
『南來尚怯吳江冷，北狩應知易水寒』，又云：『南渡衣冠少王導，北來
消息欠劉琨。』忠憤激發，所刺者深。」王仲聞〈李清照事迹作品雜考〉
云：「此二詩作於趙明誠守建康時。明誠於建炎元年八月，起復知江寧府；
建炎三年二月，移知湖州。而清照於建炎二年之春，始抵江寧。此二首
蓋作於建炎二年春至三年二月之間。」黃盛璋〈趙明誠李清照夫婦年譜〉

〔註24〕丁特起《靖康紀聞》載：「（靖康二年三月）初七日辰時，張邦昌即皇帝位。
　　　是日，金人使使命五十餘人，乘騎數百從之，持冊文。邦昌自尚書省慟哭
　　　上馬，至闕庭又慟哭，及幕次更帝服，少頃，北面再拜謝恩。金使跪進冊
　　　命、國璽，再拜謝。金人退，文武百官引導入宣德門，服赭袍，張紅蓋，
　　　御文德殿受賀。」

繫之建炎二年（1128）春。案：黃說是也。俞正燮〈易安居士事輯〉誤繫紹興三年（1133）。

〈臨江仙〉「庭院深深深幾許，雲窗霧閣常扃。」
〈臨江仙〉「庭院深深深幾許，雲窗霧閣春遲。」

　　清照〈臨江仙詞序〉云：「歐陽公作〈蝶戀花〉，有『深深深幾許』之句，予酷愛之，用其語作『庭院深深』數闋，其聲即舊〈臨江仙〉也。」案：〈臨江仙〉今僅存兩闋，當有散佚。周煇《清波雜志》卷八載：「頃見易安族人，言明誠在建康日，易安每值天大雪，即頂笠披簑，循城遠覽以尋詩，得句必邀其夫賡和，明誠每苦之也。」今詞有「春歸秣陵樹，人老建康城」、「試燈無意思，踏雪沒心情」、「雲窗霧閣春遲」諸句，與《清波雜志》所載之事正合，因悉詞必作於明誠爲建康守時也。黃盛璋〈趙明誠李清照夫婦年譜〉繫此二闋於建炎二年（1128）春，甚當。

〈春殘〉

　　此詩見《彤管遺編》卷十七。詩云：「春殘何事苦思鄉，病裏梳頭恨髮長。梁燕語多終日在，薔薇風細一簾香。」詩中所謂病者，乃思鄉病也。蓋亦建炎二年（1128）暮春時作乎？

〈夏日絕句〉

　　此詩亦見《彤管遺編》卷十七，然田藝衡《詩女史》卷十一則題爲〈烏江絕句〉。詩云：「生當作人傑，死亦爲鬼雄，至今思項羽，不肯過江東。」蓋借古諷今之作也，足證清照對高宗君臣之偷安南渡，殊致不滿。此首既題作〈夏日絕句〉，其作成於建炎二年（1128）夏間乎？故其風格與「南來」諸詩殊無二致也。

〈鳳凰臺上憶吹簫〉「香冷金猊」

　　詞云：「香冷金猊，被翻紅浪，起來人未梳頭。任寶奩閒掩，日上簾鈎。生怕閒愁暗恨，多少事欲說還休。新來瘦，非干病酒，不是悲秋。　　休休，這回去也，千萬遍〈陽關〉也即難留。念武陵春晚，雲鎖重樓。惟有樓前綠水，應念我終日凝眸，凝眸處，從今更數，幾段新愁。」案：〈金石錄後序〉云：「建炎戊申秋九月，侯起復知建康府。己酉春三月罷，具舟上蕪湖，

入姑孰，將卜居贛水上。夏五月，至池陽，被旨知湖州，過闕上殿。遂駐家池陽，獨赴召。六月十三日，始負擔捨舟，坐岸上，葛衣岸巾，精神如虎，目光爛爛射人，望舟中告別。余意甚惡。呼曰：『如傳聞城中緩急，奈何？』戟手遙應曰：『從衆，必不得已，先棄輜重，次衣被，次書冊卷軸，次古器，獨所謂宗器者，可自負抱，與身俱存亡，勿忘之。』遂馳馬去。」蓋建炎三年（1129）己酉夏，明誠被旨知湖州，駐家池陽，獨赴召，清照意甚惡，彷徨不忍別，故詞云：「多少事欲說還休，新來瘦，非干病酒，不是悲秋」；又云：「這回去也，千萬遍〈陽關〉，也即難留」。時清照卜居贛水上，「惟有樓前綠水，應念我終日凝眸」，蓋寫實也。本詞與〈金石錄後序〉所載之事吻合，是則詞必建炎三年（1129）夏、秋間作。

白日正中，歎龐翁之機捷；堅城自墮，憐杞婦之悲深。

謝伋《四六談麈》：「趙令人李，號易安，其〈祭湖州文〉曰：『白日正中，歎龐翁之機捷；堅城自墮，憐杞婦之悲深』。婦人四六之工者。」案：謝伋與趙家有葭莩之親，〔註25〕所言當可信。據〈金石錄後序〉載明誠卒於建炎三年（1129）八月十八日，則祭文亦必此時作。

〈攤破浣溪沙〉「病起蕭蕭兩鬢華」

詞云：「病起蕭蕭兩鬢華，臥看殘月上窗紗。豆蔻連梢煎熟水，莫分茶。
　　枕上詩書閒處好，門前風景雨來佳。終日向人多醞藉，木犀花。」
案：〈金石錄後序〉載清照葬明誠畢，嘗大病，僅存喘息，而病中惟把玩詩書自娛。今詞有「病起蕭蕭兩鬢華」、「枕上詩書閒處好」之句，與〈後序〉所載吻合。本闋必建炎三年（1129）明誠病逝未久之作。

〈偶成〉

詩載《永樂大典》第八百八十九冊第十八頁，詩云：「十五年前花月底，相從曾賦賞花詩。今看花月渾相似，安得情懷似往時。」黃盛璋〈趙明誠李清照夫婦年譜〉云：「十五年前今雖不能定為何年，但據詩意實追懷明誠，為哀悼死者之作，當寫於建炎三年後。」可信。

〔註25〕據王明清《揮麈後錄》卷七載趙挺之與伋之祖父謝良弼同為郭槩女婿，伋父克家與明誠為中表，同為郭槩外孫。又《止齋題跋》「跋邢氏廣國夫人手書」條謂伋有弟傑，字景英，為趙氏之甥。

露花倒影柳三變，桂子飄香張九成

此斷句載陸游《老學庵筆記》卷二：「張子韶對策有『桂子飄香』之語，趙明誠妻李氏嘲之曰：『露花倒影柳三變，桂子飄香張九成。』應舉者服其工而心忌之。」李心傳《建炎以來繫年要錄》卷五十二載：「紹興二年三月，策試諸路類試進士於講殿，以張九成爲第一。」吳自牧《夢梁錄》十七〈狀元表〉謂：「紹興二年壬子，張九成，杭人。」句必紹興二年（1132）三月後作。俞正燮〈易安居士事輯〉以爲作於紹興三年，非。

〈投內翰綦公崇禮啟〉

是啟見趙彥衛《雲麓漫鈔》卷十四。黃盛璋〈趙明誠李清照夫婦年譜〉繫之於紹興二年九、十月間，曰：「據《建炎以來繫年要錄》，此年九月乙亥，綦崇禮由兵部侍郎兼權直學士院，御筆除翰林學士。啟稱綦爲『內翰承旨』，而汝舟行遣又在十月己酉，清照謝綦之啟應在九、十月間。」王仲聞〈李清照事迹作品雜考〉亦曰：「《雲麓漫鈔》卷十四載〈謝啟〉，稱綦崇禮爲內翰。高承《事物紀原》卷四云：『今亦呼翰林學士爲內相，亦曰內翰。』洪遵《翰苑羣書》下〈翰苑題名〉載：『綦崇禮於紹興二年九月除翰林學士，四年七月，出知越州。』清照訟張汝舟，在二年九月；汝舟除名編管，十月行遣。清照作啟當在紹興二年九、十月間或稍後。」案：黃、王所推論甚當。俞正燮〈易安居士事輯〉以爲作於建炎三年（1129）十一月，殊誤。

〈上樞密韓公工部尚書胡公〉（二首）

詩載《雲麓漫鈔》卷十四，有〈序〉云：「紹興癸丑五月，樞密韓公、工部尚書胡公使虜，通兩宮也。有易安室者，父祖皆出韓公門下。今家世淪替，子姓寒微，不敢望公之車塵。又貧病，但神明未衰落，見此大號令，不能忘言，作古、律詩各一章，以寄區區之意，以待採詩者云。」案：〈上樞密韓公詩〉首句云：「三年夏六月」，是則此二首不得早於紹興三年（1133）六月作。

〈金石錄後序〉

〈金石錄後序〉之作年，各本《金石錄》所附〈後序〉俱署「紹興二年玄黓歲壯月朔甲寅」，俞正燮〈易安居士事輯〉據之，其實誤也。〈後序〉

應作於紹興四年（1134）甲寅八月，證據有三：（一）洪邁於《容齋四筆》卷五中曾自記從王復齋處得覩〈後序〉原稿，並撮述其大意，最後稱「時爲紹興四年也」。（二）明抄《說郛》本《瑞桂堂暇錄》有〈後序〉全文，其署年亦作「紹興四年」。另殘宋十卷本《金石錄》末附明人抄〈後序〉，署年亦爲「紹興四年」，均與容齋所見同。（三）古人計年常包舉首尾，不用足歲，例如宋仁宗在位只四十一年，而宋人每言「仁宗四十二年太平」。〈後序〉自敍半生憂患，起於建中辛巳（1101）歸趙時，而迄於作〈後序〉之歲，其所云「三十四年間」，依宋人計算之法，應在紹興四年（1134）。今人夏承燾撰〈易安居士事輯後語〉，〔註26〕有〈後序〉成於紹興五年（1135）之說，理由不甚充分，蓋亦非。

〈夜發嚴灘〉

詩載吳希孟《釣臺集》。詩云：「巨艦只緣因利往，扁舟亦是爲名來，往來有媿先生德，特地通宵過釣臺。」案：清照〈打馬圖經自序〉云：「今年（紹興四年）十月朔，聞淮上警報，江浙之人，自東走西，自南走北，居山林者謀入城市，居城市者謀入山林，旁午絡繹，莫知所之，易安居士亦自臨安泝流，涉嚴灘之險，抵金華，卜居陳氏第。」詩亦必此時作也。

〈題八詠樓〉

詩載《彤管遺編》卷十七。詩云：「千古風流八詠樓，江山留與後人愁。水通南國三千里，氣壓江城十四州。」案：八詠樓在浙江金華縣舊府學西，本名元暢樓，齊隆昌初，太守沈約建。宋至道間，知州馮伉更今名。此詩必紹興四年（1134）十月清照抵金華後作。

〈打馬圖經自序〉

〈打馬賦〉

《馬戲圖譜》

〈打馬圖經自序〉後署爲「紹興四年十一月二十四日」，〈自序〉、〈賦〉及《圖譜》必作於此時。

〔註26〕附載夏承燾《唐宋詞論叢》書中。

〈武陵春〉「風住塵香花已盡」

詞云：「風住塵香花已盡，日晚倦梳頭。物是人非事事休，欲語淚先流。聞說雙溪春尚好，也擬泛輕舟，只恐雙溪舴艋舟，載不動許多愁。」

案：雙溪爲宋時金華名勝，詞亦當清照居金華時作。考清照於紹興四年十月始抵金華，惟此詞乃描摹暮春景色，或紹興五年（1135）三月所作乎？

〈立春帖子詞〉（二首）

此二首載《彤管遺編》卷十七。〈皇帝閣〉云：「莫進黃金簟，新除玉局牀。春風送庭燎，不復用沈香。」〈貴妃閣〉云：「金環半后體，鉤弋比昭陽。春生柏子帳，喜入萬年觴。」王仲聞〈李清照事迹作品雜考〉云：「《建炎以來繫年要錄》卷一百四十八載：紹興十三年辛丑立春節，學士院始進帖子詞，百官賜春旛勝，自建炎以來久廢，至是始復之。紹興十三年春，有吳貴妃，自十三年閏四月立爲皇后後，貴妃閣即久虛。〈春帖子〉二首，必紹興十三年立春前作。」案：王說是。紹興十三年，西元 1143 年。

〈端午帖子詞〉（二首）

周密《浩然齋雅談》卷上：「李易安，紹興癸亥在行都，有親聯爲命婦者，因端午進帖子，〈皇帝閣〉云：「日月堯天大，璿璣舜歷長，側聞行殿帳，多集上書囊。」〈皇后閣〉云：「意帖初宜夏，金駒已過蠶，至尊千萬壽，行見百斯男。」〈夫人閣〉云：「三宮催解糉，妝罷未天明，便面天題字，歌頭御賜名。」時秦楚材在翰苑，惡之，止賜金帛而罷。」

案：依周密所載，詩當紹興十三年（1143）癸亥端午前作。然俞正燮〈易安居士事輯〉則誤繫此事於紹興三年，黃盛璋辨之。黃撰〈趙明誠李清照夫婦年譜〉曰：「宋時故事，立春及端午，學士院前一月撰皇帝、皇后、夫人閣門帖子（陳元靚《歲時廣記》引《皇朝歲時雜記》），南渡以後，此事久廢，至紹興十三年立夏，學士始進帖子詞。《翰苑題名》：『秦梓，紹興十二年九月以敷文閣直學士兼權直院。十月，除兼直院。十三年閏四月除翰林學士，六月除龍圖閣學士知宣州。』十三年五月清照進帖詞，秦梓正爲翰林學士。俞正燮〈易安居士事輯〉繫此事於紹興三年，是年癸丑與十三年之癸亥，字跡相近，理初或由誤推。紹興三年進帖子詞故事尚未恢復，此時秦梓亦不在翰苑，故知清照進帖子詞必在是年。

紹興三年說非是。」黃說是也。李文裿撰〈李易安年譜〉以爲作於紹興
十一年（1141），亦誤。

清照作品中有僅能推測其爲北宋或南宋時作者，茲亦闡說如下：

〈如夢令〉「昨夜雨疏風驟」

　　詞云：「昨夜雨疏風驟，濃睡不消殘酒。試問捲簾人，却道海棠依舊。知
否？知否？應是綠肥紅瘦。」王仲聞〈李清照事迹作品雜考〉云：「此首
作於北宋何時，不可考。」王說是。余且疑是闋爲清照少作，蓋全詞了
無深意，而風格與早期詩作略類，惟與晚年詞作則迥不相侔也。

〈點絳唇〉「寂寞深閨」

　　詞云：「寂寞深閨，柔腸一寸愁千縷。惜春春去，幾點催花雨。　　倚遍
闌干，祇是無情緒。人何處？連天衰草，望斷歸來路。」此詞意境與〈一
翦梅〉「紅藕香殘玉簟秋」、〈醉花陰〉「薄霧濃雲愁永晝」相類，當是寄
懷明誠，作於北宋時也。

〈菩薩蠻〉「風柔日薄春猶早」

　　詞云：「風柔日薄春猶早，夾衫乍著心情好。睡起覺微寒，梅花鬢上殘。
　　　故鄉何處是？忘了除非醉。沈水臥時燒，香消酒未消。」觀下片「故
鄉」二句，其爲南宋時作甚明。

〈訴衷情〉「夜來沈醉卸粧遲」

　　詞云：「夜來沈醉卸粧遲，梅萼插殘枝。酒醒熏破春睡，夢遠不成歸。　　人
悄悄，月依依，翠簾垂。更挼殘蕊，更撚餘香，更得些時。」佘雪曼云：
「玩其詞意，可能是流寓金華時作。」〔註 27〕未知何據？然觀「酒醒」
二句，知是南宋時作也。

〈好事近〉「風定落花深」

　　詞云：「風定落花深，簾外擁紅堆雪。長記海棠開後，正是傷春時節。　　酒
闌歌罷玉尊空，青缸暗明滅。魂夢不堪幽怨，更一聲啼鴂。」觀「魂夢」

〔註 27〕見佘著《李清照詞校注》（附載《女詞人李清照》中）。

二句，其必為南渡後作。

〈攤破浣溪沙〉「揉破黃金萬點輕」

　　詞云：「揉破黃金萬點輕，剪成碧玉葉層層。風度精神如彥輔，大鮮明。
　　　梅蕊重重何俗甚，丁香千結苦麤生。熏透愁人千里夢，却無情。」
　　讀結處「熏透」二句，知是南宋時作品。

〈添字采桑子〉「窗前誰種芭蕉樹」

　　詞云：「窗前誰種芭蕉樹？陰滿中庭，陰滿中庭，葉葉心心舒卷有餘情。
　　　傷心枕上三更雨，點滴霖霪，點滴霖霪，愁損北人不慣起來聽。」
　　觀下片，知必作於南宋時。

〈南歌子〉「天上星河轉」

　　詞云：「天上星河轉，人間簾幕垂。涼生枕簟淚痕滋，起解羅衣聊問夜何
　　其？　　翠貼蓮蓬小，金銷藕葉稀。舊時天氣舊時衣，只有情懷不似舊
　　家時。」張壽林〈李清照評傳〉以為此闋是清照在江寧懷念京洛舊家之
　　作，乏據。然觀結處，知其必屬南渡後作品。

〈鷓鴣天〉「寒日蕭蕭上鎖窗」

　　詞云：「寒日蕭蕭上鎖窗，梧桐應恨夜來霜。酒闌更喜團茶苦，夢斷偏宜
　　瑞腦香。　　秋已盡，日猶長，仲宣懷遠更淒涼。不如隨分尊前醉，莫
　　負東籬菊蕊黃。」「仲宣懷遠」句，證明詞必為南宋後懷遠思鄉之作品。

〈蝶戀花〉「暖雨晴風初破凍」

　　詞云：「暖雨晴風初破凍，柳眼梅腮，已覺春心動。酒意詩情誰與共？淚
　　融殘粉花鈿重。　　乍試夾衫金縷縫，山枕斜欹，枕損釵頭鳳。獨抱濃
　　愁無好夢，夜闌猶剪燈花弄。」案：此闋必明誠卒後，清照悼亡之作。
　　觀「酒意詩情誰與共？淚融殘粉花鈿重」、「獨抱濃愁無好夢，夜闌猶剪
　　燈花弄」諸句甚明。惟未悉其作於何年矣！

〈蝶戀花〉「永夜懨懨歡意少」

　　詞云：「永夜懨懨歡意少，空夢長安，認取長安道。為報今年春色好，花
　　光月影宜相照。　　隨意杯盤雖草草，酒美梅酸，恰稱人懷抱。醉裏插

花花莫笑，可憐春似人將老。」案：此詞亦南渡後追懷京洛之作，「可憐春似人將老」一句，足證清照作此詞時，其年已垂暮。

〈聲聲慢〉「尋尋覓覓」

詞云：「尋尋覓覓，冷冷清清，悽悽慘慘戚戚。乍暖還寒時候，正難將息。三杯兩盞淡酒，怎敵他晚來風急。雁過也，正傷心，却是舊時相識。　滿地黃花堆積，憔悴損，如今有誰堪摘？守著窗兒，獨自怎生得黑。梧桐更兼細雨，到黃昏點點滴滴。這次第，怎一箇愁字了得。」案：此詞張端義《貴耳集》卷上以為清照南渡後晚年作，是也。然俞正燮〈易安居士事輯〉云：「《貴耳集》以為晚年作，非也。」未知何據？王仲聞〈李清照事迹作品雜考〉云：「案此詞依其內容所表達之思想情感而推之，必晚年所作，《貴耳集》所云，當得其實。俞氏以不誤為誤，殊非。」王說是。

〈永遇樂〉「落日鎔金」

詞云：「落日鎔金，暮雲合璧。人在何處？染柳烟濃，吹梅笛怨，春意知幾許。元宵佳節，融和天氣，次第豈無風雨。來相召，香車寶馬，謝他酒朋詩侶。　中州盛日，閨門多暇，記得偏重三五。鋪翠冠兒，撚金雪柳，簇帶爭濟楚。如今憔悴，風鬟霜鬢，怕見夜間出去。不如向簾兒底下，聽人笑語。」張端義《貴耳集》卷上曰：「易安居士李氏，趙明誠之妻，南渡以來，常懷京洛舊事，晚年賦〈元宵‧永遇樂〉詞。」案：端義南宋人，所言足信。又考劉辰翁〈永遇樂小序〉云：「余自乙亥上元誦李易安〈永遇樂〉，為之涕下，今三年矣。每聞此詞，輒不自堪，遂依其聲，又託之易安自喻，雖辭不及，而悲苦過之。」「乙亥」乃紹興二十五年（1155），清照之詞當撰成於此年之前不遠。然俞正燮〈易安居士事輯〉繫此闋於建炎二年（1128），惟清照撰此詞，時在江寧，非在建康，俞氏所繫未知何據？

〈念奴嬌〉「蕭條庭院」

詞云：「蕭條庭院，又斜風細雨，重門須閉。寵柳嬌花寒食近，種種惱人天氣。險韻詩成，扶頭酒醒，別是閒滋味。征鴻過盡，萬千心事誰寄。　樓上幾日春寒，簾垂四面，玉闌干慵倚。被冷香消新夢覺，不許愁

人不起。清露晨流，新桐初引，多少遊春意。日高烟歛，更看今日晴未？」
俞正燮〈易安居士事輯〉謂本闋乃早期作品，王仲聞〈李清照事迹作品
雜考〉亦以為「此首作於北宋」，然余則謂此必清照晚年之作，蓋其風格
與〈聲聲慢・秋情〉、〈永遇樂・元宵〉甚相類，彭孫遹《金粟詞話》、沈
雄《古今詞話》似已先我言之矣。〔註28〕

〈曉夢〉

本首載《彤管遺編》卷十七。詩云：「曉夢隨疎鐘，飄然躡雲霞。因緣安
期生，邂逅萼綠華。秋風正無賴，吹盡玉井花。共看藕如船，同食棗如
瓜。翩翩坐上客，意妙語亦佳。嘲辭鬬詭辨，活火分新茶。雖非助帝功，
其樂莫可涯。人生能如此，何必歸故家。起來歛衣坐，掩耳厭喧嘩。心
知不可見，念念猶咨嗟。」案：此首俞氏〈易安居士事輯〉以為紹興四
年（1134）作於金華，似無確證。然觀詩意，大抵南渡以後，紹興八年
（1138）通好於金，君臣耽於逸樂，不思北返，故清照作此詩以諷。

清照作品有不能知其寫作確實年月者，如〈浣溪沙〉「莫許盃深琥珀濃」、
「淡蕩春光寒食天」、「髻子傷春慵更梳」、〈菩薩蠻〉「歸鴻聲斷殘雲碧」、〈鷓
鴣天〉「暗淡輕黃體性柔」、〈玉樓春〉「紅酥肯放瓊苞碎」、〈小重山〉「春到長
門春草青」、〈漁家傲〉「天接雲濤連曉霧」、「雪裏已知春信至」、〈行香子〉「草
際鳴蛩」、〈憶王孫〉「臨高閣」、〈如夢令〉「常記溪亭日暮」、〈怨王孫〉「湖上
風來波浩渺」、〈孤雁兒〉「藤牀紙帳朝眠起」、〈滿庭芳〉「小閣藏春」、〈慶清
朝慢〉「禁幄低張」、〈多麗〉「小樓寒」諸詞，「條脫閒揎繫五絲」、「瑞腦烟殘，
沈香火冷」、「猶將歌扇向人遮」、「水晶山枕象牙牀」、「彩雲易散月長虧」、「幾
多深恨斷人腸」、「羅衣消盡恁時香」、「閒愁也似月明多」、「直送淒涼到畫屏」、
「教我甚情懷」、「無午未二時之分，有伯仲兩楷之似。既繫臂而繫足，實難
弟而難兄。玉刻雙璋，錦挑對褓」諸斷句，皆難悉作年，茲惟暫付闕如也。

〔註28〕彭孫遹《金粟詞話》：「李易安『被冷香消新夢覺，不許愁人不起』、『守著窗
　　　兒，獨自怎生得黑』，皆用淺俗之語，發清新之思，詞意並工，閨情絕調。」
　　　又沈雄《古今詞話》：「李易安『被冷香消新夢覺，不許愁人不起』。又『於今
　　　憔悴，風鬟霜鬢，怕見夜間出去』。楊用修以其尋常言語，度入音律，殊為自
　　　然。」

第八章　李清照作品版本考

　　李清照之作品，宋時早已版行，且傳刻之本頗多：有詞集、文集、亦有詩、文、詞合刊之全集。文集有《易安居士文集》七卷，載見《宋史・藝文志・集類・別集》；全集有《李易安集》十二卷，載見晁公武《郡齋讀書志》卷四〈別集類〉；﹝註1﹞詞集則分一卷本、三卷本、五卷本、六卷本四種。一卷本、五卷本均載見陳振孫《直齋書錄解題》卷廿一〈歌詞類〉，三卷本載見黃昇《唐宋諸賢絕妙詞選》卷十，六卷本載見《宋史・藝文志・集類・別集》。以上宋刊諸本，惜今皆不傳。

　　現存之清照作品刊本，自以明毛晉汲古閣所刻之《詩詞雜俎》本《漱玉詞》爲最早。然其書錄詞僅十七闋，另附文一篇，遠非宋刊諸本之舊。

　　有清以還，鑽研易安居士及其作品之學者漸衆。彼等除輯錄清照生平事蹟，評騭其詩、文、詞優劣外，另如裒輯、校勘、箋注、翻譯清照作品之書籍，亦屢見刊行。王鵬運《四印齋所刻詞》本《漱玉詞》、趙萬里《校輯宋金元人詞》本《漱玉詞》、況周頤《漱玉詞箋》、日人花崎貞氏日譯《漱玉詞》，是其尤著者也。自是清照詩、文、詞集之版刻日見增益。茲僅就聞見所及，考證清照作品之版本於後：

﹝註1﹞ 十二卷本之《李易安集》，朱弁或《萍洲可談》云是「文集」，其實誤也。蓋宋本《李易安集》，明時猶完好，焦竑《國史經籍志・別集》著錄：「《李易安集》十二卷。」是其證。而明初修《永樂大典》亦曾採及此集。今人黃盛璋先生於《永樂大典》第八百八十九冊第十八頁內搜得《李易安集》〈偶成詩〉一首，詩云：「十五年前花月底，相從曾賦賞花詩；今看花月渾相似，安得情懷似往時。」此十二卷本《李易安集》爲全集之證；若是文集，則自應限於文體一類，不會載及〈偶成〉詩也。

壹、一卷本

《漱玉集》一卷　《直齋書錄解題》著錄　（佚）

陳振孫《直齋書錄解題》卷廿一〈歌詞類〉：「《漱玉集》一卷，易安居士李氏清照撰。」

案：馬端臨《文獻通考》卷二百四十六〈經籍考〉：「《漱玉集》一卷，陳氏曰：易安居士李氏清照撰。」是端臨所見即此本。

《漱玉集詞》一卷　《世善堂藏書目錄》著錄　（佚）

陳第《世善堂藏書目錄‧詞曲》：「《漱玉集詞》一卷，李易安。」

案：此本疑是宋刊。然世善堂所藏之書，清乾隆年間已散佚，今已無可蹤跡矣。

《漱玉詞》一卷　汲古閣刻《詩詞雜俎》本　（見）

毛晉〈汲古閣漱玉詞跋〉：「黃叔暘云：《漱玉集》三卷。馬端臨云：別本分五卷，今一卷。考諸宋、元雜記，大率合詩、詞、雜著爲《漱玉集》，則釐全集爲三卷無疑矣。第國朝博雅如用修先生，尚慨未見其全，湮沒不幾久耶？庚午仲秋，余從選卿覓得宋詞廿餘種，乃洪武三年抄本，訂正已閱數名家，中有《漱玉》、《斷腸》二冊。雖卷帙無多，參諸《花庵》、《草堂》、《彤管》諸書，已浮其半，眞鴻寶也。急合梓之，以公同好。末載〈金石錄後序〉，略見易安居士文妙，非止雄於一代才媛，直洗南渡後諸儒腐氣，上返魏、晉矣。後附遺事幾則，亦罕傳者。湖南毛晉識。」

案：此本錄詞十七闋，附文一篇，另遺事數則。所附文〈金石錄後序〉乃采自洪邁《容齋四筆》，非完篇也。

《漱玉詞》一卷　汲古閣刻《二妙集》本　（見）

案：此本與朱淑眞《斷腸詞》合刊，版與《詩詞雜俎》本同。

《漱玉詞》一卷　《四庫全書》本　（見）

紀昀《四庫全書總目》卷一百九十八〈集部‧詞曲類〉：「《漱玉詞》一卷，宋李清照撰。……此本爲毛晉汲古閣所刊……僅詞十七闋，附以〈金石錄後序〉一篇，蓋後人裒輯爲之，已非其舊。其〈金石錄後序〉，與刻本所載，詳略迴殊，蓋從《容齋五筆》中鈔出，亦非完篇也。」

案：此本與毛本同，蓋四庫館臣采汲古閣《詩詞雜俎》本而為之者。

《漱玉詞》一卷　木松堂本　（見）
　案：此本與《詩詞雜俎》本同。

《漱玉詞》一卷　景印汲古閣本　（見）
　案：此本乃據《詩詞雜俎》本景印。

《漱玉詞》一卷　《西泠詞萃》本　（未見）

《漱玉詞》一卷　《章邱縣志》附刊本　（未見）

《漱玉詞》一卷　廣益書局石印本　（見）
　案：此本與《斷腸詞》合刊，與毛晉刻本《二妙集》同。

《漱玉詞》一卷　《佳趣堂書目》著錄　（未見）

《漱玉詞》一卷　《孫氏祠堂書目》著錄　（未見）

《漱玉詞》一卷　《故宮博物院善本書目》著錄　（未見）
　《國立故宮博物院善本書目》上編〈集部・詞曲類〉：「《漱玉詞》一卷，
　宋李清照撰，與《無住詞》合冊。」

《漱玉詞》一卷　《叢書集成》本　（見）
　案：此本與《詩詞雜俎》本同。

《漱玉詞》一卷　《萬有文庫》本　（見）
　案：此與《詩詞雜俎》本同。

　　以上一卷本凡十五種。《直齋書錄解題》著錄者為一類，乃宋刻，今佚。
《詩詞雜俎》本、《四庫全書》本、木松堂本、景印汲古閣本、《叢書集成》
本、《萬有文庫》本另一類，其源出自洪武三年抄本。《二妙集》本、廣益書
局石印本又一類，此本與朱淑真《斷腸詞》合刊。《故宮博物院善本書目》著
錄者又另一類，此本與陳與義《無住詞》合冊。其餘如《世善堂藏書目錄》、

《佳趣堂書目》、《孫氏祠堂書目》所著錄者，及《西泠詞萃》、《章邱縣志》附刊諸本，或其書已佚，或未見其書，均難以類別。

貳、二卷本

《漱玉詞》二卷　《四庫採進書目》著錄　（未見）
　　吳慰祖《四庫採進書目江蘇省第一次書目》：「《漱玉詞》二卷，宋李清照著。一本。」

《漱玉詞》二卷　《四庫採進書目》著錄　（未見）
　　吳慰祖《四庫採進書目江蘇採輯遺書目錄簡目》：「《漱玉詞》二卷，濟南李清照著。」

　　以上二卷本凡二種，因未見其書，未知是否同一版本？

參、三卷本

《漱玉詞》三卷　《苕溪漁隱叢話》著錄　（佚）
　　胡仔《苕溪漁隱叢話》：「易安有樂府詞三卷，名《漱玉集》。」〔註2〕

《漱玉集》三卷　《唐宋諸賢絕妙詞選》著錄　（佚）
　　黃昇《唐宋諸賢絕妙詞選》卷十：「李易安，趙明誠之妻，善為詞，有《漱玉集》三卷。」

　　以上三卷本，載見《苕溪漁隱叢話》與《唐宋諸賢絕妙詞選》，均宋刻，或是同一版本，今佚。據胡仔、黃昇所記，三卷本《漱玉集》當是詞集。然毛晉〈汲古閣本漱玉詞跋〉有云：「黃叔暘云：《漱玉集》三卷。……考諸宋元雜記，大率合詩、詞、雜著為《漱玉集》，則釐全集為三卷無疑矣。」案：毛氏語出揣測，不足信。

肆、五卷本

〔註2〕引見王士祿《宮閨氏籍藝文考略》。

《漱玉集》五卷　　《直齋書錄解題》著錄　　（佚）

　　陳振孫《直齋書錄解題》卷廿一〈歌詞類〉:「《漱玉集》一卷……別本分
　　五卷。」

　　案:馬端臨《文獻通考》卷二百四十六〈經籍考〉:「《漱玉集》一卷,陳氏
　　曰:『別本分五卷。』」陳氏即振孫。是則端臨或未見此本,僅據《直齋
　　書錄解題》爲說耳。

　　以上五卷本一種,宋刻,今佚。振孫云:「《漱玉集》一卷,……別本分
五卷。」是一卷與五卷本之差異在分卷不同,而內容則一也。

伍、六卷本

《易安詞》六卷　　《宋史・藝文志》著錄　　（佚）

　　托克托《宋史・藝文志》卷七〈集類・別集類〉:「《易安詞》六卷。」

　　以上六卷本一種,乃詞集,宋刻,今佚。

陸、七卷本

《易安居士文集》七卷　　《宋史・藝文志》著錄　　（佚）

　　托克托《宋史・藝文志》卷七〈集類・別集類〉:「《易安居士文集》七卷,
　　宋李格非女撰。」

　　以上七卷本一種,乃文集,宋刻,今佚。若是,則清照所撰文類作品多
達七卷,則不止今可覩之作品矣。

柒、十二卷本

《李易安集》十二卷　　《郡齋讀書志》著錄　　（佚）

　　晁公武《郡齋讀書志》卷四〈別集類〉:「《李易安集》十二卷。右皇朝李
　　氏,格非之女,先嫁趙誠之,〔註3〕有才藻名。其舅正夫相徽宗朝,李氏

〔註3〕　「趙誠之」,疑乃「趙明誠」之誤。

嘗獻詩曰：『炙手可熱心可寒。』然無檢操，晚節流落江湖間以卒。」

案：馬端臨《文獻通考》卷二百四十一〈經籍考〉云：「《李易安集》十二卷，晁氏曰：「李格非之女，幼有才藻名，先嫁趙誠之，其舅正夫相徽宗朝，李氏嘗獻詩曰：『炙手可熱心可寒。』然無檢操，後適張汝舟，不終晚節，流落江湖間以卒。」是端臨據晁氏為說而有所增補也。明焦竑《國史經籍志》卷五〈集類‧別集〉，明陳第《世善堂藏書目錄‧集類‧閨閣集》、楊士驤《山東通志‧藝文志》均著錄有「《李易安集》十二卷」，疑與此本同。

以上十二卷本一種，乃全集，宋刻，其書清乾隆間猶在，後始散佚。

捌、不分卷本

《李易安詞》一本　《脈望館書目》著錄　（佚）

案：脈望館，清趙用賢藏書館名，其書目則用賢子琦美所編也。脈望館藏書極富，後悉歸錢謙益絳雲樓。絳雲後毀於火，書乃湮沒。是故原藏脈望館不分卷本《李易安詞》，當亦不存此霄壤矣。

以上不分卷本一種，今佚。

玖、舊鈔本

洪武三年抄本《漱玉詞》　〈汲古閣漱玉詞跋〉著錄　（佚）

毛晉〈汲古閣漱玉詞跋〉：「庚午仲秋，余從選卿覓得宋詞廿餘種，乃洪武三年抄本，訂正已閱數名家，中有《漱玉》、《斷腸》二冊，雖卷帙無多，參諸《花庵》、《草堂》、《彤管》諸書，已浮其半，真鴻寶也。」

案：此本內容與《詩詞雜俎》本同。

汲古閣未刻本《漱玉詞》一卷　《宋詞四考》著錄　（未見）

案：此本舊藏彭元瑞知聖道齋，光緒間王鵬運、況周頤猶及見之，今則渺其蹤跡矣。

奚虛白鈔本《漱玉詞》二卷　《四庫簡明目錄標注》著錄　（未見）

　　邵懿辰《四庫簡明目錄標注》卷廿〈集部〉十〈詞曲類〉，邵章〈續錄〉：
「奚虛白鈔二卷本，與四印本異同甚多。」

《漱玉詞》舊抄本一卷　《善本書室藏書志》著錄　（未見）

　　丁丙《善本書室藏書志・集部・詞曲類・詞集》之屬：「《漱玉詞》一卷，
舊抄本。宋李清照撰。清照姓李氏，號易安居士，濟南人。李格非之女，適
東武趙挺之仲子明誠，有《漱玉詞》一卷，頗多佳句。末附〈金石錄後
序〉，毛晉刻附《六十家詞》。」〔註4〕

　案：此本疑即洪武三年抄本。

《彙集易安居士詩文詞》　《道安室雜文》著錄　（未見）

　　蕭道管《道安室雜文・彙集易安居士詩文詞敍》：「昔人有云：自遜、抗、
機、雲之死，天地清靈之氣，不鍾於男而鍾於女，此戇言也。其實自牝雞
無晨之說起，雄飛雌伏，本有偏重之勢。故即文章一事，婦女者流，寥寥
天壤，一有其人，譽之者遂為過情之言，詬之者反為負俗之累；譽與詬，
皆由於少所見而多所詫而已。易安再適之說，根於恃才凌物，忌者造言。
為之辨者，若盧雅雨之〈金石錄序〉、俞理初之《癸巳類稿》、吳子律之《蓮
子居詞話》，亦詳且盡矣。然實有不煩言解者。世傳再適事，據所竄〈上綦
崇禮啟〉耳。而中有內翰承旨之稱，按沈該〈翰苑題名壁記〉，建炎四年，
崇禮除徽猷閣直學士，且出知漳州。而〈金石錄後序〉乃作於紹興二年，
又明年〈上胡韓二公詩〉猶稱嫠婦，則其他尚何足與辨。夫易安五十三歲
以前所作詩文，俱有年月事蹟可考，忌之者何不即其後之無可考者而誣之
耶？殆所謂天奪之魄耶？易安所作，非尋常婦人女子批風抹月者所能，歸
來堂之鬥茶，建康城上之披蓑戴笠，亦酸寒之樂事也。不幸而寡，又值天
下大亂，奔遁靡有寧居，殆為造物所忌使然耶？抑悲與樂之相尋，固消長
之理有必然者耶？余向者嘗謂：人生子嗣，一身憂樂，不係乎是。而怪世
之愚婦人，有子則不問賢愚美惡，愛惜有逾身命，無則終身大恨，凡百如
意，不足以解憂，直若空生一世者。今觀易安之被誣，且詩文詞零落殆盡，
論者以為皆無子嗣之故，然則向之所謂愚婦人者，固不愚耶？抑子嗣之不

─────────────

〔註4〕明誠非趙挺之仲子，乃第三子。又毛晉汲古閣《宋六十名家詞》內並無《漱
　　　玉詞》，丁丙誤記。

肖者，亦雖有不必可恃耶？易安文字雖零落，而散見者猶復有此，故都爲一集，敍而存之。癸未七月，道管書。」

案：此本彙集於光緒九年（1883）癸未七月，乃鈔本，後未見梓行，誠可憾也。

《漱玉詞》一卷　《江南圖書館善本書目》著錄　（未見）

　　齊耀琳《江南圖書館善本書目》第九十八號〈集〉五十二：「《漱玉詞》一卷，與《斷腸集》合訂，宋濟南李清照，舊抄本。」

以上舊鈔本凡六種。

拾、手校本

《漱玉詞》手校本一卷　《皕宋樓藏書志》著錄　（未見）

　　陸心源《皕宋樓藏書志·集部·詞曲類》：「《漱玉詞》一卷，勞巽卿手校本。」

案：陸氏畢生好藏書，且多宋刻珍本，儲諸皕宋樓。心源歿後，其書遂爲岩崎文庫以日幣十一萬八千元悉數購去。故勞氏手校此本，今亦流落東瀛，藏存靜嘉堂文庫中。而巽卿所校者，乃汪玢輯本《漱玉詞彙鈔》也。〔註5〕

以上手校本一種。

拾壹、輯　本

《漱玉詞彙鈔》　《四庫簡明目錄標注》著錄　（未見）

　　邵懿辰《四庫簡明目錄標注》卷廿〈集部〉十〈詞曲類〉邵章〈續錄〉：「道光庚子泉唐女史汪玢刊本。」

　　胡玉縉《四庫全書總目提要補正》卷六十〈詞曲類〉：「又是集有道光壬

〔註 5〕靜嘉堂文庫《漢籍分類目錄·集部·詞曲類·詞集》載：「《漱玉詞彙鈔》（勞巽卿手校本）一卷，附〈易安事輯〉一卷，宋李清照撰，清汪氏玢編，清道光刊。」

　　午錢塘女子汪玢《漱玉詞彙鈔》本，於毛本外，增輯若干闋，並錄諸家
　　詞話及事輯，視此本〔註6〕爲勝。」

　案：《漱玉詞》輯本，當以此本爲最早。

《漱玉詞》一卷　《四印齋所刻詞》本　（見）

　　王鵬運〈四印齋本漱玉詞跋〉：「右易安居士《漱玉詞》一卷。按此詞雖
　　見於《宋史・藝文志》、《直齋書錄解題》，世已久無傳本。古虞毛氏刻之
　　《詩詞雜俎》中者，僅詞十七首，《四庫》所收，即是本也。此刻以宋曾
　　端伯《樂府雅詞》所錄二十三首爲主，復旁搜宋人選本說部，又得二十
　　七首，都爲一集，而以俞理初孝廉〈易安居士事輯〉附焉。易安晚節，
　　世多訾議，甚至目其詞爲不祥，得理初作，發潛闡幽，並是集亦爲增量。
　　獨是聞見無多，搜羅恐尚未備。然即此五十首中，假托汙衊之作，亦已
　　屢見。昔端伯錄六一翁詞，凡屬僞造者，皆從刊削，爲六一存眞。此則
　　金沙雜揉，使人自得於披揀之下，固理初之心，亦猶之端伯之心云。光
　　緒辛巳燕九日，臨桂王鵬運誌於都門半截胡同寓齋。」

　案：此本另有覆刊本。

《漱玉詞》一卷　吳氏石蓮庵刊《山左詞人》本　（見）

　案：此本覆刊四印齋本。

《漱玉集》一卷　錢納蓬刊本　（未見）

　　徐宗浩〈題李易安看竹圖小像〉：「宣統辛亥，得易安居士小像於京師。
　　圖高晉尺五尺八寸，闊二尺六寸五分，有周二南諸跋。易安晚節，世多
　　訾議，盧見曾、俞理初、金偉軍三先生已爲之辨誣，後徵題於樊山、仁
　　安兩先生，藉雪其冤。同時王幼霞、錢納蓬兩刻本《漱玉集》，納蓬附錄
　　二卷，考證尤詳。」

　案：據徐宗浩題辭所言，則錢本《漱玉集》當有詞一卷，另附錄二卷。宗
　　　浩又謂：「附錄二卷，考證尤詳。」惜未得以資參考。

《李清照詞》　《三李詞》本　（見）

　案：此本見楊文斌《三李詞》。《三李詞》，首李白，次李後主，又次李清照。

〔註6〕指《四庫全書》本《漱玉詞》。

每人另葉起，不分卷。所收清照詞，都四十闋，全由《歷代詩餘》錄出，無所增補。

《漱玉集》五卷　《冷雪盦叢書》本　（見）

黃節〈《冷雪盦叢書》本《漱玉集》序〉：「壬戌歲暮，李君冷衷以所編易安居士《漱玉集》屬予校定，乃取半塘老人刻本《漱玉詞》為籤其同異多寡之數而歸之。閱數月，冷衷蒐集益富，成書五卷，復屬序於予。案《四庫》著錄《漱玉詞》一卷，即毛氏汲古閣本，得詞僅十七首，附以〈金石錄後序〉一篇而已。半塘所刻，為詞凡五十首，於毛氏本〈鷓鴣天〉『枝上流鶯』一闋，〈青玉案〉『一年春事』一闋，證其為少游、永叔作，概置弗錄，則已較毛本增三十五首矣。冷衷此編所集，文凡五篇，詩凡十八首，詞凡七十八首。詩文為半塘刻本所未采者。以詞相校，則復增二十八首矣。半塘所集，據《梅苑》、《樂府雅詞》、《花草粹編》、《全芳備祖》、《詞統》諸書。而冷衷得自《梅苑》、《花草粹編》、《詞統》者，又多為半塘所未采。意半塘所據諸書，尚非全本也。陳直齋《書錄解題》：『《漱玉詞》別本五卷。』黃叔暘《花庵詞選》亦稱《漱玉詞》三卷，然則以視今所存者，其詞散佚，蓋已多矣。冷衷引據諸書，凡六十餘種，而所得者，僅此七十八首，非不見博而力劬，無如佚者不可復存也。雖然，易安遺事，於詞中可著見者，尚有〈武陵春〉一闋，葉與中《水東日記》云是南渡後易安居金華作，時年已五十三矣，即所云物是人非者也。冷衷異時讀書續有所得，當作補遺，豈其遂已耶！癸亥八月，順德黃節序。」

薩雪如〈《冷雪盦叢書》本《漱玉集》跋〉：「《漱玉集》五卷，宋女史李清照撰，冷衷先生所輯者也。案《漱玉集》原本久佚，陳振孫《直齋書錄解題》：『《漱玉詞》一卷。』又云：『別本五卷。』黃叔暘《花庵詞選》亦稱《漱玉詞》三卷，《宋史‧藝文志》：『《易安居士文集》七卷宋李格非女作。又《易安詞》六卷。』蓋自宋、元時已不能見其完本矣。逮清乾隆間編纂《四庫全書》，著錄《漱玉詞》一卷，乃采自毛氏汲古閣本，為詞僅十七首，附以節文〈金石錄後序〉一篇。光緒間，半塘老人四印齋本增輯至五十首，與朱淑真《斷腸詞》合刊，為近今所流傳者，徒以據書較少，尚覺遺漏。冷衷先生銳意蒐輯，歷時數月，引書至六七十種，易安居士之詩文詞，以及遺聞斷句，靡不備於是編。且根據諸書，詳加校勘，注其異同，用備考

甍，並編年譜，冠之卷首，仍題名爲《漱玉集》。雖不能盡復舊觀，然欲探討易安之詩文詞及遺事者，得此亦可知其梗概矣。癸亥重陽，薩雪如識。」

李文裿〈漱玉集再版弁言〉：「歲癸亥，余輯易安居士《漱玉集》既成，順德黃晦聞先生校閱而序之。越三年丁卯，始付鉛槧。此三年中，雖日沈緬於舊籍，然易安居士之詩文詞及遺事，竟無所獲。戊辰以還，國立北平圖書館採訪珍籍，罕見之書，踵門求售者，不知凡幾。因得旁搜羣籍，於寫本《全芳備祖》中得〈鷓鴣天〉一首，《歲時廣記》中得逸句若干，均爲前此所未見者。其他遺事及詩詞文評，亦數十則，遂重爲詮次，再付鉛槧，亦片羽足珍之意也。或謂易安居士之詩文詞久佚，不可復得，子之所輯，爲數頗富，得勿以他人之作濫入以實篇幅乎？曰：『凡所徵引，俱已詳其本源，爲是言者，則余弗與之辨，亦不屑與之辨也。』庚午冬十二月，大興李文裿記於北平中海居仁堂。」

案：《冷雪盦叢書》本《漱玉集》都五卷，即：〈年譜〉一卷、〈文〉一卷、〈詩〉一卷與〈詞〉二卷。計所輯錄〈文〉五篇、〈詩〉十八首、〈詞〉七十八闋。民國十六年（1927）丁卯付刊。嗣後文裿旁搜廣摭，又多得詞一闋，逸句若干，其他遺事及詩、詞、文評數十則，遂重加詮次，於民國十九年（1930）庚午再付鉛槧，故今見之《冷雪盦叢書》，其《漱玉集》有二種版本。然文裿所輯，其間頗闌入僞作，不宜輕信。

《李清照詞》一卷　《全宋詞》本　（見）

唐圭璋〈全宋詞本漱玉詞跋〉：「《直齋書錄解題》：『《漱玉詞》一卷。』久已失傳。今所見汲古閣及四印齋兩本，俱有贗作，未爲善本。近日趙萬里詳加斠正，錄爲定本一卷，都四十三首。自〈殢人嬌〉『玉瘦香濃』一首外，皆精確可信。茲用此本，而略其校記。然如〈浣溪沙〉『莫許盃深』一首，『已應』上，當從《庫》本《雅詞》補『疏鐘』二字。『髻子傷春』一首，『遺犀』當從《詞綜》改作『通犀』。〈滿庭芳〉『芳草池塘』一首，『金鑼』上，當從《庫》本《雅詞》補『玉鉤』二字；『尊前席上』，『惟』下，當從《庫》本《雅詞》補一『愁』字；『猶賴有』下，當從《庫》本《雅詞》補『梨花』二字。」

案：《全宋詞》有二種版本：初版刊於民國廿九年（1940），後又由中華書局於一九六五年訂補增修予以再版。近歲又有橫排新版本面世。

《漱玉詞》　《叢書子目類編》著錄　（未見）

　　《叢書子目類編・集部・詞曲類》：「《漱玉詞》，《文藝小叢書》第一輯。」

《李清照詞》一卷　《詞學小叢書》本　（見）

　　胡雲翼〈漱玉詞小引〉：「李清照的《漱玉詞》，在詞學史上雖然是一部極珍貴的集作，但是我們現在很難有欣賞她的詞的全集的機會了。《宋史・藝文志》謂其有詞六卷行於世，馬端臨云別本分五卷，黃叔暘云《漱玉集》三卷，而陳振孫《書錄解題》則載清照《漱玉詞》一卷（又云別本作五卷），可知《漱玉詞》在宋時已非全刊本，不必至明清始行散佚也。《四庫提要》著錄，僅得一十七闋本。現坊間出售者有《漱玉》、《斷腸》合刊（湖南毛晉刻本），及《漱玉詞箋》（石印本），但這兩種的刊本，也不是很容易購得的。茲據各本裒輯其詞，共得五十餘首，刊為《漱玉詞》，雖不能還復六卷之舊觀，而得此數十粒珍貴之遺珠，總算我們愛好《漱玉詞》的人所值得欣慰的吧。」

案：此本初收入《詞學小叢書》，共錄詞五十四闋、補遺三闋，另附詩八首、文二篇。一九六二年八月，香港匯通書店易名《李清照漱玉詞》，予以再版。

《李清照漱玉詞》　《三李詞集》本　（見）

案：此本乃南宮搏所輯，收入《三李詞集》中。《三李詞集》，首《李太白詞》，次南唐《李後主詞》，又次李清照《漱玉詞》，每人另葉起，不分卷。所錄清照詞都五十三闋，補遺三闋，另附〈詞論〉一篇。香港南天書業公司出版。

　　以上輯本凡十種。汪玢啓其端，繼之者則為王鵬運、錢納蘭、李文裿、唐圭璋、胡雲翼、南宮搏諸氏。要之以鵬運最為當行；文裿蒐求雖富，然多贋偽；石蓮庵、楊文斌依倚前人，惟其流傳清照詞作，亦不失厥功矣。

拾貳、校輯本

《漱玉詞》　《校輯宋金元人詞》本　（見）

　　趙萬里〈校輯宋金元人詞本漱玉詞跋〉：「《漱玉詞》舊本分卷多寡頗不一。

《直齋書錄解題》作一卷，又云別本五卷，《花庵詞選》作三卷，《宋史·藝文志》作六卷，然元以後無一存者。今所見虞山毛氏《詩詞雜俎》本、臨桂王氏四印齋本，俱非宋世之舊。毛氏自云據洪武三年鈔本入錄。然如〈浣溪沙〉『繡面芙蓉一笑開』一闋，雖又引見《古今詞統》、《草堂詩餘續集》諸書，顧詞意儇薄，不似女子作，與易安他詞尤不類，疑所云非實。其本後錄入《四庫全書》。光緒間臨桂王氏校刻宋元人詞，始以《樂府雅詞》所載二十三首為主，旁搜宋明選本說部，又得二十七首，都為一集。視毛本加詳，然真贋雜出，亦與毛本若。且於《古今詞統》、《歷代詩餘》所引亦深信不疑，又不注所出，讀之令人如墜五里霧中。歲在己巳，余草〈兩宋樂府考〉，因繙《漱玉詞》，遇有他書引李詞者，輒條舉所出，校其異同，始稍稍知毛、王二本，俱不足取；而王本所載，亦未為備也。爰於暇日，詳加斠正，錄為定本，凡前人誤收誤引諸作，悉入附錄。雖不敢謂為一無舛誤，然視毛、王二本，似較勝一籌矣。萬里記。」

案：此本收入《校輯宋金元人詞》，共錄詞六十闋。其中四十三闋錄為定本；另九闋存疑、八闋辨偽，悉入附錄。蒐求所得，較汲古閣、四印齋二本為多，而辨別真贋，亦較毛、王審慎也。《校輯宋金元人詞》，國立中央研究院歷史語言研究所民國廿年（1931）初刊，而民國六十一年（1972）三月重刊。

《清照詞》　　張壽林校輯本　　（見）

張壽林〈清照詞校勘記小引〉：「易安居士千古詞人，而其所為《漱玉詞》，元明以來，散失過半。案《宋史·藝文志》著錄《易安詞》六卷；馬端臨《文獻通考》、陳振孫《直齋書錄解題》均著錄《漱玉集》一卷；《解題》又謂別本分五卷；而黃叔暘則謂《漱玉集》三卷。然明時楊用修已慨未見其全，則《漱玉詞》之湮沒於世也久矣。故清時《四庫全書》所錄止《漱玉詞》一卷，即古虞毛氏汲古閣本也。近日坊間所傳，鮮有精者，余所見凡五本：（一）、汲古閣《詩詞雜俎》本；（二）、《四印齋所刻詞》本；（三）、《漱玉詞》、《斷腸詞》合刻本；（四）、時中合作書社標點本；（五）、《冷雪盦叢書》本。但或搜錄未備，如汲古閣本及《漱玉詞》、《斷腸詞》合刻本，僅錄詞十餘闋；或真偽莫辨，如四印齋本、標點本、《冷雪盦叢書》本，所錄假托巇汙之作，往往而有。然四印齋本校訂尚

精，《冷雪盦叢書》本搜羅略富，固自可用。今茲所刻，即以爲據，更參以諸家選集，用獲兼收並校之益。而於疑爲僞托之詞，則別爲錄出，另以『編者懷疑之作』爲標題，將待後之君子加以論證。其各本文字有不同者，則姑就肊見之以爲允妥者錄入，而另附校勘記者，將以便讀者之參考也。丁卯仲冬，壽縣張壽林校竟記。」

案：此本共錄詞七十八闋，其中五十四闋錄爲定本，另廿四闋列爲疑詞。全書分二卷。卷上：〈易安居士畫像兩幅〉、〈李清照評傳〉、〈易安居士年表〉；卷下：〈漱玉詞〉、〈編者懷疑的詞〉、〈校勘記〉、〈詞話〉。另附錄一：〈題詞〉，附錄二：〈易安居士改嫁事辨集〉。張書初刊於民國十六年（1927）丁卯，民國六十一年（1972），臺灣水牛出版社影印重刊。

以上校輯本凡二種。張書搜羅略富，趙書校讎精善。

拾參、箋　本

《漱玉詞箋》　《四庫簡明目錄標注》著錄　（未見）

邵懿辰《四庫簡明目錄標注》卷廿〈集部‧詞曲類〉邵章〈續錄〉：「石印《漱玉詞箋》本。」

案：此本乃況周頤據四印齋本《漱玉詞》以作箋者。凡錄詞五十八闋，較王本多八闋，蓋況氏所補輯者也。況書刊成於光緒十五年（1889）己丑，上距鵬運輯《漱玉詞》僅七載，亦云速矣。

《李清照漱玉詞箋疏》　馮慧貞箋疏本　（見）

陳季〈李清照漱玉詞箋疏序〉：「庚子春，余講授《漱玉詞》於滇社，一小冊，閱月而終篇。儻能發揮盡致，固責無傍貸。聽者孜孜，就中慧貞更目聽神留，顏怡筆迅，知所記錄多，固其所好切也。近見讀書人，味於詞者日增，女子尤愛李作，則《漱玉詞》固應有較適當之箋註，爲之誘導。余以此言於慧貞，慧貞欣然有述作之意，所謂當仁不讓者歟！既諾而退，僅三週而稿成，來何疾也。余檢其全稿，尚能依意成編，允爲善製。詞共五十九闋，數仍有出入。吁，曠世女詞人僅存之碩果矣。《宋史‧藝文志》載《易安詞》有六卷，馬端臨稱，別分五卷。至黃叔暘稱《漱玉詞》三卷，至《書錄解題》載《漱玉詞》一卷，又云別作五卷。

至《四庫提要》著錄所稱《漱玉詞》僅存一十七闋，則此編所集，已如甲骨重光，後超乎前者矣！南宋詞人，姜堯章最爲傑出，《白石樂府》五卷，今僅存二十餘闋。《樂府指迷》稱，施乘之孫季蕃盛以詞鳴，今求其集，迺不可復覩，詞人之不幸，在昔而然。朱竹垞所以纂《詞綜》，而自慚漏萬，則豈獨易安爲可悲？留此，不愈於竹垞所咨嗟者乎？庚子二月二十五日。」

案：此本成於民國四十九年（1960）庚子，由滇社撰述部刊行。書以箋疏李詞爲主，凡錄詞五十九闋，依萬樹《詞律》詞牌字數多寡序列。詞涉可疑者則於其後標出之。

以上箋本凡二種。況書未見，馮書則箋成於況書後，費時僅三週，倉卒以成事，固可想見。若況書可覩，其與馮書之優劣或可立判矣。

拾肆、校箋本

《李清照集》　中華書局本　（見）

案：此本乃中華書局上海編輯所根據王延梯、丁錫根、胡文楷三氏所輯兩種來稿整理而成，書竣於一九六二年九月。錄詞七十八闋、詩十五首、文三篇，及《打馬圖經》、〈賦〉、〈序〉等若干篇。各詩、文、詞後有校記與評箋。書末附參考資料，計收：黃盛璋〈趙明誠李清照夫婦年譜〉、〈李清照事迹考辨〉，及有關清照之歷史、前人對清照及其作品之研究、評論、書錄、序跋、題詠等。圖片方面則附刊清照像三幀，及漱玉泉、金線泉、李清照紀念堂、紀念堂內陳列之李清照作品等照片。

《李清照詩詞箋》　大地出版社本　（見）

案：此本截取中華書局本所輯清照詩、詞，影印成書。首頁附論文一篇，評騭清照詩詞，惟題目及作者姓氏均付闕如。圖片蒐求方面則較中華書局本多五幅。

以上校箋本凡二種。中華書局本資料完備，校箋詳明，誠不失爲一可資依據之版本也。

拾伍、校注本

《李清照詞校注》 佘雪曼校注本 （見）
案：此本附載於佘著《女詞人李清照》一書中。分「正篇」、「副篇」兩部。「正篇」錄詞四十九闋，謂出清照手筆；「副篇」錄詞十一闋，則爲存疑之作。正、副篇各詞，佘氏均予以校注。書後附〈金石錄後序〉及〈漱玉詞集評〉。

《漱玉詞》 姜尚賢校釋本 （見）
案：此本附載於姜著《李清照詞欣賞》一書中。凡錄詞五十四闋，另補遺三闋，附詩八首、文二篇。著者於清照詞之載錄，貪多鶩得，不辨其眞僞，而搜羅所得，仍嫌其未備也。此本校釋尤疏略，殊不足觀。

《漱玉詞》 李栖校注本 （見）
案：此本附載於著者所撰之碩士論文《漱玉詞研究》中。〔註7〕凡錄詞八十六闋，搜羅頗富；於存疑及僞作，均能明言其出處，及辨證其贋僞。校讎方面則多據趙萬里本，然亦能補趙本之未及。惟評箋方面一依中華書局本，無所增益，微嫌不足。其注釋李詞，多能深入淺出，不屑爲繁瑣之考證，亦云善矣。

　　以上校注本凡三種。中以李本最善，佘本次之，姜本幾無足取。

拾陸、箋注本

《李清照集箋注》 徐培均箋注
案：此書二○○二年四月上海古籍出版社第一版。書首有自序。卷一「詞」，凡收詞五十三首，存疑辨證詞七首，佚句四則；卷二「詩」，凡收詩十六首，佚句十四則，存疑佚句一則；卷三「文」，凡收文十篇。「附錄」（一）〈李清照年譜〉，（二）傳記序跋，（三）總序。書末有後記。所收詞、詩、文等作品後均有「校記」、「箋注」、「彙評」，工夫綿密，資料翔實。

〔註7〕李栖所撰之《漱玉詞研究》，初刊於《國立臺灣師範大學國文研究所集刊》第十二號下冊，後抽印單行。

以上箋注本一種。

拾柒、標點本

《漱玉詞》　時中合作書社標點本　（未見）

張壽林〈清照詞校勘記小引〉：「近日坊間所傳，鮮有精者，余所見凡五本：（一）、汲古閣《詩詞雜俎》本；（二）、《四印齋所刻詞》本；（三）、《漱玉詞》、《斷腸詞》合刻本；（四）、時中合作書社標點本；（五）、《冷雪盦叢書》本。」

以上標點本一種。

拾捌、譯　本

日文譯《漱玉詞》　《詞籍考》著錄　（未見）

饒宗頤《詞籍考》卷三〈宋代詞集解題〉：「日本花崎貞（采琰）有日文譯《漱玉詞》。」

以上譯本一種。

以上計：一卷本十五種
　　　　　二卷本二種
　　　　　三卷本一種
　　　　　五卷本一種
　　　　　六卷本一種
　　　　　七卷本一種
　　　　　十二卷本一種
　　　　　不分卷本一種
　　　　　舊鈔本六種
　　　　　手校本一種
　　　　　輯本十種
　　　　　校輯本二種

　　　　箋本二種

　　　　校箋本二種

　　　　校注本三種

　　　　箋注本一種

　　　　標點本一種

　　　　譯本一種

都凡五十二種。除已佚者九種，未經目驗者二十種，而獲見者僅廿三種，未及全數之半。書之難求也可知矣，後有所得，當補錄之。

附錄一 李清照之子嗣問題

清照〈打馬圖經‧自序〉云：

> 予獨愛依經馬，因取其賞罰互度，每事作數語，隨事附見，使兒輩
> 圖之，不獨施之博徒，實足貽諸好事。使千萬世後，知命辭打馬，
> 始自易安居士也。紹興四年十一月二十有四日，易安居士序。

讀此〈序〉「使兒輩圖之」之語，或疑清照有子嗣。然余多方稽考資料，確知
清照無子嗣。「兒輩」云云，殆指格非之孫，清照胞弟李迒之後也。茲列數證
以明之：

（一）謝伋《四六談麈》云：

> 趙令人李，號易安。其〈祭湖州文〉曰：「白日正中，歎龐翁之機捷；
> 堅城自墮，憐杞婦之悲深。」婦人四六之工者。

案：伋與清照有親戚關係，[註1]所記當無誤。祭文乃撰就於建炎三年（1129）
八月十八日明誠歿後不久。末聯典出崔豹《古今注》。崔書卷中〈音樂第三〉云：
「〈杞梁妻〉，杞植妻妹朝日之所作也。杞植戰死，妻嘆曰：『上則無父，中則無
夫，下則無子。生人之苦，至矣。』乃抗聲長哭，杞都城感之而頹，遂投水而
死。其妹悲其姊之貞操，乃爲作歌，名曰〈杞梁妻〉焉。梁，植字也。」清照
以杞婦自況，則其身世遭遇必與杞婦相同。「下則無子」，是清照無嗣之證。

〔註 1〕 王明清《揮麈後錄》卷七云：「元祐中有郭概者，東平人，法家者流，遍歷諸
　　　　路提點刑獄，善於擇壻，趙清憲、陳無己、高昌庸、謝良弼，名位皆優，而
　　　　謝獨不甚顯，其子迥任伯，後爲參知政事。」案：清憲，挺之謚號；任伯，
　　　　謝克家字；伋乃克家之子。挺之既與伋祖良弼同爲郭槩壻，是則伋與清照確
　　　　有親戚關係。

　　（二）紹興三年（1133）癸丑，清照撰〈上樞密韓公工部尚書胡公詩〉。詩前有〈序〉，云：

> 紹興癸丑五月，樞密韓公、工部尚書胡公使虜，通兩宮也。有易安室者，父祖皆出韓公門下，今家世淪替，子姓寒微，不敢望公之車塵，又貧病。但神明未衰落，見此大號令，不敢忘言，作古、律詩各一章，以寄區區之意，以待採詩者云。

案：明誠既卒於建炎三年（1129）八月，而前此趙、李二族之長輩如趙挺之、李格非等均相繼下世。而紹興二、三年間（1132～1133），清照因張汝舟事亦貧病交迫、心力俱疲。故〈詩序〉「今家世淪替」以下所記，皆與事實相符。「子姓寒微」一語，可作清照無出之證。

　　（三）紹興四年（1134）甲寅八月，清照撰〈金石錄後序〉。〈後序〉所載，始自建中靖國辛巳（1101）清照十八下嫁明誠，而迄於紹興四年清照避亂杭州，都卅四年間事。全篇行文筆墨淋漓，極盡錯綜曲折，雖瑣屑細碎之事，亦未嘗輕忽。文中提及之人物，除清照夫婦外，尚有挺之夫婦、格非、明誠妹婿、張飛卿、李將軍、土民鍾氏、鍾復皓、吳說等；然獨未見一及其兒息。是清照確無子嗣，是又一證。

　　（四）宋人載籍，有記及清照無後者。洪适《隸釋》卷廿六〈跋趙明誠金石錄〉云：

> 右趙氏《金石錄》三十卷。趙君名明誠，字德父，密州諸城人，故相挺之之子也。所藏三代彝器及漢唐前後石刻，爲〈目錄〉十卷、〈辨證〉二十卷。其稱漢碑者百七十有七，其陰四十。今出其篆書者十四，非東漢者二。《隸釋》所闕者，蓋未判也，掇其說載之。趙君之書，證據見謂精博，然以衛彈易街彈，以緜竹令爲縣令之類，亦時有誤者。紹興中，其妻易安居士李清照表上之。趙君無嗣，李又更嫁，其書行於世而碑亡矣。

另如翟耆年之《籀史》上〈趙明誠古器物銘碑〉亦云：

> 又無子能保其遺留，每爲之嘆息也。

案：适與清照同時，耆年更與明誠爲中表，〔註2〕所言當足徵信。綜上數證，

〔註2〕陳傳良《止齋題跋》「邢氏廣國夫人手書」條云：「余與天台謝傑景英爲忘年交，謝，趙出也，爲余言外氏丞相家法甚悉。」案：邢氏乃挺之姊妹嫁邢恕者，丞相即挺之。邢恕子名居實，卽挺之之甥；耆年又爲居實之甥。是則耆

是清照無子嗣一事，已成定讞矣。

　　然則〈打馬圖經自序〉「兒輩」云云，當作何解釋？竊謂清照既於〈金石錄後序〉中明言自建炎三年己酉冬則依其弟李迒流蕩江湖，而《打馬圖經》之撰就，僅略遲於〈後序〉數月，〔註3〕其時清照必仍依弟而居，是則〈圖經自序〉之「兒輩」，或指迒之子嗣而言。

　　自清以還，俞正燮〈易安居士事輯〉、蕭道管〈彙集易安居士詩文詞敍〉、黃盛璋〈李清照事跡考辨〉均嘗論及清照無嗣，然皆未提出證據，或雖提出證據而仍欠充分，故終難服後人口心。〔註4〕余繼諸氏之後，搜羅衆證而撰成此篇，非敢謂凌駕前賢，其意蓋欲補苴罅漏；如有未盡善之處，尚祈讀者諒之。

　　　　年與明誠實爲中表。

〔註3〕案：〈金石錄後序〉撰成於紹興四年（1134）八月，《打馬圖經》撰成於紹興四年十一月廿四日：是〈圖經〉之撰就略遲三月。

〔註4〕俞正燮〈易安居士事輯〉云：「易安〈打馬圖〉言：使兒輩圖之。合之〈上胡尚書詩〉，蓋易安無所出，兒輩乃格非子孫，故其事散落。」蕭道管〈彙集易安居士詩文詞敍〉云：「余向者嘗謂：人生子嗣，一身憂樂，不係乎是。而怪世之愚婦人，有子則不問賢愚美惡，愛惜有逾身命，無則終身大恨，凡百如意不足以解憂，直若空生一世者。今觀易安之被誣，且詩文詞零落殆盡，論者以爲皆無子嗣之故，然則向之所謂愚婦人者，固不愚耶？」黃盛璋〈李清照事跡考辨〉十一〈子嗣〉云：「俞氏〈事輯〉：『易安《打馬圖》言使兒輩圖之，合之〈上胡尚書詩〉，蓋易安終無所出，兒輩乃格非子孫。』查〈上胡尚書詩〉僅自稱爲『嫠』，不能爲無出之證。清照確無男息，我們找到了下列兩條證據，餘則今所未詳：（一）翟耆年《籀史》上「趙明誠古器物銘碑」條：『……又無子能保其遺留，每爲之嘆息也。』（二）洪适《隸釋・跋趙明誠金石錄》：『趙君無嗣。』翟耆年是邢居實之甥，而居實又是趙挺之之甥，於明誠爲中表，算起來耆年應是明誠的表甥，所言自屬可信。」俞、蕭均未提出證據，黃雖提出證據而仍欠充分。

附錄二　讀李清照〈打馬賦〉等三篇札迻

壹、前　言

余於易安居士之能文章，雄於閨閣，卓然成家，素表欽仰。多年來皆致力於清照及其《漱玉集》之研治。先後出版有《李清照研究》、〔註1〕《李易安集繫年校箋》、〔註2〕《李清照改嫁問題資料彙編》〔註3〕諸書；又發表有〈李清照改嫁問題資料彙編補遺六則〉、〔註4〕〈再論李清照之改嫁〉〔註5〕諸文。其中以《李清照研究》刊行最早。全書凡八章，其第三章為〈李清照之詩文〉。余於此章中嘗考論及清照〈打馬賦〉，惟甚疏略，及今讀之，倍覺慚恧。用是不辭讜陋，另撰此篇以贖前愆。倘能於前書之闕失有所補正，是厚望焉。

貳、讀〈打馬圖經自序〉

清照撰〈打馬賦〉之先，已成《打馬圖經》與〈打馬圖經自序〉。〈打馬圖經自序〉署年為「紹興四年十一月二十有四日」，是《圖經》與〈自序〉必寫成於此日或稍前。而〈打馬賦〉則撰就於紹興四年十二月，此視首句「歲

〔註1〕民國66年12月初版，九思出版社初版。民國77年3月再版。
〔註2〕民國70年1月，臺北里仁書局印行。
〔註3〕民國79年8月，九思文化事業有限公司印行。
〔註4〕載《書目季刊》第二十三卷、第三期。頁40～45。後收入拙著《碩堂文存三編》頁34～44。（民國84年6月，里仁書局）。
〔註5〕載《大陸雜誌》第八十三卷、第四期。頁48。後收入拙著《碩堂文存三編》頁45～48。（民國84年6月，里仁書局）。

令云徂」可知也。歲令云徂者，即《詩經》「歲聿其莫」之意。《詩經·唐風·蟋蟀》首章云：「蟋蟀在堂，歲聿其莫。今我不樂，日月其除。」毛《傳》：「蟋蟀，蛬也，九月在堂。聿，遂；除，去也。」鄭《箋》：「我，我僖公也。蛬在堂，歲時之候。是時農功畢，君可自樂矣；今不自樂，日月且過去，不復暇爲之。謂十二月當復命農計耦耕事。」「歲聿其莫」乃指十二月之證。是則可推知清照於紹興四年十一月既撰就《打馬圖經》與〈自序〉，又於十二月寫成〈打馬賦〉。故此賦首句即謂「歲令云徂」，用以標示歲時之候，殆指時維歲闌十二月，一年又將盡矣。

陳振孫《直齋書錄解題》卷十四〈雜藝類〉著錄：「《打馬賦》一卷，易安李氏撰。用二十馬。以上三者各不相同。今世打馬，大約與古之拇蒱相類。」案：清照〈打馬賦〉，最早見於目錄書籍著錄者即爲《書錄解題》。竊疑振孫此條僅以〈打馬賦〉爲總名，其所著錄者實包括《圖經》與〈自序〉也。何以知其然耶？視《解題》所著錄者可知也。《解題》有「用二十馬」一語，殆出〈自序〉「一種無將二十馬，謂之依經馬」句，〈打馬賦〉中絕無此語也。又《圖經》乃打馬遊戲規則與方法所依據者，《解題》云：「今世打馬，大約與古之拇蒱相類。」此正就《圖經》而發也。是知振孫著錄此書，雖以「賦」爲總名，而實包括《圖經》與〈自序〉在內。正德間，沈津《欣賞編》一書收有清照《打馬圖經》；萬曆間，周履靖《夷門廣牘·娛志》中，收有清照《馬戲圖譜》。考《圖經》即《圖譜》也，二書名異而實同，非清照另有他作。《欣賞編》之《打馬圖經》與《夷門廣牘》之《馬戲圖譜》均屬總名，二者並收有〈自序〉與〈賦〉。此與《解題》以〈打馬賦〉爲總名予以著錄，而收〈自序〉與《圖經》甚相類也。

〈打馬圖經自序〉全文凡四段，首段以議論啓端，強調倘能以慧、通、專、精以治事習藝，則無所不達，無所不妙，其後並歷舉「庖丁解牛」等八事以證之。〈自序〉云：「慧則通，通則無所不達。」此語應有所本。考《趙飛燕外傳》伶玄〈自敘〉曰：「樊通德云：『慧則通，通則流，流而不得其防，則百物變態，爲溝爲壑，無所不往焉。』」〔註6〕竊疑清照之議論，殆由樊通德語化出，惟倍鏗鏘有力，令人信服耳。至「專則精，精則無所不妙」二語，

〔註6〕此書伶玄撰。晁公武《郡齋讀書志》卷第九〈傳記類〉著錄：「《趙飛燕外傳》一卷。右漢伶玄子于撰。茂陵卞理藏之於金縢漆櫃。王莽之亂，劉恭得之，傳於世。晉荀勖校上。」有《顧氏文房小說》本等。

則與周輝《清波別志》所言堪相印證。《清波別志》卷下云：「凡諸藝業，未有學而不得者，病在心力懈怠，不能專精耳。」案：心力懈怠，自不能專精；能專精，未有學而不得者。周氏所論，實與清照同調。

〈自序〉第三段曰：「今年十月朔，聞淮上警報，江浙之人，自東走西，自南走北，居山林者謀入城市，居城市者謀入山林，旁午絡繹，莫知所之。」案：此段乃描述紹興四年（1134）十月，金人與偽齊合兵犯淮，江浙一帶居民倉卒避亂，及其彷徨、流離之慘況。《宋史》卷二十七〈本紀〉第二十七〈高宗〉四於金人、偽齊南侵事，亦有如下記載：「（紹興四年）九月庚午，金、齊合兵自淮陽分道來犯。壬申，渡淮，楚州守臣樊敍棄城去。……冬十月丙子朔，與趙鼎定策親征。……乙卯，……金人犯滁州。……金人圍亳州。……壬午，偽齊兵犯安豐縣。……戊子，韓世忠邀擊金人於大儀鎮，敗之，又遣將董旼敗之於天長縣鴉口橋。乙丑，金人攻擊承州，韓世忠遣將成閔、解元合兵擊于北門，敗之。金人圍濠州。……丙申，……金人陷濠州，守臣寇宏棄城走。……戊戌，帝御舟發臨安。……壬寅，帝次平江。……乙巳，仇悆遣將孫暉擊金人于壽春，敗之，復霍丘、安豐二縣。……十一月壬子，始下詔聲劉豫逆罪，諭親討之旨，以屬六師。……癸丑，金人入光州。甲寅，偽齊知光州許約破石頭山砦，遂據之。乙卯，韓世忠遣兵夜劫金人營于承州，破之。金人犯六合縣；丙辰，掠全椒縣三城湖。……戊午，金人陷滁州。……癸亥，劉光世遣統制王德擊金人于滁州桑根，敗之。……乙丑，金人犯滁口。乙巳，劉光世遣統制王師晟等率兵夜入南壽春府襲金人，敗之，執偽齊知府王靖。……十二月壬辰，金、齊兵逼廬州，仇悆嬰城固守，岳飛所遣統制徐慶、牛皋援兵適至，敗走之。劉光世亦遣統制靳賽戰于愼縣。張俊遣統制張宗顏擊敗金人于六合。……甲午，程昌寓遣杜湛、彭筠合擊楊欽，破之。……庚子，金人退師。……癸卯，金人去滁州。」又《宋史》卷二十八〈本紀〉第二十八〈高宗〉五載：「（紹興）五年春正月乙巳朔，……金人去濠州。」是此次金、齊合兵南犯，始自紹興四年（1134）九月，而止於紹興五年（1135）正月；宋軍禦敵，各有勝負，大小數十戰，戰況慘烈。惟〈高宗紀〉於其時百姓之流離、民心之徬徨，竟無一語道及，故清照〈自序〉此節，堪補正史闕略，可作歷史文獻看，其價值至不容忽視，治史者幸垂注焉。

〈自序〉第四段乃全篇重點所繫，旨在介紹「依經馬」。其文曰：「且長行、葉子、博塞、彈棋，世無傳者。打褐，大小、豬窩、族鬼、胡畫、數倉、

賭快之類，皆鄙俚不經見。藏酒、摴蒲、雙蹙融，近漸廢絕。選仙、加減、插關火，質魯任命，無所施人智巧。大小象戲、奕棋，又惟可容二人。獨采選、打馬，特爲閨房雅戲。嘗恨采選叢繁，勞於檢閱，故能通者少，難遇勁敵；打馬簡要，而苦無文采。按打馬世有二種：一種一將十馬者，謂之關西馬；一種無將二十馬者，謂之依經馬，流傳既久，各有《圖經》、〈凡例〉可考，行移賞罰，互有同異。又宣和間，人取二種馬參雜加減，大約交加僥倖，古意盡矣，所謂宣和馬者是也。予獨愛依經馬，因取其賞罰互度，每事作數語，隨事附見，使兒輩圖之，不獨施之博徒，實足貽諸好事，使千萬世後，知命辭打馬，始自易安居士也。」案：清照介紹依經馬，並非先行一語道破，而是用烘雲托月、撥雲見山之修辭技巧，首先列舉由長行至采選等二十種博戲，層層剝筍及分類篩選之法，一一加以評論；最後，始突出依經馬之主題，進行詳細說明與描繪。文章如此寫來，結構盤旋曲折，文筆搖曳生姿，極盡修辭渲染之能事。

當世注釋《李易安集》，以王學初《李清照集校注》最爲詳明。王學初即王仲聞，乃靜安先生仲子也。學初注釋清照〈自序〉中之「博戲」，有若干處似可予以補正者。如王氏《校註》注釋長行曰：「『長行』，古博戲。唐李肇《國史補》卷下云：『今之博戲，有長行最盛。其具有局、有子，子有黃黑各十五。擲采之法有二。其法生於握槊，變於雙陸。』案：其實長行即握槊，二者乃一物。檢清人陳元龍《御定歷代賦彙》卷一百〈巧藝〉載唐邢紹宗〈握槊賦〉一篇，其〈序〉云：「握槊，今人謂之長行也，斯博奕之徒與！觀其進退遲速雖存於大體，因時適變必務於權輿。施之於人，可以義存。」是握槊之戲，唐人謂之長行，二者確爲一物。邢紹宗〈握槊賦〉鋪敘此戲甚詳；清孔繼涵《微波榭叢書》有《長行經》一卷，故清照謂長行世無傳者，似亦未盡符事實。

簿籊，《李清照集校註》作博塞，不誤。王學初注釋云：「『博塞』，杜甫〈今夕行〉：『咸陽客舍一事無，相與博塞爲歡娛。』博塞疑爲泛稱，非有博戲名『博塞』也。《說文解字》卷五上：『行棋相塞謂之塞。』『博，局戲也。六著十二棋也。……古者烏冑作博。』是『博』與『塞』爲二戲，或洪遵所云『波羅塞戲』，簡言之即曰『博塞』。」案：籊、塞、簿、博，古今字，古時稱簿、籊，後世稱博、塞也。王氏謂：「博」與「塞」爲二戲。所言良是。今觀《御定歷代賦彙》卷一百三〈巧藝〉既載漢邊韶〈塞賦〉，又載明常倫〈博

賦〉；是博與塞確爲二戲。惟清照此處之博塞，與杜公〈今夕行〉詩之「相與博塞爲歡娛」，所指者僅爲塞戲，謂以塞戲相博耳，此觀文意自明。考塞戲來源甚早，許愼《說文》已有「行棋相塞謂之塞」之說，邊韶亦有〈塞賦〉，是此戲於漢世已甚流行。〈塞賦〉有〈序〉云：「可以代博奕者，曰塞其次也。試習其術，以驚睡救寤，免晝寢之譏而已。然而徐核其困通之極，乃亦精妙而足美也。故書其較略，舉其指歸，以明博奕無以尙焉。」是塞戲精妙足美，可代博奕。故邊韶作〈賦〉，書其大略，舉其指歸也。邊〈賦〉猶存，故清照不應言「世無傳者」。

　　《校註》注釋「彈棋」曰：「『彈棋』，《酉陽雜俎》續集卷四云：『《世說》云：「彈棋起自魏室。」妝奩戲也。《典論》云：「予於他戲弄之事少所喜，唯彈棋略盡其巧。京師有馬合鄉侯、東方世安、張公子，恨不與數子對。」起於魏室明矣。』……晁公武《郡齋讀書志》卷三下載〈彈棋經序〉稱：『《世說》曰：「魏武帝好彈棋，宮中皆效之，難得其局，以妝奩之蓋形狀相類，就蓋而彈之，俗中因謂魏宮妝奩之戲。」按《西京雜記》云：「劉向作彈棋。」《典論》云：「前代馬合卿、長公皆工彈棋。」然則起自漢朝，非自魏始，《世說》誤矣。』」案：《西京雜記》謂劉向作彈棋，雖無確證，然《御定歷代賦彙》卷一百三〈巧藝〉載有漢蔡邕〈彈棋賦〉一篇，是彈棋不起自魏，《世說》之訛，不攻自破。惟王氏《校註》此條所引資料，則頗多錯誤。如晁公武《讀書志》謂「魏武帝好彈棋」，好彈棋者實魏文帝，見《世說》卷五〈巧藝〉篇。此晁氏不愼而貽張冠李戴之誤。又《彈棋經》一卷，晁氏《讀書志》第十五〈藝術類〉著錄之。《校註》竟謂「《讀書志》卷三下載〈彈棋經序〉」，則舛訛殊甚。或王氏行文時專憑記憶，忽於檢書核對也。晉人徐廣有《彈棋經》一卷，載《說郛》宛委山堂本卷一百二；唐段成式《酉陽雜俎》續集卷之四〈貶誤〉曰：「今彈棋用棋二十四，以色別貴賤，棋絕後一豆。〈座右方〉云：『白黑各六棋，依六博棋形，一云依大棋形。頗似枕狀。又魏戲法，先立一棋於局中，餘者聞一作鬪。白黑圍繞之，十八籌成都。』」是彈棋之法，猶有傳者。清照云不傳，殆又非是。

　　《校註》注釋「藏酒」曰：「『藏酒』，不詳，疑爲『藏鉤』之訛。商務印書館排印本《說郛》『藏酒』作『藏弦』；明會稽鈕氏世學樓鈔本《說郛》作『藏彄』。『弦』、『彄』疑即『彄』。《夷門廣牘》本《馬戲圖譜》正作『彄』，『彄』即『鉤』也。」案：王氏此條所考甚精當，蓋藏酒即藏彄，藏彄即藏

鉤，字之訛也。考晉庾闡有〈藏鉤賦〉，見載《御定歷代賦彙》卷一百三〈巧藝〉。其〈賦〉云：「嘆近夜之藏鉤，復一時之戲望。以道生爲元帥，以子仁爲佐相。思朦朧而不啓，目炯冷而不暢。多取決於公長，乃不咨於大匠。鉤運掌而潛流，手乘虛而密放。示微跡而可嫌，露疑似之情狀。輒爭材以先叩，各銳志於所向。意有往而必乖，策靡陳而不喪。退怨嘆於獨見，慨相顧於惆悵。夜景煥爛，流光西驛。同朋誨其夙退，對者催其連射。忽攘袂以發奇，探意外而求跡。奇未發而妙待，意愈求而累僻。疑空拳之可取，手含珍而不摘。督猛炬而增明，從因朗而心隔。壯顏變成衰容，神材比爲愚策。」是此戲之情狀猶略知其梗概。《酉陽雜俎》續集卷之四〈貶誤〉載：「舊言藏鉤起於鉤弋，蓋依辛氏《三秦記》，云漢武鉤弋夫人手拳，時人效之，目爲藏鉤也。《列子》云：『瓦摳者巧，鉤摳者憚，黃金摳者昏。』殷敬順《敬訓》曰：『彄與摳同，衆人分曹，手藏物，探取之。又令藏鉤剩一人，則來往於兩朋，謂之餓鴟。』《風土記》曰：『藏鉤之戲，分二曹以校勝負。若人耦則敵對，若奇則使一人爲遊附，或屬上曹，或屬下曹，名爲飛鳥。』又今爲此戲必於正月。據《風土記》，在臘祭後也。庾闡〈藏鉤賦序〉云：『予以臘後，命中外以行鉤爲戲矣。』是《酉陽雜俎》此載，足與庾闡〈藏鉤賦〉相參證。又庾〈賦〉實有〈序〉，《御定歷代賦彙》竟失載之。

　　《校註》注釋「摴蒱」曰：「『摴蒱』，古代博戲，東晉時頗盛行。」案：王氏此註至誤。考《御定歷代賦彙》卷一百三〈巧藝〉有漢馬融〈摴蒱賦〉，〈賦〉首即云：「昔玄通先生游於京師，道德既備，好此摴蒱。伯陽入戎，以斯消憂。」玄通先生者，乃馬季長虛構之人物，《老子》第十五章云：「古之善爲道者，微妙玄通，深不可識。」此馬融虛構根據也。又伯陽即老子，曾以化胡出關。是馬融以爲此戲來源甚早，春秋之世，李耳且攜之入戎，以作消憂之具。其說雖不必可信，惟摴蒱之戲，東漢時已盛行，實不自東晉始也。

　　《校註》注釋「雙蹙融」曰：「『雙蹙融』，唐李匡乂《資暇集》卷中云：『今有奕局，取人道，人行五棋，謂之「蹙融」。「融」宜作「戎」。此戲生於黃帝蹙鞠，意在軍戎也，殊非圓融之義。庾元規著《座右方》所言蹙戎者，今之蹙融也。學者固已知之。』」案：《資暇集》以蹙融爲蹙戎，謂意在軍戎，非圓融之義。《酉陽雜俎》續集卷之四〈貶誤〉載：「小戲中於奕局一枰，各佈五子角遲速，名曰『蹙融』。予因讀《座右方》，謂之『蹙戎』。」是蹙融之戲，乃一枰對奕，各佈五子角遲速；蓋以二人相角，故曰雙蹙融，或作雙蹙

戎也。至《座右方》一書，《資暇集》謂庾元規著；惟《新唐書》卷五十九〈志〉第四十九〈藝文〉三〈小說家類〉則著錄：「庾元威《座右方》三卷。」案規、威二字音近，未知孰是。

余前編著《李易安集繫年校箋》，蒐得專從文學角度以評價清照此〈自序〉者有評論三條。一爲明陶宗儀《說郛・打馬圖序》，云：「李易安因依經馬，取其賞罰互度，每事作數語，精研工麗，世罕其儔，不僅施之博徒，實足貽諸同好。韻事奇人，兩垂不朽矣。」二爲清王士祿《宮閨氏籍藝文考略》引《神釋堂脞語》，云：「〈打馬序〉堯舜、桀紂，擲豆起蠅一段，議論亦極佳，寫得尤歷落警至可喜，女子乃有此妙筆。易安動以千萬世自期，以彼其才，想亦自信必傳耳。昔人謂雞林宰相以百金購得香山詩一篇，眞贗輒能辨。文至易安，到眼自不同如此，語不虛也。」三爲清周中孚《鄭堂讀書記補逸》卷二十三〈子部・藝術類〉「《打馬圖》一卷，《欣賞篇》本。」條，云：「宋李清照撰。……是編凡爲圖二幅，爲賦一篇，爲例十一篇。考諸家著錄，宋人撰打馬書者非一，惟用五十馬者居多，獨此用二十馬。觀其前有紹興四年易安〈自序〉，乃其晚年消遣之作，而文詞工雅可觀，非他人所及也。」若陶氏諸賢所評，眞清照後世知音也。

參、讀《打馬圖經》

沈津《欣賞篇》收有清照《打馬圖經》一卷，凡圖二幅，一爲〈色樣圖〉，一爲〈打馬圖〉。〈色樣圖〉列示「賞色」、「罰色」、「散采」三項。「賞色」計十一采，即：堂印、碧油、桃花重五、雁行兒、拍板兒、滿盆星、黑十七、馬軍、靴楦、銀十、撮十。「罰色」計二采，即：小浮圖、小娘子。「散采」計四十三采，即：小嘴、葫蘆、火筒兒、白七、川七、夾七、拐七、雁八、撮八、拐八、大肚、夾八、撮九、拐九、妹九、夾九、丁九、胡十、蛾眉、夾十、醉十、餶飿兒，紅鶴、九二、小鎗、急火鑽、花羊、丫角兒、條巾、赤十二、腰曲縷、暮宿、大鎗、皂鶴、野雞頂、八五、角搜、大開門、正臺、篳篥、驢嘴、赤牛、黑牛。其〈色樣圖〉旁有注：「凡堂印至撮十爲賞采，小浮圖至小娘子爲罰采，其餘自赤牛至丁九，通有五十六采。」《圖經》凡十一例，即：鋪盆例、本采例、下馬例、行馬例、打馬例、倒行例、入夾例、落塹例、倒盆例、賞帖例、賞擲例。每例均附有行移賞罰之規則，說明甚爲詳盡。末有「總論」，曰：「大抵此局專以本采爲重，故擲自家本采俱有賞，擲

別人眞傍本采俱有罰。以渾色爲奇，故渾花之賞特重。以入窩爲險，故入窩必賞，仍許倒行。後來者馬雖多，不許越，亦不許打。以函谷關爲限，故非十匹不得過，先過者有賞。以飛龍院爲歸，故非全馬不得進。以尙乘局爲極，故徑到者倒倍盆，陸續到者倒全盆。而塹則設爲不測，以示盈滿之戒云。」

案：〈打馬圖經自序〉云：「一種無將二十馬者，謂之依經馬，流傳既久，各有《圖經》、〈凡例〉可考，行移賞罰，互有異同。」是則上述所言之〈色樣圖〉、〈打馬圖〉、五十六采、十一例種種，皆依經馬原有之《圖經》與〈凡例〉，清照對此或僅作文字上潤色，絕非其所自創也。

《圖經》中爲清照所創者僅爲命辭十三則，故〈打馬圖經自序〉云：「余獨愛依經馬，因取其賞罰互度，每事作數語，隨事附見，使兒輩圖之，不獨施之博徒，實足貽諸好事。使千萬世後，知命辭打馬，始自易安居士也。」是命辭十三則，乃清照「取其賞罰互度，每事作數語，隨事附見」寫成。其命辭見鋪盆例者一則：

> 既先設席，豈憚攫金，便請著鞭，謹令編垾。罪而必罰，已從約法之三章；賞必有功，勿效遠床之大叫。

本采例一則：

> 公車射策之初，記其甲乙；神武掛冠之日，定彼去留。汝其有始有終，我則無偏無黨。

下馬例一則：

> 夫勞多者賞必厚，施重者報必深，或再見而取十官，或一門而列三戟。又昔人君每有賜臣下，必先以乘馬焉。秦穆公悔赦孟明，解左驂而贈之是也。豐功重賜，爾自取之，予何厚薄焉。

行馬例三則：

> 九，陽數也，故數九而立窩；窩，險途也，故入窩而必賞。既能據險，一以當千；便可成功，寡能敵眾。請回後騎，以避先登。

> 行百里半九十，汝其知乎？方茲萬勒爭先，千羈競轡。競轡得其中道，止以半塗。如能疊騎先馳，方許後來繼進。既施薄效，須稍旌甄。

> 萬馬無聲，恐是啣枚之後；千蹄不動，疑乎立仗之時。如能翠幕張油，黃扉啓印；雁歸沙漠，花發武陵。歌筵之小板初齊，天際之流星暫聚。或受彼罰，或旌己勞。或當謝事之時，復遇出身之數。語曰：「鄰之

薄，家之厚也。」以此始者，以此終乎？皆得成功，俱無後悔。

打馬例三則：

> 眾寡不敵，其誰可當；成敗有時，夫復何恨。或往而旋返，有同虞國去留；或去亦無傷，有類塞翁之失。欲刷孟明五敗之恥，好求曹劌一旦之功。其勉後圖，我不汝棄。

> 趙幟皆張，楚歌盡起；取功定霸，一舉而成。方西鄰責言，豈可蟻封共處；既南風不競，固難金坪同居。便請回鞭，不須戀廄。

> 虧於一簣，敗此垂成；久伏鹽車，方登峻板；豈期一蹶，遂失長塗。恨群馬之皆空，怨前功之盡棄。但素蒙剪拂，不棄駑駘；顧守門闌，再從驅策。溯風驤首，已傷今日之障泥；戀主銜恩，更待明年之春草。

倒馬例一則：

> 唯敵是求，唯險是據；後騎欲來，前馬反顧；既將有為，退亦何害？語不云乎：「日暮途遠，故倒行而逆施之也。」

入夾例一則：

> 昔晉襄公以二陵勝，李亞子以夾寨興。禍福倚伏，其何可知？汝其勉之，當取大捷。

落塹例一則：

> 凜凜臨危，正欲騰驤而去；駸駸遇伏，忽驚穿塹之投。項羽之騅，方悲不逝；玄德之騎，已出如飛。既勝以奇，當旌其異。請同凡例，亦倒全盆。

倒盆例一則：

> 瑤池宴罷，騏驥皆歸；宛國凱旋，龍媒並入。已窮長路，安用揮鞭？未賜敝帷，尤宜報主。驥雖伏櫪，萬里之志長存；國正求賢，千金之骨不棄。定收老馬，欲取奇駒，既已解驂，請拜三年之賜；如圖再戰，願成他日之功。

此十三則打馬命辭，乃清照撰於金人南侵，宋室抗敵，戎馬倥傯，勝負未卜之時。易安居士固力主北伐者，故於南渡之初即賦「南來尚怯吳江冷，北狩應悲易水寒」及「南渡衣冠少王導，北來消息欠劉琨」之篇。此十三則命辭，實與「南來」二詩同調，不過假打馬之戲，以言戰略戰術，借箸代籌，

俾抒其愛國之思耳。命辭之撰，忠憤激發，意悲語明，非僅爲打馬設也。

打馬命辭本十三則，一九八一年十一月齊魯書社出版黃墨谷《重輯李清照集》改爲十一則。墨谷乃將「夫勞多者」與「九，陽數也」二則併爲一則；又將「眾寡不敵」與「趙幟皆張」二則併爲一則。「眾寡不敵」與「趙幟皆張」同屬打馬例，打馬例命辭凡三則，將此兩則合併，殊無意義。又「夫勞多者」一則屬下馬例，「九，陽數也」一則屬行馬例，將二則不同例者無故合併，更不知其所謂也。又墨谷此《集》頗有錯舛。如「虧於一簣」一則，其「溯風驤首」句錯作「訴風」；「凜凜臨危」一則，其末處又脫「請同凡例，亦倒全盆」二句。至其句讀亦有舛訛，如「夫勞多者」一則下「又昔人君每有賜臣下，必先以乘馬焉」句，竟錯標作「又昔人君每有賜，臣下必先以乘馬焉」，此乃至不足諒者。是則黃氏此書，故難稱善本矣。

有關《打馬圖經》之版本，余嘗撰有〈李清照打馬圖經·賦·序版本考〉，附見《李清照研究》書末。拙文分「宋刻本」、「明刻本」、「清刻本」、「今印本」與「舊抄本」五項以考證《圖經》之版本。計考得宋刻本一種（即《解題》所著錄者，已佚）、明刻本四種（即《說郛》本、《欣賞編》本、《夷門廣牘》本、陸驤武刻本，其中陸本未見）、清刻本三種（即《粵雅堂叢書》本、《觀自得齋叢書》本、《麗樓叢書》本）、今印本二種（即上海中華書局本《李清照集》附印有《圖經》兩種，其一爲《馬戲圖譜》，乃據《夷門廣牘》本排印，而校以《觀自得齋叢書》本；其二爲《打馬圖經》，據《麗樓叢書》本排印，而校以《粵雅堂叢書》本）、舊抄本三種（有明鈔本、黃石溪手寫本及錢曾藏本，均未見）。後檢《叢書子目類編》，又知《圖經》有《綠窗女史》本、《游藝四種》本，均爲刻本。《北京圖書館古籍善本書目·子部·藝術類》則著錄有：

　　《打馬圖》一卷，宋李清照撰。清嘉慶二十二年秦氏石研齋抄本，
　　秦恩復跋。一冊，十行，十七字，細黑口，左右雙邊。
　　《打馬圖》一卷，清翁同龢抄本，與《譜雙》合一冊，九行，二十
　　五字，小字雙行同，小紅格，白口，四周雙邊。

是此二本均清抄本，一爲秦恩復所鈔，一爲翁同龢所抄。以上所述之刻本、鈔本，均未之見。至今印本，則新增者甚多。坊間所見，有拙著《李易安集繫年校箋》、王學初《李清照集校註》、黃墨谷《重輯李清照集》等，不盡錄。

謝伋於紹興十一年五月撰成《四六談麈》，中云：「四六之工，在於裁剪。」又云：「四六經語對經語，史語對史語，詩語對詩語，方妥帖。」又云：「趙

令人李，號易安。其〈祭湖州文〉曰：『白日正中，嘆龐翁之機捷；堅城自墮，憐杞婦之悲深。』婦人四六之工者。」案：此祭文所稱之湖州，乃指趙明誠，蓋明誠建炎三年（1129）己酉五月知湖州。清照此聯，工剪裁，善用典。龐翁，乃指唐人龐蘊。宋釋道原《景德傳燈錄》卷八載：「襄州居士龐蘊，將入滅，令女靈照出，視日早晚，及午以報。女遽報曰：『日已中矣，而有蝕也。』居士出戶觀次，靈照即登父坐，合掌坐亡。居士笑曰：『我女鋒捷矣。』於是更延七日。」是清照以龐蘊喻明誠，謂其機捷，先己而卒也。杞婦，乃杞梁之妻。《古列女傳》卷四〈齊杞梁妻傳〉載：「齊杞梁殖之妻也，莊公襲莒，殖戰而死。莊公歸，遇其妻，使使者弔之於路。杞梁妻曰：『令殖有罪，君何辱命焉。若令殖免于罪，則賤妾有先人之弊廬在，下妾不得與郊弔。』於是莊公乃還車，詣其室，成禮然後去。杞梁之妻無子，內外皆無五屬之親。既無所歸，乃枕其夫之屍於城下而哭。內誠動人，道路過者莫不爲之揮涕，十日而城爲之崩。」清照固以杞婦自喻也。此聯蓋以史語對史語，故謝伋譽爲「婦人四六之工者」。至清照打馬命辭十三則，其中亦不乏工裁剪，「以經語對經語，以史語對史語，以詩語對詩語」者，上述用典妥帖之作，惜伋未之見，故《四六談麈》中未有論衡及之。拙著《李清照研究》曾評論此十三則命辭，謂：「屬辭比事，咸警策精切，議論處則理趣深而光燄長，使人讀之激昂諷詠不厭。若非清照之學殖淹博，文詞典雅，又出之以清裁，鮮克臻此。」〔註7〕竊意拙之所評，猶符謝伋《談麈》論四六之旨。

肆、讀〈打馬賦〉

清照〈打馬賦〉，全篇分三段。首段云：「歲令云徂，盧或可呼，千金一擲，百萬十都。尊俎具陳，已行揖讓之禮；主賓既醉，不有博奕者乎？打馬爰興，摴蒱遂廢，實小道之上流，乃深閨之雅戲。」清照於賦之開端，即點明「打馬」之意義，謂打馬之戲乃「小道之上流」、「深閨之雅戲」，頗肯定其價值。如此寫法，高屋建瓴，足以振起全文。王學初《李清照集校註》曰：「『百萬十都』不詳。」案：王氏所以謂不詳者，蓋因不明「都」字之義。「都」字於此作量詞用，本指蹴鞠戲之比賽場次也。《新唐書》卷二百六〈列傳〉第一百三十一〈外戚・武士彠附三思〉載：「是時，起毬場苑中，詔文武三品分朋

〔註7〕見該書第三章「李清照之詩文」，頁 57。

爲都，帝與皇后臨觀。」封演《封氏聞見記》卷第六〈打毬〉載：「打毬，古之蹴鞠。……景雲中，吐蕃遣使迎金城公主。中宗于梨園亭子賜觀打毬。吐蕃贊咄奏言：『臣部曲有善毬者，請與漢敵。』上令仗內試之，決數者，吐蕃皆勝。」是「分朋爲都」者，乃指分隊作場次之賽也；「決數都」者，以數場決勝負也。故〈打馬賦〉之「千金一擲，百萬十都」，乃言以千金作一擲，以百萬作十場之戲，於此極力渲染賭徒之豪氣，視錢財如無物耳。

〈打馬賦〉第二段，乃全篇之中心。於此段清照運用大量之故實與譬喻，配合《圖經》，深入對打馬之戲作具體而生動之描述，並闡明打馬之若干原則。《圖經》有鋪盆、本采、下馬、行馬、打馬、倒行、入夾，落塹、倒盆、賞帖、賞擲諸列，〈打馬賦〉即從下馬例寫起，而〈賦〉文皆與《圖經》相配，又與打馬命辭相呼應。如〈賦〉云：「齊驅驥騄，疑穆王萬里之行：間列玄黃，類楊氏五家之隊。珊珊佩響，方驚玉蹬之敲；落落星羅，忽見連錢之碎。」此處是以周穆王駕馭八駿，日行萬里之神話及楊國忠兄妹五家結隊而遊，神采飛揚之盛況，以形容下馬伊始之場面。寫來奇情壯采，躍然紙上。《圖經·下馬例》云：「每人馬二十四，用犀象刻，或鑄銅爲之，如大錢樣，刻其文爲馬文，各以名馬別之。如驊騮之類。或只用錢，各以錢文爲別，仍雜采染其文。自赤岸驛照采色下馬。」觀此，則知〈賦〉與《圖經》實相呼應。然《圖經》所記，質木無文，無怪〈打馬圖經自序〉言「打馬簡要，而苦無文采」也。

〈賦〉云：「若乃吳江楓落，胡山葉飛；玉門關閉，沙苑草肥；臨波不渡，似惜障泥。」此賦行馬例也。此處力言行馬之艱辛，但寫得境界淒迷。「似惜障泥」者，典出《世說新語》下卷上〈術解〉第二十：「王武子善解馬性，嘗乘一馬，箸連錢障泥。前有水，終日不肯渡。王云：『此必是惜障泥。』使人解去，便徑渡。」此典用以喻馬之躊躇不前。障泥，馬鞍韉也。《圖經·行馬例》：「馬二十四俱下完，方照色自隴西監行進玉門關。」命辭云：「行百里者半九十，汝其知乎？方茲萬勒爭先，千覊競轡。競轡得其中道，止以半塗；如能疊騎先馳，方許後來繼進。既施薄效，須稍旌甄。」觀是，則〈賦〉與《圖經》、命辭實皆相應也。

〈賦〉云：「或出入用奇，有類昆陽之戰；或優游仗義，正如涿鹿之師。或聞望久高，脫復庾郎之失；或聲名素昧，便同癡叔之奇。亦有緩緩而歸，昂昂而立；鳥道驚馳，螘封安步；崎嶇峻坂，未遇王良；跼促鹽車，難逢造父。」此賦打馬例也。全節用典精允，鋪陳戰爭之風雲變幻，勝負難卜。《圖

經‧打馬例》云：「凡多馬遇少馬，點數相及，即打去馬。馬數同，俱得打去，任便再下。」命辭云：「趙幟皆張，楚歌盡起。取功定霸，一舉而成。方西鄰責言，豈可蟻封共處。」又云：「虧於一簣，敗此垂成。久伏鹽軍，方登峻坂；豈期一蹶，遂失長塗。恨群馬之皆空，忿前功之盡棄。」此處〈賦〉與《圖經》、命辭相應之處尤多也。

〈賦〉云：「且夫邱陵云遠，白雲在天，心存戀豆，志在著鞭。止蹄黃葉，何異金錢。用五十六采之間，行九十一路之內。明以賞罰，嚴以殿最。運指揮於方寸之中，決勝負於幾微之外。」此賦倒馬例也。《圖經‧倒馬例》云：「凡遇打馬，遇疊馬，遇入窩，許倒行。」命辭云：「唯敵是求，唯險是據。後騎欲來，前馬反顧。既將有為，退亦何害。語不云乎：『日暮途遠，故倒行而逆施之也。』」如能將《圖經》與命辭配合以研究，當可加深對〈打馬賦〉之理解。

〈賦〉云：「且好勝者，人之常情；游藝者，士之末技。說梅止渴，稍蘇奔競之心；畫餅充飢，少謝騰驤之志。將圖實效，故臨難而不迴；欲報厚恩，故知幾而先退。」此賦入夾例也。《圖經‧入夾例》云：「凡馬到飛龍院，進三路，謂之夾。散采不許行，遇諸夾采方許行。」命辭云：「昔晉襄公以二陵勝，李亞子以夾寨興。禍福倚伏，其何可知？汝其勉之，當取大捷。」觀是，則〈賦〉與《圖經》、命辭三者仍相應也。

〈賦〉云：「或銜枚緩進，已踰關寨之艱；或奮勇爭先，莫悟穽塹之墜，皆因不知止足，自貽尤悔。」此賦落塹例也。《圖經‧落塹例》云：「凡向乘局下路謂之塹，不行不打，雖後有馬到亦同。落塹謂之同處患難，直待自擲諸渾花賞采、真本采、傍本采，別人擲自家真本采、傍本采，上次擲罰采，下次擲真傍撞，方許依元初下馬之數飛出。飛盡為倒盆。每飛一匹，賞一帖。」命辭云：「凜凜臨危，正欲騰驤而去；駸駸遇伏，忽驚穽塹之投。項羽之騅，方悲不逝；玄德之騎，已出如飛。既勝以奇，當旌其異。請同凡例，亦倒全盆。」讀〈打馬賦〉此節，亦須兼觀《圖經》、命辭，始得真賞。蓋三者，往往互相補足也。

〈賦〉云：「況為之不已，事實見於正經；用之以誠，義必合於天德。故繞床大叫，五木皆盧；瀝酒一呼，六子盡赤。平生不負，遂成劍閣之師，別墅未輸，已破淮淝之賊。今日豈無元子，明時不乏安石。又何必陶長沙博局之投，正當師袁彥道布帽之擲也。」此賦倒盆例也。《圖經‧倒盆例》云：「凡

十馬先過函谷關，倒半盆。在局人再添。打去人全垛馬，倒半盆。全馬先到尙乘局爲細滿，倒倍盆。在局人再添，遇尙乘局爲麤滿，倒全盆。落塹馬飛盡，同麤滿，倒全盆。此上俱在局人同供。」命辭云：「瑤池宴罷，騏驥皆歸；宛國凱旋，龍媒並入。已窮長路，安用揮鞭？未賜敝帷，尤宜報主。驥雖伏櫪，萬里之志長存；國正求賢，千金之骨不棄。定收老馬，欲取奇駒。既已解驂，請拜三年之賜；如圖再戰，願成他日之功。」〈賦〉與《圖經》、命辭三者，既配合又互爲補充，足徵清照撰作此文時，組織縝密而匠心獨運也。

〈打馬賦〉善用虛辭，即其鋪陳打馬諸例，每於句首用上「若乃」、「或」、「且夫」、「且」、「況」等轉折辭或連接辭，不惟使句子運轉空靈，且例與例之間亦可明作分辨，眉目甚清晰，誘導讀者更容易掌握各節之內容，深入對〈賦〉文作瞭解。清趙濬之《古今女史》卷一評此〈賦〉曰：「文入三昧，雖遊戲亦具大神通。」旨哉斯言！趙氏之評，或即爲清照修辭發也。

〈打馬賦〉末段乃亂辭。其辭曰：「佛貍定見卯年死，貴賤紛紛尙流徙，滿眼驊騮雜騄駬，時危安得眞致此？老矣誰能志千里，但願相將過淮水。」清照於此處直抒胸臆，傾吐其愛國情懷，且點出全賦之題旨乃在力主北伐，筆力矯健，深具沈雄悲壯之美。「佛貍」句，典出《宋書・臧質傳》。佛貍本魏太武帝拓跋燾之小名。《宋書》卷七十四〈列傳〉第三十四〈臧質〉載：「燾與質書曰：『吾今所遣鬬兵，盡非我國人，城東北是丁零與胡，南是三秦氐、羌。設使丁零死者，正可滅常山、趙郡賊；胡死，正滅并州賊；氐、羌死，正減關中賊。卿若殺丁零、胡，無不利。』質書答曰：『省示，且悉姦懷。爾自恃四腳，屢犯國疆，諸如此事，不可具說。王玄謨退於東，梁坦散於西，爾謂何以不聞童謠言邪：「虜馬飲江水，佛貍死卯年。」此期未至，以二軍開飲江之逕爾，冥期使然，非復人事。寡人受命相滅，期之白登，師行未遠，爾自送死，豈容復令生全，饗有桑乾哉！但爾住攻此城，假令寡人不能殺爾，爾由我而死。爾若有幸，得爲亂兵所殺。爾若不幸，則生相鏁縛，載以一驢，直送都市。我本不圖全，若天地無靈，力屈於爾，齏之粉之，屠之烈之，如此未足謝本朝。爾識智及衆力，豈能勝苻堅邪！頃年展爾陸梁者，是爾未飲江，太歲未卯年故爾。斛蘭昔深入彭城，值少日雨，隻馬不返，爾豈憶邪？即時春雨已降，四方大衆始就雲集，爾但安意攻城莫走。糧食闕乏者告之，當出廩相飴。得所送劍刀，欲令我揮之爾身邪！甚苦，人附反，各自努力，無煩多云。』是時虜中童謠曰：『軺車北來如穿雉，不意虜馬飲江水。虜主北

歸石濟死，虜欲渡江天不徙。』故質答引之。」是清照以佛貍喻金主晟。清照撰〈賦〉在紹興四年（1134）甲寅十二月，其時金、齊南侵計畫已告失敗。次年爲紹興五年（1135）乙卯歲，故亂辭云：「佛貍定見卯年死。」古典配以今事，眞天衣無縫也。且《宋史》卷二十八〈本紀〉第二十八〈高宗〉五載：「（紹興）五年春正月乙巳朔，……是月，金主晟殂。」是則清照可謂料事如神，未卜先知矣。至亂辭末二句云「老矣誰能志千里，但願相將過淮水。」北伐之聲不絕，並與命辭「驥雖伏櫪，萬里之志長存」、「如圖再戰，願成他日之功」諸句遙相呼應，且預祝抗金必勝，收復失土之功必成也。

清照此〈賦〉，前人多褒譽不絕口。清李調元《雨村賦話》卷五〈新話〉五云：「宋李易安〈打馬賦〉云：『遶床大叫，五木皆盧；瀝酒一呼，六子盡赤。平生不負，遂成劍閣之師；別墅未輸，已破淮淝之賊。』意氣豪蕩，殊不類巾幗中人語。」王士祿《宮閨氏籍藝文略》引《神釋堂脞語》云：「易安落筆即奇工，〈打馬〉一賦尤神品，不獨下語精麗也。如此人自是天授。」余前撰《李清照研究》亦云：「此篇措辭典雅，立意名雋，余酷愛之。觀此一端，知易安居士不獨詩餘冠絕千古，即辭賦一道亦非他人所及也。」〔註8〕是拙評所述猶能與李、王之說一脈相承也。

伍、結　語

余初擬以〈論李清照打馬賦〉爲題撰作本文。惟言〈打馬賦〉，則不得不論及〈打馬圖經自序〉與《打馬圖經》，蓋三者乃三位一體，關係千絲萬縷，內容密不可分，實非以一般論文形式所易表達。反復斟酌研究，最後決定以札記體分項分條寫成。然本文項與項、條與條間，皆有其經緯組織，相互聯貫，互爲補足，互爲照應之處。由是以觀，本文亦自是一論文格局，不過略作變體耳。又因余素敬仰瑞安孫詒讓先生，多年來伏誦其《札迻》十二卷而善之。用特命名此篇爲〈讀李清照《打馬賦》等三篇札迻〉，以示末學傾慕步趨之志云爾。

近年研究易安居士者，撰文以考論其生平及詩餘者居多，考論其詩、文者已較少，至考論〈打馬賦〉及《圖經》、〈自序〉則似絕無僅有。本篇二、三、四點，分項考論〈自序〉、《圖經》與〈打馬賦〉，自信頗有發明。如據「歲令云徂」一語，謂〈賦〉乃紹興四年（1134）十二月作，撰成之時稍後於〈自

〔註8〕見該書第三章「李清照之詩文」，頁55。

序〉與《圖經》；又據邢紹宗〈握槊賦〉、邊韶〈塞賦〉、徐廣《彈碁經》、段成式《酉陽雜俎》等資料，以說明清照〈自序〉謂長行、博塞、彈棋「世無傳者」之說，不能成立。至解讀〈打馬賦〉，竊以爲必須配合《圖經》與清照所撰十三則命辭以研究，蓋三者前後照應，互爲補足，不作如斯解讀，則研究〈打馬賦〉，或無由得其眞賞也。拙文嘗試用此解讀方法，以考究清照如何以賦體去鋪陳《圖經》打馬諸例，及如何以其賦與命辭相呼應，從而發現三者實有密不可分之關係。足證清照心思縝密，此三篇實經其匠心獨運，苦心經營而組織成篇者。趙濬之稱其「文入三昧」，良有以也。余之此一解讀方法，前人似未用及之者。且拙文中亦有指正《世說新語》、《郡齋讀書志》、王氏《李清照集校註》、黃氏《重輯李清照集》之舛訛，此皆言而有據，足爲以上諸書諍友。

綜上所述，則拙文對〈打馬賦〉等篇之研究，內容確較翔實，研究所得頗有突破前人之處，足贖年前撰《李清照研究》「疏略」之愆。惟拙文亦必有錯誤及不足之處，尚祈專家學者不吝誨正。

（民國八十五年九月七日，撰於華梵人文科技學院東方人文思想研究所）

附錄三　李清照《打馬圖經》、〈賦〉、〈序〉版本考

清照作品，除詩、文、詞外，傳世者尚有《打馬圖經》、〈賦〉、〈序〉若干篇。《打馬圖經》、〈賦〉、〈序〉，宋時即已單行。陳振孫《直齋書錄解題‧雜藝類》著錄：「〈打馬賦〉一卷，易安李氏撰。」是其證也。明、清之際，《圖經》、〈賦〉、〈序〉歷有鈔本。茲就聞見所及，考其版刻於後。

壹、宋刻本

《打馬賦》一卷　　《直齋書錄解題》著錄　　（佚）

陳振孫《直齋書錄解題‧雜藝類》云：「《打馬賦》一卷，易安李氏撰。用二十馬。以上三者〔註1〕各不同。今世打馬，大約與古之摴蒱相類。」
案：此本宋刻，今佚。未悉包括《圖經》與〈序〉否？

貳、明刻本

《打馬圖》一卷　　《說郛》本　　（見）

案：《說郛》一書，明陶宗儀編。此本載見宛委山堂本《說郛》弓一百一，商務印書館本卷十九，存《圖經》、〈序〉與〈賦〉。

〔註 1〕案：《直齋書錄解題》於清照〈打馬賦〉前曾著錄無名氏撰《打馬格局》一卷，鄭寅子敬撰《打馬圖式》一卷（二者均用五十馬），合清照之作，故稱「三者」。

《打馬圖》一卷　《欣賞編》本　（見）

朱凱〈打馬圖跋〉云：「打馬為戲，其來久矣！宋易安李氏，以為閨房雅戲。相傳有《格》一卷，不著作者名氏，復有鄭寅子敬撰《圖式》一卷，用馬三十，李氏《圖經》用馬二十。蓋三者互有不同，大率與古撙蒲相似。今雖不行，而《圖經》間存。李氏乃元祐文人格非之女，有才藝，適趙丞相挺之子明誠。明誠著《金石錄》，乃共相考究而成，繇是名重一時，此特其為戲耳。吾甥沈潤卿氏得而錄本行之，以資好事者之多聞，豈欲人為博奕者乎？弘治乙丑二月之望，長洲朱凱跋。」

案：此本載見沈津所輯《欣賞編・癸集》。

《馬戲圖譜》一卷　《夷門廣牘》本　（見）

周履靖〈打馬圖跋〉云：「《打馬圖》始自易安，號稱雅戲，義誠有取，法久無傳。良繇則例未明，遵行罔措，近編《欣賞》，亦復廢弛。日者客從陪都來，手挾一圖，指授諸法，頗為詳具，多有紛更，用意牛毛，貽譏蛇足，固宜不終局令人厭心生也。茲以游息餘閒，特加參訂，凡則例起自易安，見於《欣賞》者，疏其牴牾，補其略闕，付之厥手，藏之齋頭。爰集友朋，以代博奕，閑我逸志，耗彼雄心，固匪徒為之猶賢，抑微獨貽諸好事已也。」

案：此本載見周履靖輯《夷門廣牘・娛志牘》，內容與《欣賞編》本互有詳略。

《馬戲圖譜》　陸驤武刻本　（未見）

周亮工《因樹屋書影》卷五云：「徐君義謂打馬之戲今不傳。予友虎林陸驤武，近刻易安之《譜》於閩，以犀象蜜蠟為馬，盛行其中。近淮上人頗好此戲，但未傳之北地耳。」

案：此本余未之見，清咸豐間，伍崇曜刻《粵雅堂叢書》本《打馬圖經》時即不見其書，今殆失傳矣！

參、清刻本

《打馬圖經》一卷　《粵雅堂叢書》本　（見）

伍崇曜〈打馬圖跋〉云：「右《打馬圖經》一卷，宋李清照撰。按清照，

濟南人，號易安居士，禮部郎格非之女，湖州守趙明誠妻也。……打馬戲今不傳，周櫟園《書影》稱：『予友虎林陸驤武近刻李易安之《譜》於閩，以犀象蜜蠟為馬，盛行（其中），近淮上人頗好此戲云云。』而今實未見，殆失傳矣！此為亡友黃石溪明經手寫本，〈序〉稱撰於紹興四年，固《貴耳錄》所稱南渡來常懷京洛舊事，晚年賦詞有『於今憔悴，風鬟霧鬢』時也。時咸豐辛亥春盡日，南海伍崇曜跋。」
案：此本載見伍崇曜輯《粵雅堂叢書・初編》第七集。

《馬戲圖譜》　　《觀自得齋叢書》本　　（見）

葉維幹〈打馬圖譜序〉云：「易安居士《打馬圖經》，世尠傳本，《四庫全書》亦未著錄。咸豐辛亥，南海伍氏始以所得鈔本，刊入《粵雅堂叢書》中。顧譌脫失次，莫可是正，覽者弗善也。歲丙戌，與吾友徐君子靜同客海上，子靜蓄舊槧甚富，一日出所藏《馬戲圖譜》見示。其《譜》乃明人手輯，前有〈打馬圖〉，則易安所賦之九十一路在焉。後有總論，卷末有跋，備述局戲及作書之大恉，至所圖各采，朗若列眉，尤足勘正粵雅堂本踦駁。執此以來，古人馬戲之制，即未能銖絫悉合，而當日行移賞罰之意，固已十得八九矣。蓋明人所見，猶是舊本，故可據以推衍成書。惜舊本經作譜者竄易，不復可辨，不知所謂疏其牴牾、補其闕略者安在？且中間紋次凌雜，恐尚有如《水經》之經注溷淆者。安得好古之士更取易安原書，一一訂正之也。適子靜彙刻觀自得齋各書，謀以此《譜》付梓，命為之序。因摭其書之得失，弁諸簡端，以諗觀者。光緒十二年四月，仁和葉維幹。」
案：此本載見徐士愷輯《觀自得齋叢書・別集類》。

《打馬圖經》一卷　　《麗樓叢書》本　　（見）

葉德輝〈重刊宋李易安打馬圖經序〉云：「宋李易安《打馬圖經》一卷，《宋史・藝文志》不載，陳振孫《直齋書錄解題》有之。明陶宗儀刻入《說郛》，今尠傳本。南海伍氏崇曜刻《粵雅堂叢書》，內有此書。據其後跋，乃以其友人黃石谿明經手寫本付刊。又引周櫟園《書影》云：『虎林陸驤武近刻之於閩。』今陸刻世未之見，僅此伍刻又在叢書中，未必人人共讀也。余獲明正德中沈津所編《欣賞編》十集，其〈癸集〉即此書，因影寫刊成，隨取伍刻校之，乃知此本勝於伍本倍蓰。伍本脫去〈打馬圖〉一葉，此本有之；伍本，色樣例分直行，又多錯簡奪誤，此本列

作橫表，猶是原書款式。昔吳門黃蕘圃主事丕烈，嘗謂書舊一日好一日，真見聞有得之言。即如此書，非伍氏傳刻，世已莫知其存亡，又孰知更有古本流傳人間，俾世之好古者得覩廬山真面目耶？光緒十二年丙午八月秋分，長沙葉德輝序。」

案：此本載見葉德輝輯《麗樓叢書》，蓋據《欣賞編》本影寫刊成者。

肆、今刊本

《馬戲圖譜》　中華書局本　（見）

　案：此本載見中華書局本《李清照集》，蓋據《夷門廣牘》本排印，而校以《觀自得齋叢書》本者。

《打馬圖經》　中華書局本　（見）

　案：此本載見中華書局本《李清照集》，蓋據《麗樓叢書》本排印，而校以《粵雅堂叢書》本者。

伍、舊鈔本

《馬戲圖譜》　明鈔本　（未見）

　案：葉維幹序《觀自得齋叢書》本《馬戲圖譜》云：「易安居士〈打馬圖經〉，世尠傳本，《四庫全書》亦未著錄。咸豐辛亥，南海伍氏始以所得鈔本，刊入《粵雅堂叢書》中；顧譌脫失次，莫可是正，覽者弗善也。歲丙戌，與吾友徐君子靜同客海上，子靜蓄舊槧甚富，一日出所藏《馬戲圖譜》見示。其譜乃明人手輯，前有〈打馬圖〉，則易安所賦之九十一路在焉。後有總論，卷末有跋，備述局戲及作書之大恉。至所圖各采，朗若列眉，尤足勘正粵雅堂本躇駮。」觀葉〈序〉，則《馬戲圖譜》有明鈔本，其書清光緒丙戌〔註2〕時猶在，後為徐士愷《觀自得齋叢書》所收，即此本也。惟明鈔本不可得而見，誠憾事矣。

《打馬圖經》一卷　黃石溪手寫本　（未見）

　案：伍崇曜〈打馬圖跋〉云：「右《打馬圖經》一卷，宋李清照撰。……此

〔註2〕即光緒十二年，西元1886年。

　　爲亡友黃石溪明經手寫本，〈序〉稱撰於紹興四年，固《貴耳錄》所稱
南渡來常懷京洛舊事，晚年賦詞『於今憔悴，風鬟霧鬢』時也。時咸豐
辛亥春盡日，南海伍崇曜跋。」觀伍〈跋〉，則《打馬圖經》有黃石溪
手寫本，咸豐辛亥〔註 3〕年間伍氏。《粵雅堂叢書·初編》第七集所收
者，即此本也。惟黃氏手寫本未之見，恐已散佚。

《打馬圖》一卷　　《述古堂藏書目》著錄　　（未見）

　　錢曾《述古堂藏書目·藝術》云：「李清照《打馬圖》一卷抄。」

　　案：此本未悉誰氏所抄？又未悉依據何本？未之見，恐亦散佚多時矣。

　　　以上計：宋刻本一種
　　　　　　　明刻本四種
　　　　　　　清刻本三種
　　　　　　　今刊本二種
　　　　　　　舊鈔本三種

都凡十三種。而中宋刻本已佚，舊鈔本三種與陸驤武刻本未之見，余所得而
見者僅八種，眼緣殊淺矣！

〔註 3〕即咸豐元年，西元 1851 年。

附錄四　再論李清照之改嫁

　　自明誠病歿建康，易安隨高宗南渡，海山奔竄，不遑寧處。易安既罹此家國之痛，又加之以重病，倉皇造次，極不幸乃發生「忍以桑榆之晚節，配茲駔儈之下才」之悲劇。南宋記載清照改嫁張汝舟一事者，共有王灼《碧雞漫志》、朱彧《萍洲可談》、胡仔《苕溪漁隱叢話》、洪适《隸釋》、晁公武《郡齋讀書志》、陳振孫《直齋書錄解題》、李心傳《建炎以來繫年要錄》、趙彥衛《雲麓漫鈔》八家，〔註1〕事實俱在，故雖至愛清照，亦無庸爲諱。余前撰著《李清照研究》一書，及近日寫成〈李清照改嫁問題資料彙編編理後記〉一文，即曾依宋人八家之說，以證成清照改嫁之事實。惟明、清之際，若徐𤊹《徐氏筆精》、俞正燮《癸巳類稿》等及當世夏承燾、唐圭璋輩，皆甚不欲名媛之「抱詬含冤」，先後撰文以辨易安改嫁之「誣」，惜所論未能成立。〔註2〕今人黃盛璋因撰〈李清照事跡考辨〉、王仲聞亦撰〈李清照事迹作品雜考〉，於上述辨誣諸說，條分縷析，一一廓清其誤。近世考證易安居士改嫁之著述，莫善於此二家矣。〔註3〕

　　近日得讀清人周壽昌《思益堂日札》，其書卷二有「唐宋人不重婦節」一條。歷代言清照改嫁者，均未嘗徵引之以爲論證，殊屬難得。茲不吝辭費，特予迻錄，並略作申論如次：

　　　唐宋人不甚重婦節，觀《唐書》所載，公主再醮者十常三四。以韓
　　　文公一代山斗，而其長女初適李漢，改適樊宗懿。皇甫持正爲公作

〔註1〕　上述八家之說均已收入拙編《李清照改嫁問題資料彙編》，書由台灣九思文化事業有限公司發行，民國79年8月6日出版。
〔註2〕　徐、俞、夏、唐諸氏之文，亦收入《李清照改嫁問題資料彙編》。
〔註3〕　黃、王二氏之文，亦收入《李清照改嫁問題資料彙編》。

〈誌〉，書「壻右拾遺李漢、聳集賢校理樊宗懿」。聳，即壻別字也。時漢尚在，是夫存而改適，既改適矣，而仍壻之。漢與宗懿同爲朝士，又同居公門下，往還間作何稱謂，俱不可解。至宋，則以范文正公之母夫人改適朱氏，公後報朱教養之德，以恩蔭朱氏數人。王荊公因其子雱後有心疾，不禮於婦，公憐而嫁之。然或以貧，或以疾，猶有說也。乃宋景文作〈墓誌〉，書張景妻唐氏再適。陳了翁作〈太令人黃氏墓誌銘〉，曰：「先適太中大夫孫公諱迪，次適中奉大夫游公諱潛。」書子曰：「子男三人，謬爲孫氏子。」是所適皆顯官矣。又作〈仁壽縣君高氏墓誌〉，曰：「女適某官，姓某；再適某官，姓某。」所適皆官，夲膺封誥，其子孫求人誌墓不諱言，秉筆者亦直書不爲恥，豈一時風教所趨歟！又《南部新書》云：「殷僧辨、周僧達與牛相公同母異父兄弟也。」案：牛相公即僧孺，其母蓋三適人矣。〔註4〕

案：清照既嫁張汝舟，惟宋人著作仍多稱易安爲「趙令人」，或「建康守趙明誠德甫之妻」，故辨誣之士或有據是而生聚訟，遂謂清照無更嫁事。今僅觀韓文公長女改適樊宗懿矣，而皇甫持正作〈誌〉，仍以壻視李漢；是則宋人於清照改適後，仍稱之爲明誠妻，固無足異。前此辨誣紛紜諸訟，觀此或可渙然冰釋矣。至周壽昌此文，羅列眾證以暢論「唐宋人不重婦節」，其所舉之例，有公主而再醮者、有樞密之母而更嫁者、有顯宦之妻而改適者、有丞相子婦因憐而改嫁之者、有儒宗之女再擇夫壻者。且貴如牛僧孺之母，竟作三適之婦，豈眞一時風教所趨，致令若此耶！用是反觀易安居士，家亡夫喪，流蕩無依，戎馬倥傯，膏肓爲病。世既不以改嫁爲失節，因乃錯配張汝舟。其情固可哀，然其事則誠屬情理之常，實無庸爲易安諱。近得讀周壽昌「唐宋人不重婦節」之讜論，略反思易安暮年之遭際，益信改嫁之事爲不誣。是以不辭固陋，更作申論如此。

民國七十九年，庚午重九日，鶴山何廣棪撰於香港清華學院文史研究所。（原載《大陸雜誌》第八十三卷第四期，另載《中華文史論叢》第五十一輯）

〔註4〕《思益堂日札》有五卷本，申報館作聚珍版式印行。另有十卷本，附載王先謙纂輯之《思益堂集》中。余所據者乃許逸民點校、中華書局1987年4月出版之《清代學術筆記叢刊》本，惟許氏僅作斷句，本條新式標點乃筆者所加。

附錄五　民國以來李清照研究論文目錄

　　李清照工詩、文，倚聲尤冠絕一代。自宋迄清，研治易安居士作品者大不乏人。民國以來，更如雨後春筍，有關李清照研究方面之論文刊諸報章、雜誌、期刊、學報，甚或附諸專書中，層出屢見，目不暇給；而其中頗多論說翔實、評價公允、見解新穎之作，皆足資參考者。茲盡力蒐尋，共得百餘篇，爰依發表年月先後爲序，排比如次，博雅君子，幸補正焉。

1. 王國璋，〈李易安底抒情詞〉，民國 13 年（1924）8 月 1 日，《學燈》。
2. 胡雲翼，〈李清照評傳〉，民國 14 年（1925）8 月，《晨報副刊》。
3. 張壽林，〈李清照評傳〉，民國 16 年（1927）7 月 17 日，附見《清照詞》。
4. 張壽林，〈易安居士年表〉，民國 16 年（1927），附見《清照詞》。
5. 李文禕，〈李易安年譜〉，民國 16 年（1927），附見《冷雪盦叢書》本《漱玉集》。
6. 腐安，〈李易安居士評論〉，民國 20 年（1931）10 月，《采社》第六期。
7. 郭允叔，〈書俞理初易安居士事輯後〉，民國 20 年（1931）10 月，《采社》第六期。
8. 董啓俊，〈曠代女詞人李易安〉，民國 22 年（1933）5 月，《中國語文學叢刊》第一期。
9. 王宗浚，〈李清照評傳〉，民國 23 年（1934）2 月，《國風半月刊》第五卷第二期。
10. 王璠，〈金石錄後序作年考〉，民國 24 年（1935）3 月，《學風》第五卷第二期。
11. 朱芳春，〈李清照詞研究〉，民國 24 年（1935）3 月至民國 25 年（1936）

10 月，《師大月刊》第十七、廿二、廿六、卅期。

12. 張汝舟，〈讀金石錄後序作年考〉，民國 24 年（1935）5 月，《學風》第
    五卷第四期。

13. 趙景琛，〈女詞人李清照〉，民國 24 年（1935 ）6 月，《復旦學報》第一
    期。

14. 錢順之，〈李易安之研究〉，民國 24 年（1935）10 月，《教育生活》第十
    一卷第十期。

15. 郎潤之，〈李清照與黃花〉，民國 24 年（1935）12 月，《紅豆》第三卷第
    五期。

16. 胡健中，〈李清照在金華〉，民國 24 年（1935），《越風》第一期。

17. 龍沐勛，〈漱玉詞敍論〉，民國 25 年（1936）3 月 31 日，《詞學季刊》第
    三卷第一號。

18. 夏承燾，〈易安居士事輯後語〉，民國 26 年（1937），附見《唐宋詞論叢》。

19. 吳庠，〈李易安金石錄後序署年記疑〉，民國 26 年（1937）5 月，附見《唐
    宋詞論叢》。

20. 晉玉，〈漱玉斷腸詞〉，民國 31 年（1942）1 月，《文藝雜誌》（掃葉山房）
    第一期。

21. 繆鉞，〈論李易安詞〉，民國 33 年（1944）1 月，《眞理雜誌》第一卷第
    一期。

22. 吳書湜，〈易安詞淺釋〉，民國 37 年（1948）9 月 10 日至 10 月 21 日，《台
    灣新生報》。

23. 孟瑤，〈一代詞人李清照〉，民國 40 年（1951）5 月 9 日，《中央日報》。

24. 黃盛璋，〈李清照金石錄後序作年考辨〉，民國 37 年（1948）12 月，《東
    方雜誌》第四十四卷第十二號。

25. 鄭士珪，〈詞人李清照〉，民國 43 年（1954）5 月 21 日，《公論報》。

26. 隱靈，〈女詞人李清照〉，民國 44 年（1955）9 月，《暢流》第十二卷第
    二期。

27. 古狂，〈絕代佳人李易安〉，民國 45 年（1956）1 月，《反攻》第一百四
    十七期。

28. 華怡平，〈宋代女詞人李清照〉，民國 45 年（1956）2 月 3 日，《中華日
    報》。

29. 林仙，〈女詞人李清照的風格〉，民國 45 年（1956）7 月，《中興評論》第三卷第七期。

30. 繆鉞，〈女詞人李清照〉，民國 46 年（1957）4 月，《中國婦女》。

31. 程千帆，〈李清照及其詞〉，民國 46 年（1957）4 月，《語文教學》。

32. 褚斌傑，〈論李清照及其創作〉，民國 46 年（1957）5 月 12 日，《文學遺產》第一百五十六期。

33. 南宮搏，〈詞人李清照〉，民國 46 年（1957）5 月，附見《三李詞集》。

34. 佚名，〈李清照〉，民國 46 年（1957）5 月，《語文教學通訊》。

35. 何權衡，〈試論李清照〉，民國 46 年（1957）6 月，《語文教學通訊》。

36. 左舜生，〈才女李清照〉，民國 46 年（1957）7 月，附見《萬竹樓隨筆》。

37. 夏承燾，〈題易安居士事輯後語之後〉，民國 46 年（1957）9 月 12 日，附見《唐宋詞論叢》。

38. 黃盛璋，〈李清照事迹考〉，民國 46 年（1957）9 月，《文學研究》第三期。

39. 吳延環，〈李清照〉，民國 47 年（1958）3 月，附見《中國文學史論集》第二輯。

40. 黃盛璋，〈李清照與其思想〉，民國 48 年（1959）2 月，《山西師範學院學報》第二期。

41. 棣華，〈不要抬高也不要貶低李清照〉，民國 48 年（1959）4 月 12 日，《文學遺產》第二百五十五期。

42. 黃振民，〈天生才女李清照〉，民國 48 年（1959）4 月，附見《四大詞人及其詞》。

43. 黃偉宗，〈論李清照〉，民國 48 年（1959）5 月 3 日，《文學遺產》第二百五十八期。

44. 谷葦，〈從李清照逃難說起〉，民國 48 年（1959）5 月 14 日，《中央日報》。

45. 盛靜霞，〈論李清照〉，民國 48 年（1959）5 月 24 日，《文學遺產》第二百六十一期。

46. 夏承燾，〈評李清照的詞論〉，民國 48 年（1959）5 月 24 日，《文學遺產》第二百六十一期。

47. 葉晨暉，〈談李清照的愛國主義思想〉，民國 48 年（1959）5 月 31 日，《文學遺產》第二百六十二期。

48. 唐圭璋、金啟華，〈也論李清照〉，民國 48 年（1959）6 月 14 日，《文學遺產》第二百六十五期。

49. 王淑明，〈從對李清照作品的討論說起〉，民國 48 年（1959）6 月 28 日，《文學遺產》第二百六十七期。

50. 郭預衡，〈李清照短論〉，民國 48 年（1959）6 月 28 日，《文學遺產》第二百六十七期。

51. 王季思，〈漫談李清照的詞〉，民國 48 年（1959）8 月 30 日，《文學遺產》第二百七十六期。

52. 黃墨谷，〈談詞合流於詩的問題〉，民國 48 年（1959）10 月 25 日，《文學遺產》第二百八十四期。

53. 黃偉宗，〈再談評價李清照的幾個問題〉，民國 48 年（1959）10 月 22 日，《文學遺產》第二百八十八期。

54. 孟周，〈李清照討論中的一個偏向〉，民國 48 年（1959）12 月 9 日，《文學遺產》第二百九十期。

55. 裴漢康，〈中文系舉行學術座談會討論怎樣評價李清照的詞〉，民國 48 年（1959），《中山大學學報》第一、二期合刊。

56. 郭預衡，〈再論李清照〉，民國 49 年（1960）1 月 17 日，《文學遺產》第二百九十六期。

57. 華麗，〈李清照其人其事〉，民國 49 年（1960）1 月，《華僑青年》第三卷第二期。

58. 黃廣魯，〈李清照的客觀現實意義〉，民國 49 年（1960）2 月 14 日，《文學遺產》第三百期。

59. 李鼎芳，〈從李清照的永遇樂談到聲聲慢〉，民國 49 年（1960）2 月 14 日，《文學遺產》第三百期。

60. 孟周，〈關於李清照詞的評價問題〉，民國 49 年（1960）3 月 6 日，《文學遺產》第三百三期。

61. 李荊，〈詞人李清照〉，民國 49 年（1960）3 月 14 日至 16 日，《中央日報》。

62. 黃乾、沈英名，〈文壇女霸李易安〉，民國 49 年（1960）3 月，附見《中國文學史話》二集。

63. 陳曉薔，〈千古詞人李清照〉，民國 49 年（1960）12 月 25 日，《文星》

第六卷第一期。

64. 吳延環，〈評李清照〉，民國 49 年（1960）12 月 25 日，《中央日報》。

65. 佘雪曼，〈李清照及其詞〉，民國 49 年（1960），附見《女詞人李清照》。

66. 鄭經生，〈李清照之改嫁〉，民國 50 年（1961）3 月 6 日，《中央日報》。

67. 劉遺賢，〈關於李清照詞論中的別是一家說的一點不同的看法〉，民國 50 年（1961）9 月 10 日，《文學遺產》第三百八十期。

68. 劉憶萱，〈論李清照及其作品〉，民國 50 年（1961）9 月 10 日、9 月 17 日，《文學遺產》第三百八十期、第三百八十一期。

69. 夏承燾，〈李清照的藝術特色〉，民國 50 年（1961），《文學評論》第四期。

70. 王汝弼，〈論李清照〉，民國 51 年（1962）4 月，《文史哲雙月刊》第二期。

71. 黎淦林，〈李清照的身世和作品〉，民國 51 年（1962）6 月，《文學世界》第卅四期。

72. 黃盛璋，〈趙明誠李清照夫婦年譜〉，民國 51 年（1962）9 月，附見《李清照集》。

73. 李素，〈偉大的女詞人李清照〉，民國 51 年（1962）9 月，《文學世界》第卅五期。

74. 樸人，〈李清照的再嫁〉，民國 52 年（1963）4 月 13 日，《中央日報》。

75. 王仲聞，〈李清照事迹作品雜考〉，民國 52 年（1963）4 月，《文史》第二期。

76. 李敖，〈李易安再嫁了嗎〉，民國 52 年（1963）5 月，《文星》第十二卷第一期。

77. 慕芬，〈詞后李易安〉，民國 52 年（1963）5 月，《大專月刊》第十七期。

78. 慕芬，〈李清照詩初深〉，民國 52 年（1963）6 月，《大專月刊》第十八期。

79. 慕芬，〈金石錄後序作年考〉，民國 52 年（1963）10 月，《大專月刊》第廿期。

80. 黃載君，〈書評・李清照集〉，民國 52 年（1963），《文學評論》第二期。

81. 鄧魁英，〈關於李清照詞論的評價問題〉，民國 52 年（1963），《文學遺產增刊》第十二輯。

82. 黃墨谷，〈對李清照詞別是一家的理解〉，民國 52 年（1963），《文學遺產》

增刊第十二輯。

83. 張志岳，〈談李清照詞〉，民國 53 年（1964）1 月，附見《詩詞論析》。

84. 慕芬，〈李清照生年嫁年考〉，民國 53 年（1964）4 月，《大專月刊》第廿六期。

85. 陳玉英，〈李清照其人其詞〉，民國 53 年（1964）7 月，《珠海書院文史學報》第一期。

86. 楊叔籌，〈女詞人李清照〉，民國 53 年（1964）7 月 27 日，《中國一周》第七百四十四期。

87. 蘇者聰，〈關於對李清照詞的評價問題的討論〉，民國 53 年（1964）8 月 30 日，《文學遺產》第四百七十六期。

88. 〈李清照打馬圖經〉，樸人，民國 53 年（1964）11 月 7 日，《中央日報》。

89. 慕芬，〈有關李清照問題二三事〉，民國 54 年（1965）1 月，《大專月刊》第卅三期。

90. 何廣棪，〈李清照作品繫年辨證〉，民國 54 年（1965）5 月，《學風》第卅六期。

91. 何廣棪，〈讀佘著女詞人李清照獻疑〉，民國 54 年（1965）5 月，《大專月刊》第卅六期。

92. 何廣棪，〈李清照作品真偽考證〉，民國 54 年（1965）6 月，《大專月刊》第卅七期。

93. 陶唐，〈李清照及其詞〉，民國 54 年（1965）8 月 3 日，《公論報》。

94. 劉南，〈略談李清照的價值〉，民國 54 年（1965），《南洋大學中文學報》第四期。

95. 陳定山，〈李清照之身世〉，民國 55 年（1966）1 月，《暢流》第卅二卷第十期。

96. 何廣棪，〈李清照作品版本考證〉，民國 55 年（1966）5 月，《學風》第七期。（案：此篇後經補充改寫，民國 63 年（1974）12 月 16 日重刊於《書目季刊》第八卷第三期）。

97. 左舜生，〈李清照及其漱玉詞〉，民國 55 年（1966）6 月 25 日，附見《文藝史話及批評》第一冊。

98. 胡品清，〈論李清照的詞〉，民國 55 年（1966）9 日，《出版月刊》第十六期。

99. 朱維煥，〈李清照及其聲聲慢欣賞〉，民國 56 年（1967）4 月，《人生》
第卅一卷第十二期。

100. 黃秀芳，〈北宋女詞人李清照〉，民國 56 年（1967），《義安學院院刊》第
三卷。

101. 李栖，〈漱玉詞研究〉，民國 57 年（1968）6 月，《國立臺灣師範大學國
文研究所集刊》第十二號下冊。

102. 張夢機，〈李清照詞欣賞〉，民國 58 年（1969）11 月，《自由青年》第四
十二卷第五期。

103. 張惠康，〈李清照與朱淑貞〉，民國 58 年（1969）12 月至民國 59 年（1970）
3 月，《中華詩學》第二卷第一、三、四期。

104. 樸人，〈李清照的一生〉，民國 59 年（1970）1 月，《自由談》第廿一卷
第一期。

105. 南宮搏，〈南渡以後之李清照〉，民國 59 年（1970）9、10 月，《東方雜
誌》第四卷第三、四期。

106. 王誠次，〈談李清照的詩和詞〉，民國 60 年（1971）1 月 18 日，《大華晚
報》。

107. 洪昭，〈李清照的詞論〉，民國 62 年（1973）1 月，附見《藝林叢錄》第
七編。

108. 葉樂，〈李清照改嫁問題〉，民國 62 年（1973）1 月，附見《藝林叢錄》
第七編。

109. 明明，〈一流才女李易安〉，民國 62 年（1973）1 月，《世界評論》第廿
卷第二期。

110. 唐潤鈿，〈女中詞聖李清照〉，民國 62 年（1973）1 月，《文壇》第一百五
十六期。

111. 杜若，〈女詞人李清照〉，民國 62 年（1973）7 月，《臺肥月刊》第十四卷
第七期。

112. 林宗霖，〈詞后李清照〉，民國 62 年（1973）8 月，《勵進》第三百卅期。

113. 繆香珍，〈詞學彗星李清照〉，民國 63 年（1974）1、2 月，《暢流》第四
十八卷第十一、十二期。

114. 周宗盛，〈絕代詞女李清照〉，民國 63 年（1973）3 月 11 日至 5 月 20 日，
《大華晚報》。

115. 何廣棪,〈李清照研究自序〉,民國 63 年（1974）7 月 25 日,《香港時報・文與藝》。

116. 何廣棪,〈李清照作品版本考〉,民國 63 年（1974）12 月 16 日,《書目季刊》第八卷第三期。

117. 沈彩英、顧吉辰,〈李清照近親考〉,民國 82 年（1993）2 月,《文史》第三十七輯。

118. 何廣棪,〈李清照之改嫁〉,民國 82 年（1993）8 月,《中華文史論叢》第五十一輯。

119. 何廣棪,〈讀李清照《打馬賦》等三篇札迻〉,民國 85 年（1996）12 月,《第三屆國際辭賦學學術研討會論文集》上冊。

120. 畢寶魁,〈《金石錄後序》署年考辨兼論李清照生年〉,民國 85 年（1996）12 月,《中華文史論叢》第五十五輯。

121. 王曾瑜〈李清照事迹七題〉,民國 90 年（2001）5 月,《中華文史論叢》2001 年第一輯,（總第六十五輯）。

122. 朱靖華,〈李清照「避難金華」思想創作大轉析〉,民國 97 年（2008）3 月,《江南文化研究》第二輯,〈李清照及南渡詞人研究專輯〉。

123. 陳祖美,〈嫠不恤緯,惟國是愛〉,〈李清照避難金華期間的作品心解〉,民國 97 年（2008）3 月,《江南文化研究》第二輯,〈李清照及南渡詞人研究專輯〉。

124. 沈家庄,〈宋型文化的標準產兒李清照〉,民國 97 年（2008）3 月,《江南文化研究》第二輯,〈李清照及南渡詞人研究專輯〉。

125. 王昊,〈《汲古閣未刻詞》傳鈔源流及傳鈔《汲古閣未刻詞》本《漱玉詞》文獻價值衡估〉,民國 97 年（2008）3 月,《江南文化研究》第二輯,〈李清照及南渡詞人研究專輯〉。

126. 黃靈庚,〈《李清照集箋注》小札〉,民國 97 年（2008）3 月,《江南文化研究》第二輯,〈李清照及南渡詞人研究專輯〉。

127. 龔劍鋒、徐青錄,〈李清照與打馬〉,民國 97 年（2008）3 月,《江南文化研究》第二輯,〈李清照及南渡詞人研究專輯〉。

128. 潘肇明,〈李清照《金石錄後序》著作年份考辨〉,民國 97 年（2008）3 月,《江南文化研究》第二輯,〈李清照及南渡詞人研究專輯〉。

129. 劉孔伏、潘良熾,〈李清照《詞論》考辨〉,民國 97 年（2008）3 月,《江

南文化研究》第二輯,〈李清照及南渡詞人研究專輯〉。

130. 楊柏嶺,〈避俗求雅的「別是一家」:《詞論》藝術精神的顯在呈現〉,民國 97 年（2008）3 月,《江南文化研究》第二輯,〈李清照及南渡詞人研究專輯〉。

131. 黃寶華,〈宋代詞學視域中的李清照《詞論》〉,民國 97 年（2008）3 月,《江南文化研究》第二輯,〈李清照及南渡詞人研究專輯〉。

132. 徐安琪、秦惠民,〈詞「別是一家」—論李清照的詞論思想〉,民國 97 年（2008）3 月,《江南文化研究》第二輯,〈李清照及南渡詞人研究專輯〉。

133. 王會敏、白彩霞,〈此情可待成追憶—論李清照詞作中的審美回憶〉,民國 97 年（2008）3 月,《江南文化研究》第二輯,〈李清照及南渡詞人研究專輯〉。

134. 施劍南,〈「神駿」之氣與李清照「獨闢門徑」的詞創作〉,民國 97 年（2008）3 月,《江南文化研究》第二輯,〈李清照及南渡詞人研究專輯〉。

135. 劉永良,〈李清照詞的化用藝術〉,民國 97 年（2008）3 月,《江南文化研究》第二輯,〈李清照及南渡詞人研究專輯〉。

136. 劉尊明,〈歷代追和李清照之和韻詞的定量分析〉,民國 97 年（2008）3 月,《江南文化研究》第二輯,〈李清照及南渡詞人研究專輯〉。

137. 洪豆豆,〈清人對李清照的題咏—另一種值得注意的接受方式〉,民國 97 年（2008）3 月,《江南文化研究》第二輯,〈李清照及南渡詞人研究專輯〉。

138. 舒紅霞,〈論宋代女性詞的對話情境與敘事藝術〉,民國 97 年（2008）3 月,《江南文化研究》第二輯,〈李清照及南渡詞人研究專輯〉。

139. 宋清秀,〈李清照—女性才學與理想的文化符號〉,民國 97 年（2008）3 月,《江南文化研究》第二輯,〈李清照及南渡詞人研究專輯〉。

參考文獻

壹、詞集叢編類

1. 《宋六十名家詞》，明毛晉編，《國學基本叢書》景印明汲古閣刊本。
2. 《唐五代詞》，林大椿輯，商務印書館排印本。
3. 《校輯宋金元人詞》，趙萬里輯，國風出版社景印中央研究院歷史語言研究所排印本。
4. 《全宋詞》，唐圭璋編，中華書局排印本。

貳、詞集類

1. 《東坡詞拾遺》，宋蘇軾撰，曾慥輯本。
2. 《小山詞補遺》，宋晏幾道撰，抱經齋鈔本。
3. 《片玉詞》，宋周邦彥撰，汲古閣刊本。
4. 《清眞詞補遺》，宋周邦彥撰，汲古閣刊本。
5. 《友古居士詞》，宋蔡伸撰，《全宋詞》本。
6. 《夢窗詞》，宋吳文英撰，汲古閣刊本。
7. 《浮山集》，宋仲幷撰，《全宋詞》本。
8. 《惜春樂府》，宋趙長卿撰，《全宋詞》本。
9. 《漱玉詞》，宋李清照撰，《詩詞雜俎》本，《二妙集》本，《四庫全書》本，木松堂本，廣益書局石印本，《四印齋所刻詞》本，石蓮庵刊《山左詞人》本，楊文斌輯本，《宋金元人詞》本，《叢書集成》本，《萬有文庫》本，《全宋詞》本，《詞學小叢書》本，南宮搏輯本，張壽林校輯本，馮慧貞箋疏本，佘雪曼校注本，姜尚賢校釋本。

參、詞總集類

1. 《梅苑》，宋黃大輿輯，汲古閣景宋抄本。
2. 《樂府雅詞》，宋曾慥輯，《粵雅堂叢書》本。
3. 《花庵詞選》，宋黃昇輯，中華書局排印本。
4. 《陽春白雪》，宋趙聞禮，清吟閣刊本。
5. 《草堂詩餘》，明洪武刊本。
6. 《精選名賢詞話草堂詩餘》，明陳鍾秀校，明嘉靖刊本。
7. 《草堂詩餘》，明嘉靖卅三年楊金刊本。
8. 《草堂詩餘雋》，明李攀龍撰，明吳從先輯，師儉堂刊本。
9. 《便讀草堂詩餘》，明董其昌評，明萬曆刊本。
10. 《續草堂詩餘》，明長湖外史輯，明萬曆刊本。
11. 《彙選歷代名賢詞府全集》，明鱐溪逸史編選，明萬曆刊本。
12. 《花草粹編》，明陳耀文輯，明萬曆十一年刊本。
13. 《唐詞紀》，明董逢元輯，明萬曆刊本。
14. 《詞的》，明茅暎輯，明刊《詞壇合璧》本。
15. 《草堂詩餘別集》，明沈際飛選，明刊本。
16. 《類編草堂詩餘》，明韓俞臣輯，明刊本。
17. 《古今詞統》，明卓人月輯，明崇禎刊本。
18. 《詞林萬選》，明楊慎輯，《詞苑英華》本。
19. 《眾香詞》，清徐樹敏、錢岳輯，清康熙廿九年錦樹堂刊本。
20. 《歷代詩餘》，清沈辰垣等輯，清康熙刊本。

肆、詞選集類

1. 《古今別腸詞選》，清趙式輯，清康熙四十八年遺經堂刊本。
2. 《女子絕妙好詞》，清周銘輯，清康熙辛亥刊本。
3. 《詞選》，清張惠言選，中華書局排印本。
4. 《詞辨》，清周濟選，清光緒四年刊本。
5. 《蓼園詞選》，清黃了翁選，清刊本。
6. 《藝蘅館詞選》，梁令嫻選，中華書局本。

伍、詞話類

1. 《詞源》，宋張炎撰，《詞學叢書》本。
2. 《古今詞話》，宋楊湜撰，《宋金元人詞》本。

3. 《詞品》，明楊慎撰，商務印書館排印本。

4. 《詞學筌蹄》，明周瑛撰，明抄本。

5. 《皺水軒詞筌》，清賀裳撰，《詞話叢編》本。

6. 《金粟詞話》，清彭孫遹撰，《詞話叢編》本。

7. 《詞苑叢談》，清徐釚撰，廣文書局本。

8. 《詞綜偶評》，清許昂霄撰，《詞話叢編》本。

9. 《蓮子居詞話》，清吳衡照撰，《詞話叢編》本。

10. 《白雨齋詞話》，清陳廷焯撰，《詞話叢編》本。

11. 《復堂詞話》，清譚獻撰，《詞話叢編》本。

12. 《填詞雜說》，清沈謙撰，《詞話叢編》本。

13. 《雨村詞話》，清李調元撰，《詞話叢編》本。

14. 《蕙風詞話》，清況周頤撰，商務印書館排印本。

15. 《珠花簃詞話》，清況周頤撰，清刊本。

16. 《人間詞話》，王國維撰，商務印書館排印本。

陸、詞譜類

1. 《詞律》，清萬樹撰，世界書局本。

2. 《詞譜》，清王奕清等編，聞汝賢景印殿本。

3. 《詞律拾遺》，清徐本立撰，世界書局本。

柒、史書類

1. 《宋史》，元脫脫等撰，百衲本《廿四史》景元刊本。

2. 《靖康紀聞》，宋丁特起撰，《學津討原》本。

3. 《洛陽名園記》，宋李格非撰，《學津討原》本。

4. 《建炎以來繫年要錄》，宋李心傳撰，《史學叢書》本。

5. 《建炎以來朝野雜記》，宋李心傳撰，《函海》本。

6. 《歲時廣記》，宋陳元靚撰，《十萬卷樓叢書》本。

7. 《景定建康志》，宋周應合纂修，清嘉慶六年孫淵如翻宋本。

8. 《萍洲可談》，宋朱彧撰，《守山閣叢書》本。

9. 《中吳紀聞》，宋龔明之撰，《知不足齋叢書》本。

10. 《九朝編年備要》，宋陳均撰，昭文張氏景寫宋刊本。

11. 《皇宋通鑑長編紀事本末》，宋楊仲良撰，許涵度刊本。

12. 《宋宰輔編年錄》，宋徐自明撰，《敬鄉樓叢書》本。

13. 《宋會要稿》，宋章得象撰，世界書局本。

14. 《南唐書》，宋馬令撰，《墨海金壺》本。

15. 《文獻通考》，元馬端臨撰，新興書局本。

16. 《道光濟南府志》，清王贈芳等修，清刊本。

捌、子書類

1. 《雞肋編》，宋莊綽撰，《琳瑯秘室叢書》本。

2. 《清波雜志》，宋周煇撰，《四部叢刊續編》景印宋刊本。

3. 《容齋隨筆五集》，宋洪邁撰，《國學基本叢書》景印宋刊本。

4. 《能改齋漫錄》，宋吳曾撰，《守山閣叢書》本。

5. 《獨醒雜志》，宋曾敏行撰，《知不足齋叢書》本。

6. 《雲麓漫鈔》，宋趙彥衛撰，古典文學出版社排印本。

7. 《西塘集·耆舊續聞》，宋陳鵠撰，《知不足齋叢書》本。

8. 《鶴林玉露》，宋羅大經撰，開明書店排印本。

9. 《貴耳集》，宋張端義撰，《叢書集成初編》景印《津逮秘書》本。

10. 《侯鯖錄》，宋趙令畤撰，《知不足齋叢書》本。

11. 《東軒筆錄》，宋魏泰撰，明楚山書屋刻本。

12. 《揮塵錄》，宋王明清撰，中華書局排印本。

13. 《止齋題跋》，宋陳傅良撰，《津逮秘書》本。

14. 《寶真齋法書贊》，宋岳珂撰，世界書局本。

15. 《老學庵筆記》，宋陸游撰，涵芬樓排印本。

16. 《澗泉日記》，宋韓淲，《聚珍版叢書》本。

17. 《避暑錄話》，宋葉夢得撰，《津逮秘書》本。

18. 《五總志》，宋吳炯撰，《知不足齋叢書》本。

19. 《碧雞漫志》，宋王灼撰，《知不足齋叢書》本。

20. 《隸釋》，宋洪适撰，乾隆丁酉汪氏刊本。

21. 《籀史》，宋翟耆年撰，《靜園叢書本》。

22. 《庶齋老學叢談》，元盛如梓，《知不足齋叢書》本。

23. 《說郛》，元陶宗儀輯，涵芬樓排印本。

24. 《嫏嬛記》，元伊世珍撰，《津逮秘書》本。

25. 《清河書畫舫》，明張丑輯，巾箱本。

26. 《珊瑚網法書題跋》，明汪砢玉輯，《適園叢書》本。

27. 《留青日札》，明田藝衡撰，明刊本。

28. 《七修類稿》，明郎瑛撰，中華書局排印本。

29. 《少室山房筆叢》，明胡應麟撰，中華書局排印本。
30. 《太平清話》，明陳繼儒撰，《寶顏堂秘笈》本。
31. 《日知錄集釋》，清顧炎武撰，清黃汝成集釋，錦章圖書局本。
32. 《因樹屋書影》，清周亮工撰，古典文學出版社排印本。
33. 《雲自在龕隨筆》，清繆荃孫撰，商務印書館排印本。
34. 《海日樓札叢》，清沈曾植撰，中華書局排印本。
35. 《骨董瑣記》，鄧之誠撰，《中國史學叢書》本。

玖、目錄類

1. 《金石錄》，宋趙明誠撰，清謝世箕刻本，清盧見曾重刊本，《四部叢刊續編》景印呂無黨鈔本。
2. 《昭德先生郡齋讀書志》，宋晁公武撰，《萬有文庫》景宋淳祐袁州本。
3. 《直齋書錄解題》，宋陳振孫撰，廣文書局本。
4. 《遂初堂書目》，宋尤袤撰，《說郛》本。
5. 《國史經籍志》，明焦竑撰，《粵雅堂叢書》本。
6. 《脈望館書目》，明趙琦美撰，《涵芬樓秘笈》本。
7. 《世善堂藏書目錄》，明陳第撰，《知不足齋叢書》本。
8. 《讀書敏求記》，清錢曾撰，民國15年長洲章氏刊本。
9. 《述古堂藏書目》，清錢曾撰，《粵雅堂叢書》本。
10. 《孫氏祠堂書目》，清孫星衍撰，《木犀軒叢書》本。
11. 《佳趣堂書目》，清陸漻撰，《觀古堂書目叢刻》本。
12. 《四庫全書總目》，清紀昀撰，《萬有文庫薈要》本。
13. 《皕宋樓藏書志》，清陸心源撰，十萬卷樓刊本。
14. 《儀顧堂題跋》，清陸心源撰，廣文書局本。
15. 《四庫簡明目錄標注》，清邵懿辰撰，世界書局本。
16. 《山東通志藝文志》，清楊士驤撰，山東印刷公司排印本。
17. 《善本書室藏書志》，清丁丙撰，廣文書局本。
18. 《越縵堂讀書記》，清李慈銘撰，中華書局排印本。
19. 《鄭堂讀書記》，清周中孚撰，世界書局本。
20. 《宮閨氏籍藝文志》，清王士祿撰，清刊本。
21. 《四庫全書總目提要補正》，胡玉縉撰，中華書局排印本。
22. 《叢書子目類編》，中國學術史研究所刊本。
23. 《故宮博物院善本書目》，張允亮撰，北平故宮博物院圖書館鉛印本。

24. 《靜嘉堂文庫漢籍分類目錄》，靜嘉堂文庫編，靜嘉堂文庫排印本。
25. 《四庫採進書目》，吳慰祖校訂，商務印書館排印本。
26. 《詞籍考》，饒宗頤撰，香港大學出版社排印本。

拾、類書類

1. 《全芳備祖》，宋陳景沂輯，舊鈔本。
2. 《新編通用啓箚截江網》，元刊本。
3. 《新編事文類聚翰墨大全》，元劉應李輯，元刊初印本。
4. 《永樂大典》，明解縉等輯，中華書局景印本。

拾壹、別集類

1. 《杜工部集》，唐杜甫撰，中華書局排印本。
2. 《張右史文集》，宋張耒撰，《四部叢刊》景印舊鈔本。
3. 《漱玉集》，宋李清照撰，《冷雪盦叢書》本。
4. 《李清照集》，宋李清照撰，中華書局輯本。
5. 《李清照詩詞箋》，宋李清照撰，大地出版社本。
6. 《渭南文集》，宋陸游撰，《四部備要》本。
7. 《朱文公文集》。宋朱熹撰，《四部叢刊》景印明刊本。
8. 《滹南遺老集》，金王若虛撰，《四部叢刊》本。
9. 《宋學士集》，明宋濂撰，《四部叢書》刊本。
10. 《越縵堂文集》，清李慈銘撰，國立北平圖書館刊本。

拾貳、總集類

1. 《宮詞》，宋胡偉集句，汲古閣景宋抄本。
2. 《瀛奎律髓》，元方回輯，《懺花庵叢書》本。
3. 《彤管遺編》，明酈琥輯，明嘉靖刊本。
4. 《花鏡雋聲》，明馬嘉松編，明刊本。
5. 《古今女史》，明趙世杰輯，明崇禎刊本。
6. 《釣臺集》，明吳希孟編，明嘉靖刊本。
7. 《詩女史》，明田藝衡輯，明刊本。
8. 《歷朝名媛詩詞》，清陸昶輯，掃葉山房本。

拾參、詩文評類

1. 《艇齋詩話》，宋曾季貍撰，廣文書局本。
2. 《苕溪漁隱叢話》，宋胡仔撰，人民文學出版社排印本。

3. 《詩人玉屑》，宋魏慶之撰，中華書局排印本。

4. 《浩然齋雅談》，宋周密撰，《武英殿聚珍版叢書》本。

5. 《四六談麈》，宋謝伋撰，《學津討原》本。

6. 《風月堂詩話》，宋朱弁撰，《廣秘笈》本。

7. 《吳氏詩話》，宋吳子良撰，《學海類編》。

8. 《後山詩話》，宋陳師道撰，《歷代詩話》本。

9. 《藝苑巵言》，明王世貞撰，《弇州山人四部稿》本。

10. 《靜志居詩話》，清朱彝尊撰，嘉慶己卯扶荔山房刊本。

11. 《宋詩紀事》，清厲鶚撰，中華書局景印乾隆十一年刊本。

12. 《賦話》，清李調元撰，廣文書局本。

13. 《藝概》，清劉熙載撰，廣文書局本。

14. 《花草蒙拾》，清王士禎撰，《昭代叢書》本。

15. 《七頌堂詩繹》，清劉體仁撰，《詞話叢編》本。

拾肆、小說、曲類

1. 《京本通俗小說》，《煙畫東堂小品》本。

2. 《金瓶梅》，笑笑生撰，上海圖書公司排印本。

3. 《樂府新編陽春白雪》，元楊朝英輯，《國學基本叢書》景印《隨庵叢書》本。

4. 《宋稗類鈔》，清潘永固輯，日本刻本。

拾伍、學術專著類

1. 《歷代詞人考略》，劉承幹撰，稿本。

2. 《歷代名人年里碑傳總表》，姜亮夫撰，商務印書館排印本。

3. 《唐宋詞論叢》，夏承燾著，古典文學出版社排印本。

4. 《中國婦女文學史綱》，梁乙真撰，開明書局排印本。

5. 《宋詞四考》，唐圭璋撰，中華書局排印本。

6. 《中國歷代文論選》，郭紹虞主編，中華書局排印本。

拾陸、學術論文類

1. 〈漱玉詞敘論〉，龍沐勛撰，《詞學季刊》第三卷第一號。

2. 〈兩宋詞風轉變論〉，龍沐勛撰，《詞學季刊》第二卷第一號。

3. 〈論李易安詞〉，繆鉞撰，《詩詞散論》。

4. 〈李清照詞的藝術特色〉，夏承燾撰，《文學評論》六一年第四期。

5. 〈趙明誠李清照夫婦年譜〉，黃盛璋，附中華書局本《李清照集》。

6. 〈李清照事迹考辨〉，黃盛璋，附中華書局本《李清照集》。

7. 〈李清照事迹作品雜考〉，王仲聞撰，《文史》第二輯。

8. 《漱玉詞研究》，李栖撰，《國立臺灣師範大學國文研究所集刊》第十二號下冊。

9. 〈論李清照〉，王汝弼撰，《文史哲雙月刊》1962 年二期。

10. 〈李清照的詞論〉，洪昭撰，《藝林叢錄》第七編。

11. 〈清暉說詩〉，陳鍾凡撰，《文史雜誌》第一卷第十期。

後 記

　　憶民國六十一年（1972）秋，余負笈香港珠海大學中國文學研究所，從王韶生（懷冰）教授游。因夙欽仰易安居士，爰以「李清照研究」爲題，撰作碩士論文，蓋擬就易安生平及其學術作全方位之探討。進行之初，乃先考究古今學人相關研究論著，於資料上作廣徵博采；隨而細讀文獻，擷精取華，其中最服膺者尤在黃盛璋〈趙明誠李清照夫婦年譜〉、〈李清照事跡考辨〉及王仲聞〈李清照事迹作品雜考〉二家上，故本論文中頗多采用其說。日就月將，寢饋二載，乃將研究心得，撰成十餘萬言之學術成果。其後因論文創獲頗富，終以第一名畢業，獲榮譽碩士學位，深得所長羅香林（元一）教授、李璜（幼椿）教授所肯定。

　　民國六十六年（1977）十一月，本論文交臺北九思出版社出版，敬倩涂公遂（艾盧）教授題耑、王懷冰夫子賜序，均蒙寵錫有加。嗣後，續編撰《李易安集繫年校箋》，仍倩涂教授題耑，民國七十年（1981）元月由臺北里仁書局出版；書面世後，余藉之升等副教授。而後，又編成《李清照改嫁問題資料彙編》，則倩潘重規（石禪）教授題耑，民國七十九年（1990）八月，由臺北九思文化事業有限公司出版。上述諸書，西川王叔岷教授得而讀之，詒詩獎披，詩中乃有「曠代才媛八百秋，遺編考校邁時流」等過譽之語；臺灣大學羅聯添教授亦曾以「李清照專家」相稱；二老揄揚有逾其實，愧不敢當也。

　　邇者，杜潔祥主編擬將拙著「李清照」三種，同時收入《古典文獻研究輯刊》第九編中，實深感戴。爰戮力增訂拙作，並撰「後記」以懷往事，俾留鴻爪云。

　　民國九十八年（2009）五月廿六日，撰於華梵大學東方人文思想研究所，時任教臺灣已十六載矣！

－177－